BATONS, ASSASSINATOS E PROFETAS

Mehmet Murat Somer

BATONS, ASSASSINATOS E PROFETAS

Tradução de
Rafael Mantovani

Título original
THE PROPHET MURDERS
(PEYGAMBER CINAYETLERI)

Os personagens e acontecimentos neste livro são fictícios. Qualquer semelhança com pessoas reais, vivas ou não, é mera coincidência e não intencionada pelo autor.

Copyright © 2003 by Mehmet Murat Somer

O direito de Mehmet Murat Somer a ser identificado como autor desta obra foi assegurado por ele em conformidade com o Copyright, Designs and Patents Act, 1988.

Nenhuma parte desta obra pode ser reproduzida ou transmitida por qualquer forma ou meio eletrônico ou mecânico, inclusive fotocópia, gravação ou sistema de armazenagem e recuperação de informação, sem a permissão escrita do editor.

Direitos para a língua portuguesa reservados
com exclusividade para o Brasil à
EDITORA ROCCO LTDA.
Av. Presidente Wilson, 231 – 8º andar
20030-021 – Rio de Janeiro – RJ
Tel.: (21) 3525-2000 – Fax: (21) 3525-2001
rocco@rocco.com.br
www.rocco.com.br

Printed in Brazil/Impresso no Brasil

preparação de originais
AMANDA ORLANDO

CIP-Brasil. Catalogação na fonte.
Sindicato Nacional dos Editores de Livros, RJ.

S677b	Somer, Mehmet Murat, 1959-
	Batons, assassinatos e profetas/Mehmet Murat Somer; tradução de Rafael Mantovani. – Rio de Janeiro: Rocco, 2010.
	Tradução de: The prophet murders (Peygamber cinayetleri) ISBN 978-85-325-2437-9
	1. Ficção turca. I. Mantovani, Rafael. II. Título.
09-1711	CDD-894.353
	CDU-821512.161-3

OS PROFETAS

Bünyamin	Benjamim
İbrahim	Abraão
İsa	Jesus
Lut	Ló
Muhammet	Maomé
Musa	Moisés
Nuh	Noé
Salih	Selá
Yahya	João Batista
Yunus	Jonas
Yusuf	José
Zekeriya	Zacarias

UM

Peguei uma xícara de café e o jornal da manhã, e me acomodei na cadeira ao lado da janela. É meu ritual matutino. Só bebo duas xícaras de café por dia. A primeira, sempre de manhã. Veja bem, o que eu chamo de "manhã" é o que as pessoas comuns chamam de "tarde". Eu não durmo cedo. Pois sou, como dizem, "uma criatura da noite".

Uma notícia na página três me atingiu como um tapa na cara. "Travesti morre queimado".

Senti um gosto azedo na boca. É claro que isso afetou o sabor do meu café: o último gole foi distintamente amargo. Largando a xícara, me concentrei em ler o artigo. Más notícias sobre nossas meninas sempre me botam para baixo. Nem todas desfrutam de uma vida de lazer como eu. Algumas ganham a vida nas ruas. Por isso às vezes se transformam em pessoas duras e hostis.

Por diversos motivos, o número de travestis mortas está aumentando. A vida fica mais difícil a cada dia que passa; os pequenos crimes se proliferam; as meninas estão ficando descuidadas; todos estão fora de controle e a violência está se alastrando. A vida vale menos que nunca. E as meninas estão sendo abatidas por alguns trocados.

Muitas das meninas que trabalhavam na beira da estrada eram vítimas de atropelamento e fuga. A sensação de segurança que tinham ao trabalhar em grandes grupos revelou ser falsa. O fim, quando chegava, era repentino. E amargo.

Assim como meu café quando li a notícia.

Desta vez, o tom do tabloide era especialmente pejorativo e maldoso. Exatamente o que se esperaria da página três. Como sempre, eles estamparam uma velha foto da vítima como homem. Ou seja, alguém menos colorido e alegre que a pessoa que todos nós conhecíamos. Ainda por cima, era uma foto pouco favorável de uma carteira de identidade. Uma travesti chamada Ceren. Eu não a conhecia de verdade; ela não frequentava nosso clube. Seu nome era İbrahim Karaman. E ela só tinha vinte e três anos.

Li a notícia depressa do começo ao fim. Ela morreu num incêndio em seu apartamento em Tarlabaşı. Felizmente, mais ninguém mora no prédio abandonado. Os bombeiros suspeitam que foi a fiação podre ou uma bituca de cigarro mal apagada.

Nossas meninas têm os instintos de sobrevivência de lobos. Parecem imunes ao desastre e sabem lidar com quase qualquer coisa. Porém, como qualquer pessoa, quando estão bêbadas ou drogadas podem continuar dormindo mesmo num incêndio. Foi provavelmente o que aconteceu. Senti uma pontada de dor, pensando em como uma pessoa tão jovem havia sucumbido na primavera da vida. Será que ela chegou a desfrutar plenamente as alegrias de ser travesti?

Atirei o jornal de lado e lancei um olhar vazio para a rua lá embaixo. Uma série de imagens passou pela minha mente: os rostos de todas as meninas que perdemos. Não consigo pensar numa única travesti que tenha morrido de causas naturais. Tem sempre alguma maldade envolvida. E a polícia invariavelmente arquiva as mortes como crimes não solucionados. Quando não conseguem provar homicídio, nossas meninas sempre levam a culpa. Foi assim que a imprensa tratou este caso em particular: um incêndio começou na casa de um vagabundo bêbado, um travesti chapado. E ele morreu. Amaldiçoei todos eles em silêncio. Porém não adiantou. Continuei furiosa.

Depois de um tempo, me forcei a parar de pensar naquilo. A vida continua, apesar da dor. E eu tinha muito o que fazer. Mais urgente de tudo, tinha marcado hora para depilar as pernas. Fatoş *abla* é uma travesti idosa. Antes de ficar decrépita demais, e para evitar – como ela própria disse – "virar uma aberração", ela tinha mudado de carreira. Fatoş *abla* vai de casa em casa, depilando ombros, tirando sobrancelhas e até mesmo aplicando uma ou outra injeção de hormônios quando solicitada.

Eu nasci com sobrancelhas bem delineadas. Nunca recorri a hormônios, e nem pretendo fazer isso. Acho glorioso ser Homem e Mulher. Já a depilação... é uma necessidade básica e constante.

Fatoş *abla* tem a língua solta. Seus clientes morrem de rir enquanto ela reconta casos de seus dias de juventude, depois gritam de dor quando ela arranca pelos indesejados. Faz anos que eu faço depilação nas pernas, e nos braços e no traseiro de vez em quando, mas ainda sinto dor em todas as ocasiões, e meus olhos sempre se enchem de lágrimas. Fatoş *abla* me provoca dizendo "Ora, não é fácil com toda essa floresta de pelos". Enquanto homens de pele escura têm pelos duros, tipos de pele clara como eu geralmente são cobertos de penugem. Pelo menos é assim que eu sou. Devido à pele clara, talvez eu seja mais suscetível à dor. De qualquer modo, só sei que às vezes eu grito em silêncio, e outras como uma desvairada.

Fatoş *abla* tocou a campainha bem na hora marcada. Quanto mais velha ela fica, menos se dá ao trabalho de cuidar da maquiagem e da aparência. Por causa disso, ela tem um aspecto estranhamente comum. Se eu cruzasse com ela na rua, a descreveria como uma mulher grande com traços fortes. Ela estava usando um vestido simples de algodão com mangas curtas, estampado com grandes rosas num fundo creme. Pendurada num dos ombros trazia uma enorme bolsa de palha, e nos pés calçava sandálias de couro de salto baixo, um número menor que o dela. Como sempre, os dedos dos pés e os calcanhares vazavam pelas bordas. Para completar o efeito, ela usava um chapéu de palha antiquado, arrematado por uma faixa de pano combinando com o vestido. Seus olhos escondiam-se atrás de enormes óculos escuros. Em alguma época, ela com certeza pagara uma pequena fortuna por eles.

Enquanto ela tirava da bolsa suas ferramentas de trabalho, eu me despi. Escolhi uma música para aliviar a dor e abafar os gritos: uma coletânea em CD de antigos sucessos da música *pop* turca que uma amiga gravou para mim. Lá estão todas as canções meio esquecidas do final dos anos 1960 e começo dos 1970. Adoro cantar junto quando lembro a letra. Fatoş *abla* sabe todas de cor, e desenterra antigos escândalos do *showbiz* que leu na imprensa marrom. Nossa sessão começou num clima bem ameno.

A primeira música é "Birazcık Yüz Ver (Preste atenção em mim)", uma canção empolgada de Gönül Turgut, a quem eu realmente admiro como mulher, não apenas como artista.

Fatoş não perdeu tempo:

— Gönül Turgut foi a maior cantora de sua época, pois é. Até a Ajda Pekkan costumava imitá-la quando começou a aparecer na mídia.

— O que aconteceu com ela?

— Abandonou a música depois de casar. Que desperdício de talento! E que pena para a música, também.

— Ela era contralto. Assim como nós — eu acrescentei.

— Como você ousa! — ela berrou. — Ninguém fala da minha Gönül Turgut desse jeito. Como você pode comparar uma buzina de navio com uma voz como a dela? Ouça direito!

Enquanto falava, ela arrancou outra leva de pelos, provocando de propósito um grito alto e assim reforçando de maneira astuta o que estava dizendo.

Deixamos de lado as fofocas sobre cantoras e as vidas delas. Era hora de falar sobre a notícia da manhã, a morte de Ceren no

incêndio. Fatoş *abla* também tinha ouvido falar. Enquanto passava cera quente na minha perna, ela começou:
— Mas Ceren nunca morou lá. O apartamento dela é em Cihangir, perto de Taksim. Bem atrás do Hospital Alemão. Eu sei porque depilei as pernas dela várias vezes.
— Como assim? Então ela não morreu em casa?
— Pelo menos é isso que eu acho. Como eu disse, o apartamento dela era em Cihangir. Perto de Siraselviler. E com certeza não era num prédio imundo em Tarlabaşı. E não estava abandonado. Tem pessoas respeitáveis morando em todos os andares. Na verdade, nossa menina Afet morava ali. No andar de cima.

Minha perna não doía tanto, mas quando ela foi avançando para a virilha eu comecei a dar berros regulares. Fatoş *abla* parou para pensar por um instante. Então se corrigiu:
— Acho que ela ainda mora naquele prédio. Ela não marcou hora comigo, mas cruzei com ela na escada da última vez em que fui lá. Ela nem me cumprimentou.

Ela obviamente desprezava a arrogante Afet, mas era justo descontar na minha virilha? Meus olhos se encheram de lágrimas.
— Não se preocupe com isso — eu gemi. — O mundo está cheio de pessoas insensíveis.
— Também acho. Mas que me importa se ela me ignora? Não sou eu quem ainda usa fralda.
— Essas meninas novas não têm educação nem respeito — eu a provoquei de propósito.
— Ora, ora! Olha quem está falando! E há quanto tempo você está no ramo?

Caímos na gargalhada, mas minha virilha ainda latejava.

Tagarelamos sobre todos os assuntos possíveis e imagináveis. Quando o CD começou a tocar "Anılar (Lembranças)", composta e cantada por Uğur Akdora para o primeiro concurso de música da Turquia, paramos para tomar um copo de *ayran* frio.

Concordamos que era uma das melhores canções da história do *pop* turco. E cantamos junto em voz baixa.

— Essa moça também sumiu — eu murmurei.

— Essa "moça" tem a idade da sua mãe. E como assim "sumiu"? Ela aparece direto em todas as colunas sociais. Acho que até escreve uma delas.

— Quer dizer que Uğur Akdora também arranjou um marido rico e largou a música?

— Ah, não, meu bem. A família dela já era abastada desde o início. Ela concordou em compartilhar suas três canções com o povo, e então retomou seu lugar na alta sociedade.

Ela fez um gesto em direção ao teto.

Minha pele já estava macia como a seda. Fatoş *abla* massageou suco de limão nas áreas recém-depiladas, para evitar coceiras e inchaços.

Bem quando estava de saída, ela fez uma cara de perplexidade.

— Isso não faz sentido. Que raios essa menina estava fazendo num prédio abandonado? Sem mais ninguém por perto... E ela era tão exigente na hora de escolher os clientes e o lugar onde trabalhava! Tinha bairros inteiros que ela se recusava a frequentar, quanto mais um lugar como esse! Não faz sentido. Enfim, que Alá conceda vida longa aos vivos — ela concluiu, dando um suspiro profundo enquanto descia a escada.

Percebi que eu deixara escapar uma coisa. E Fatoş *abla* tinha acertado bem na mosca. De fato, o que uma de nossas meninas estava fazendo num prédio deserto no meio da noite? E sozinha?

DOIS

O que Ceren estava fazendo naquele prédio abandonado em Tarlabaşı? Assumindo que ela tinha ido fazer algum trabalho, por que diabos continuou ali depois de terminar o serviço? E por que não fugiu quando o incêndio começou? Como ela morreu queimada?

Eu não sabia a resposta de nenhuma destas perguntas. Mas talvez pudesse achar alguém que soubesse. Sentei ao lado do telefone. Primeiro liguei para Hasan. É o chefe dos garçons na nossa boate, e se refere a si mesmo como "*maître* de clube". Apesar de trabalhar num ponto de travestis, Hasan nem é gay. Não ainda, de qualquer modo. Pelo menos é isso que ele diz, e nós fingimos que acreditamos. Ninguém – não apenas eu – sabe de alguma história de ele já ter estado com uma mulher, homem ou menina. Ele conhece e se dá bem com todas as garotas. Ele é para nós uma espécie de *muhtar* comunitário, o líder eleito e bem informado de uma vila ou vizinhança. Hasan está sempre a par das últimas notícias, principalmente no que diz respeito a quem está fazendo o quê com quem. Ou seja, ele sabe todos os nossos podres. E o que não sabe, descobre na hora. Como você talvez tenha imaginado, ele é uma figura.

Hasan obviamente tinha acabado de acordar. Não, ele não tinha ouvido falar da morte de Ceren. Sim, estava muito chateado. Não, ele não a conhecia direito, só a tinha visto umas poucas vezes junto com as outras meninas. Ela estava sendo muito requisitada de uns tempos para cá, e se dispunha a satisfazer as fantasias mais bizarras dos clientes. Tinha brigado com sua vizinha, Afet, por isso eu não conseguiria tirar muitas informações dela. Ela geralmente saía para trabalhar com uma garota nova, Gül. Não, Hasan também não sabia muito sobre ela. Sim, Hasan ia voltar direto para a cama quando eu desligasse. Não, não porque ele tivesse finalmente vivido algum tipo de aventura amorosa, ele só não tinha conseguido dormir por causa de um bebê chorão no andar de cima. Nós íamos conversar mais tarde na boate.

Não consegui descobrir o que estava procurando, mas fiquei sabendo de muitas coisas sobre Ceren. E pela boca de alguém que nem a conhecia direito.

Apesar do que haviam me dito, decidi que ainda valia a pena telefonar para Afet. Ela é uma das meninas que frequentam o clube, mas só de vez em quando. Afet é briguenta e maliciosa, e usa o cabelo roxo beringela bem armado para parecer mais alta. Não consegue ficar muito ereta nos sapatos de salto e por isso dobra um pouco os joelhos quando anda, o que lhe dá uma aparência ainda mais ameaçadora.

Ao atender o telefone, Afet já anunciou logo de cara que estava ocupada demais para bater papo, a não ser que fosse urgente, dizendo que chegaria mais cedo ao clube para conversarmos. Nós marcamos uma hora.

Eu não tinha ficado satisfeita com nenhum dos dois telefonemas. E ainda precisava matar um tempinho antes dos programas de perguntas e repostas nos quais sou viciada. Fui até a sala do computador para navegar um pouco na internet. Primeiro, me armei com um copo de chá gelado do tamanho de um vaso, e um pouco de *börek* de espinafre que eu tinha comprado na padaria.

Eu adoro cozinhar, e sou boa na cozinha, mas ultimamente não tenho tido paciência. No máximo faço um bife grelhado e uma salada simples. Quando vou jantar num restaurante de qualidade, não tenho problema; mas na hora do lanche, parece que eu tendo ao tipo de comida que as pessoas consideram "besteiras".

Se continuar assim, vou precisar doar tudo que tenho no meu armário. E adeus à minha elegância de Audrey Hepburn!

Os *sites* de *chat* na internet parecem estar ficando mais populares e mais lotados a cada dia. Além das salas de sexo comuns, há salas para lésbicas, gays e travestis. Sou *webmaster* de uma delas. A sala se chama "Garotas Masculinas"! Existe um romance com esse nome. Com grandes expectativas, comprei o livro quando estava no ensino médio. Mas quando vi que era um melodrama lacrimoso, larguei na mesma hora. O romance era uma droga, mas o título era perfeito para nós. De um jeito meio invertido. Às vezes, fico *online* para conversar ou monitorar outras conversas. Se alguém me chama a atenção – e isso sempre acontece quando fico *online* bastante tempo – eu abro uma janela particular.

O nome da nossa sala de *chat* às vezes atrai valentões agressivos. Eles entram na sala, cospem xingamentos e ameaças, até serem expulsos. Os frequentadores assíduos da sala concordam que na maioria são caras enrustidos, totalmente gays. Eu até poderia rastreá-los e bani-los para sempre, mas eles costumam acessar de *cyber* cafés ou em segredo do lugar onde trabalham, por isso não adiantaria muito. Eles só iam achar outro jeito de voltar.

Por exemplo, temos um fundamentalista radical que usa o apelido Jihad2000. Esta pessoa aparece pelo menos uma vez por noite para nos advertir em letras maiúsculas que estamos todos condenados. É por nossa causa que o país foi para o inferno, que é onde todos vamos queimar por toda a eternidade. Ele afirma que é blasfêmia nós recitarmos orações, pois nossas bocas imundas iriam apenas macular a palavra "Alá". Em uns poucos minutos ele termina o que veio fazer. Ele entra na sala, interrompe a conversa de todo mundo, dispara suas mensagens e desaparece numa nuvem de fogo e enxofre. Então aparece de novo mais tarde quando não tem nada melhor para fazer.

Imagino que o apelido de Jihad se refira a uma guerra santa travada contra nós.

Em outras salas de *chat*, ele é o perfeito *gentleman*. Se você fala com ele com educação, ele responde imediatamente. Então ele começa a contar vantagem, dizendo como é um gênio dos sistemas de computação. Na verdade, ele até que é bom mesmo. Contanto que ele não pergunte nada de pessoal, eu geralmente respondo. Ele arranja soluções para diversos problemas, explicando o uso de vários programas. E parece nunca se cansar de informar aos outros como ele é brilhante.

Nós dois sempre usamos os mesmos apelidos quando estamos *online*, por isso travamos uma espécie de contato virtual. Não somos exatamente amigos, mas, enfim, quem precisa de amigos no ciberespaço?

Pelas minhas estimativas, Jihad2000 é um homossexual enrustido jovem, sem experiência alguma e totalmente reprimido. As meninas às vezes o provocam, e é aí que a coisa pega fogo. Temo que uma dessas trocas de insultos vá acabar fazendo com que o *site* seja fechado de vez.

Assim que fiquei *online*, Jihad2000 apareceu. Ele estava em boa forma. Tinha preparado todas as suas mensagens de antemão, prontas para serem enviadas. Para que ninguém pudesse responder. Todos nós ficamos em silêncio, lendo o que ele havia escrito.

Percorri a lista de apelidos enquanto esperava que os impropérios dele chegassem ao fim. Reconheci alguns nomes. A maioria dos usuários da sala tenta dar uma de machão. Escolhem nomes que acham provocativos, ou pelo menos obscenos. Enquanto lia todos os nomes, fiquei de olho no que Jihad2000 escrevia. Ele estava cuspindo mensagens a respeito de uma travesti que tinha morrido queimada, que sofrera as torturas do inferno enquanto ainda estava na terra.

Vendo aquilo, comecei a me concentrar. Era a primeira vez que ele entrava nesse tipo de detalhe. Ele devia ter lido sobre a morte no jornal, e ficara inspirado.

(escrito em letras vermelhas)
<VOCÊS TODOS SERÃO QUEIMADOS. VÃO ARDER EM CHAMAS RUBRAS!
PERVERTIDOS
VOCÊS SE DESVIARAM DO CAMINHO DA VIRTUDE.
ESCOLHERAM O CAMINHO DA MERDA
O INFERNO AGUARDA VOCÊS!
O INFIEL QUE MORREU HOJE NÃO FOI O PRIMEIRO
E NÃO SERÁ O ÚLTIMO!
HEREGES, PREPAREM-SE!
UMA GUERRA SANTA COMEÇOU!
VOCÊS SÃO OS PRÓXIMOS!>

Como sempre, a conexão dele foi cortada logo depois que tinha cuspido sua mensagem. Ou ele havia sido expulso por um de nossos operadores, ou então ele próprio havia fugido. Eu tinha informações demais na cabeça para saber se era uma coisa ou outra.

Graças a Jihad2000, o rebuliço começou. A sala inteira entrou em pânico. Os que ainda não haviam presenciado as idiotices dele soterravam os outros de perguntas. Quem morreu? Onde? Quando? Como? Quem matou? Fanáticos religiosos foram responsáveis? Estávamos todos condenados? Levou um tempo até que o *chat* voltasse ao normal. Usando meu código de *webmaster*, dei uma olhada no que ele havia escrito antes. Eu só tinha pego o fim, e queria saber o que perdera.

<HEREGES, INFIÉIS!
VOCÊS TODOS SÃO BLASFEMOS.
TENTAM ADULTERAR A CRIAÇÃO DO TODO-PODEROSO
VOCÊS QUEREM MESMO SER MAIS ESPERTOS QUE O GRANDE CRIADOR?
VOCÊS SÃO TODOS PERVERTIDOS!
VOCÊS ESTÃO TODOS CONDENADOS!
VOCÊS SERÃO PUNIDOS POR SEUS PECADOS AQUI NA TERRA!
UM DE VOCÊS ARDEU EM CHAMAS!
O PECADOR İBRAHIM QUEIMOU!
O MUNDO TEM UM PECADOR A MENOS!>

Aquilo mexeu comigo de verdade. Ele tinha ido longe demais. Por que tanto ódio? Por que aquele veneno? Senti uma dor de cabeça se aproximando.

Uma das garotas que conheço do *site* abriu uma janela em particular e me perguntou o que estava acontecendo. Resumi rapidamente o caso para ela. Ela não tinha lido o jornal, e ficou chateada. Depois vingativa.

Para mim já bastava, e agora sem dúvida eu estava às voltas com uma enxaqueca. Desliguei o computador e fui até a sala de estar. Estava quase na hora do meu programa.

Não sinto prazer algum em ver programas de perguntas e respostas. É apenas um vício. É irritante perceber quanto eu sei mais que o participante médio. A falta de conhecimento deles me deixa indignada; eu xingo seus ares de certeza ignorante. Porém não perco um programa. Suspeito que seja uma forma de masoquismo.

A primeira participante era uma jovem, uma estudante da Universidade de Istambul. Seus óculos, seu cabelo liso repartido ao meio e suas roupas sem graça lhe davam um ar intelectual.

Enquanto comia meu *börek* de espinafre, fui insultando a moça sem dó. Não que eu esperasse que ela fosse ouvir. E se ouvisse, o que ia pensar de mim? Eu estava acertando todas, uma depois da outra. Ela foi desclassificada na quinta pergunta.

Era sobre terminologia musical. Pediram que ela identificasse o termo que não pertencia ao grupo: sinfonia, sonata, opus e oratório. Naturalmente, ela não sabia que opus se refere à cronologia numérica de uma composição. Ela escolheu oratório, e foi eliminada na hora. Minha dor de cabeça tinha piorado ao ponto em que eu precisava de medicação. Desliguei a TV.

Tomei um analgésico, e então comecei a me concentrar em redirecionar fluxos de energia. Exercício é a melhor coisa para isto. Eu pratico *aikido* e boxe tailandês. Contanto que meu oponente esteja desarmado, não há ninguém que eu não seja capaz de enfrentar. Só por este motivo, a vizinhança me trata com um certo respeito. Por mais indiscreto ou extravagante que seja o meu modelito, sou considerada um *abi*, um irmão mais velho.

Depois que enfrentei um desses batedores de carteira que surgem a cada dia, minha reputação na vizinhança aumentou ainda mais, e não só aos olhos da vítima que eu salvei, Hümeyra Hanım, funcionária de um banco.

Costumo me exercitar no quarto de hóspedes, que geralmente está vazio. Prefiro malhar ouvindo música, mas minha cabeça latejante exigia silêncio. Atividade física e uma injeção de adrenalina iriam aliviar a dor.

Terminei minha rotina de aquecimento de sempre. Então comecei com os chutes no ar, primeiro simples, depois duplos. Com um bom pulo, consigo dar três chutes curtos com o mesmo pé. Em sucessão rápida, é suficiente para deixar um oponente atordoado. Com um pulo ainda mais alto, meus chutes acertam em cheio a cabeça do adversário.

Depois, passei a dar golpes para frente e para trás. É mais fácil quando há um adversário na minha frente. Mas nem sempre se consegue o que se quer. Eu improvisei, treinando trocar de pernas no ar, coisa em que não sou tão boa. Às vezes, perco o equilíbrio. Preciso de mais prática.

Malhei até perder o fôlego e ficar encharcada de suor. Mas não restou nem sinal da dor de cabeça. Corri para o chuveiro.

Eu tinha decidido ir mais cedo para o clube, por isso comecei a me arrumar. Quando estou me sentindo meio para baixo, me visto de maneira simples. Ou seja, sem maquiagem e absolutamente sem nenhum tipo de extravagância. Fiquei pronta rapidinho.

Botei uma frente única de jérsei que achei entre as roupas velhas dos anos 1970 da minha mãe. Combinando com uma minissaia de couro vermelho, um modelo exclusivo, fiquei parecendo a bandeira da Turquia. Então calcei um par de sandálias amarradas no tornozelo, de salto baixo.

Cogitei trocar meu esmalte transparente por um vermelho. Porém a ideia de ter de passar acetona em cada um dos dedos dos pés me fez desistir.

Se ficasse enrolando, me atrasaria para meu encontro com Afet. Eu precisava partir imediatamente. Liguei para o ponto de táxi. Eu tinha certeza de que Hüseyin, que é praticamente meu chofer particular, seria quem viria me buscar. E foi.

– *Merhaba* – ele me cumprimentou.

Hüseyin ficou imóvel, com um dos braços passado por sobre o encosto do banco, virando de costas para me lançar um olhar demorado. Todos os taxistas do ponto sabem que é mais ou menos a esta hora que eu gosto de ir à boate. Hüseyin também sabia.

– O que você está esperando? – eu perguntei. – Vamos logo.

– Você nem me cumprimenta mais.

Não sei direito qual cara eu fiz para ele. Mas ele se desvirou na mesma hora.

– Hoje não estou de muito bom humor – eu disse. – Peço desculpas.

Ele continuou a tagarelar, como se falasse sozinho:

– Algumas pessoas podem fazer as outras se sentirem melhores. Mas nunca lhes dão uma chance.

Hüseyin estava flertando comigo outra vez. Persistente como sempre. Além disso, ele sabe que não gosto que me tratem pelo pronome familiar "*sen*", em vez do formal "*siz*". Ele alternava de propósito entre um e outro.

Hüseyin nunca perde uma chance de declarar sua paixão por mim. Por mais enfaticamente que eu o recuse, ele persiste, e nunca perde a esperança. Ele me segue sempre que possível, meio que como uma sombra indesejada. Quando não está me lançando olhares de reprovação, no entanto, ele até consegue manter o carro na pista.

Eu disse a ele duzentas vezes que ele simplesmente não é meu tipo. Porém um dia, num momento de fraqueza, numa época em que precisei de amor e carinho, ele havia desfrutado dos meus favores. Pois é. Ele está na minha cola desde aquela ocasião. Eu não gosto, nem sou capaz de gostar, de caras que imploram. Prefiro homens com um certo orgulho, que não sejam grudentos. Se ele me quer de verdade, precisa me agarrar pelo braço, me arrastar para o canto e me possuir. É claro, cultivar este ar de donzela indefesa é parte da minha cena. E parte da diversão. Ninguém que me conhece de fato ousaria fazer isso. Todo mundo na vizinhança sabe que eu pratico *aikido* e boxe tailandês. Hüseyin também sabe. Talvez ele esteja apenas dando tempo ao tempo.

TRÊS

Cüneyt, o segurança da boate, me cumprimentou na porta. Ainda era cedo. Ele não tinha nada melhor para fazer além de segurar a porta aberta para os que chegavam e partiam. Mas eu sou especial. Afinal, eu sou a chefe, mesmo que minha participação financeira na boate seja pequena. E sou eu quem controla tudo.

Quando saí do táxi, Hüseyin, como sempre, perguntou se eu queria que ele voltasse para me buscar. Mantendo nossa rotina tradicional, eu recusei.

— Chefe — disse Cüneyt, enquanto segurava a porta aberta para mim —, você trata esse cara na base do chinelo.

Lancei-lhe o olhar de desprezo que ele tanto merecia.

— Mas enfim — ele se corrigiu —, quem sou eu para...

— Exatamente — concordei, ríspida. Curta e grossa.

Especialmente no que diz respeito aos meus empregados, minha tolerância com comportamentos atrevidos é bem limitada. Ou seja, zero. Todo mundo sabe que é assim. Dito isso, é fato que eu tenho uma certa simpatia por Cüneyt. No mínimo, é um rapaz muito engraçado. Ele me faz rir. E, além disso, tem esse corpo robusto, um atributo essencial para um porteiro de boate, resultado de sessões quase diárias na academia. Ele também é de uma simplicidade revigorante. Com isso não me refiro à inteligência, mas à pureza. Ingenuidade, talvez. Cüneyt simplesmente possui um jeito diferente de ver as coisas, um grau de empatia que até eu acho excessivo. E o mais importante de tudo, leva o trabalho extremamente a sério.

A boate estava vazia. Osman, o DJ, Şükrü, o barman, e nosso garçom, Hasan, estavam conversando num grupinho. Quando me viram, começaram a prestar atenção.

– Está tudo bem, chefe? – Şükrü perguntou. – Você chegou cedo hoje.

– Tenho um encontro marcado. Com Afet – respondi.

– Vou pegar seu Virgin Mary agora mesmo – disse Şükrü. Segundo o hábito, meu drinque deve estar pronto para ser entregue na minha mão assim que eu entro na boate. Mas, enfim, ele não podia ter adivinhado que eu ia chegar mais cedo.

Aproveitando a ausência de clientes – ou melhor, a minha ausência – Osman estava tocando sua música favorita, um *heavy metal* que dói nos ouvidos. Com a boate vazia, e sem aquele burburinho para absorver as batidas, a música parecia ainda mais violenta que o normal.

Entendendo a expressão severa no meu rosto, Osman correu até a cabine do DJ para mudar a música.

Eu fiquei a sós com Hasan.

– *Merhaba* – ele me cumprimentou. – Descobriu alguma coisa?

– Na verdade, não – eu admiti. – É óbvio que ela não morreu em casa. Essa história está me cheirando muito mal. Estou achando que essa menina sofreu.

– Eu fiquei pensando depois que falei com você... Você tem razão. Tem mesmo alguma coisa estranha nesse caso.

– A polícia não vai se dar ao trabalho de investigar. Eles já encerraram o caso.

– Tem razão – ele concordou. – Mas ainda há investigações da prefeitura e dos bombeiros.

Então fui eu que concordei.

Nós nos entreolhamos em silêncio por um instante. Osman tinha trocado o som por algum tipo de música de elevador. Ele voltou, disfarçando um sorriso maroto no rosto. No meio da mesa, um copo de refrigerante de tangerina, cheio até mais da metade, esperava por ele. Ninguém mais na boate bebe refrigerante de tangerina. Nenhum dos clientes jamais pediu. Mas é só isso que ele bebe. Nós compramos duas caixas por mês para o uso pessoal de Osman.

– Que música é esta que está tocando? – eu perguntei.
– Adiemus. *New age*. É uma banda nova. Ótimo, não é?

Ainda por cima, ele estava tirando sarro da minha cara. *New age* é uma das formas de música que eu simplesmente não compreendo. Paul Mauriat, Franck Pourcel, Francis Lai e até mesmo Fausto Papetti vêm tocando esse tipo de música há anos. A única diferença é que eles tocam com uma orquestra, não com sintetizadores e uma flautinha. Hoje em dia, os intelectuais elevaram este tipo de música a uma forma de arte. Por que dois pesos e duas medidas? O que os outros estavam fazendo de errado todos estes anos? Uma sucessão de críticos desceu a lenha nesses músicos. Tudo bem, eu também não gosto tanto assim do trabalho deles, mas não percebo a diferença. Você percebe?

– Olhe aqui! – eu disse, ríspida. – Não me provoque. Vá botar alguma coisa decente!
– Certo, chefe. – Ele voltou direto para a cabine do DJ.

Hasan e eu estávamos *tête-à-tête* outra vez.

– Tentei falar com Gül. Mas não consegui.

Hasan se queixava de não ter conseguido, mas na verdade ele é um homem extremamente talentoso. Além disso, sua mente é afiada como um alfinete. Ele também adora uma fofoca, e faz questão de semear e estimular boatos. E não tem vergonha de espalhar histórias. Se não há nada a repetir, ele simplesmente inventa alguma coisa. Tem algo de astuto em tudo o que ele faz. Ele tem sede de traição e intriga. E também é o cúmplice número um de Sofya, a santa padroeira desses assuntos.

A meio caminho da cabine, Osman se virou para gritar:

– Música turca ou estrangeira?
– Turca! Mas sem gemidos. E nada muito rápido.

Tive um certo receio de que ele fosse tocar Mahsun Kırmızıgül, um cantor curdo do estilo *arabesque* que fica gemendo acompanhado de uma batida *disco* e usa o nome artístico de "Rosa Vermelha Triste". Caso Osman tocasse isso, eu teria uma desculpa para lhe dar uma boa espinafrada. Estava mesmo procurando um jeito de descarregar a tensão.

– Você sabe que Ceren ultimamente andava junto com Gül – Hasan continuou.

– Fiquei sabendo isso porque você me contou.

Meu Virgin Mary chegou. Ainda não havia clientes, por isso Şükrü veio sentar conosco à mesa.

– Ninguém sabe onde Gül está – observou Hasan, acrescentando: – Şükrü, meu fofo, pega um refrigerante com gelo pra mim?

– Por que você não pediu quando eu estava no bar? Acabei de chegar aqui.

– Desculpe. Esqueci.

Só um imbecil não percebia que Hasan estava fazendo aquilo de propósito. Os rapazes na boate me contam um monte de histórias de como ele se promove a gerente na minha ausência e fica enchendo a paciência de todo mundo. Mas, por outro lado, ele consegue ser extremamente simpático. É difícil ficar bravo com Hasan. Ele tem alguma coisa de amável, "um pelo do Diabo" como diz o ditado turco, e fica logo íntimo de todo mundo. Ou seja, é bem diferente de mim. Ele não deixou Şükrü ficar sentado nem um instante, mas Şükrü não vai guardar rancor por isso. Hasan ainda é a primeira pessoa para quem ele vai revelar seus segredos. Naturalmente, Hasan irá transmitir esses segredos logo depois para mim.

– Quem é esta Gül? – eu perguntei.

– Ela é nova – Hasan respondeu. – Muito jovem. Uma coisinha cor-de-rosa e branca.

Şükrü voltou com uma soda limonada com gelo e pulou direto na conversa:

— Eu vi essa menina uma vez. Era um verdadeiro pedacinho de manjar turco. Dava vontade de mordiscar. Uma belezinha. — Até Şükrü tinha um brilho nos olhos quando a descreveu. — Mas eu fiquei longe. Ela era isca de cadeia.

— Como assim? — eu perguntei.

— Ela tinha no máximo dezesseis anos — explicou Hasan. — Veio aqui duas vezes, mas não deixamos ela entrar.

— Ela ainda nem tinha barba — Şükrü comentou.

Eles conhecem minha regra implacável. Não entram clientes menores de dezoito anos. Odeio complicações. Não quero que a polícia fique na nossa cola por uma coisa estúpida dessas. Há boates que aceitam menores e até servem bebidas. Mas minha boate não é, e nunca será, um desses estabelecimentos.

A porta se abriu, e Cüneyt conduziu Afet para dentro. O cabelo dela estava preso num coque apertado. Por isso, as linhas angulares de seu rosto estavam ainda mais repuxadas que de hábito. Ela obviamente passara pelo menos uma hora maquiando os olhos. Menos de meio metro de tecido havia sido usado para cobrir seu corpo, num modelito que fingia ser um vestido, e havia lantejoulas generosamente aplicadas em toda a sua garganta e seios. Afet transita na linha tênue que separa o ridiculamente estranho do estranhamente bonito. Os pés dela são grandes, até para uma travesti. Mesmo assim, ela optara por enfatizá-los, e eles transbordavam para fora de minúsculos sapatos de salto alto. Como de costume, com os joelhos levemente dobrados, ela parecia estar preparada para dar um salto à frente.

Era uma figura bem impressionante, mas passava longe do meu conceito de verdadeira elegância.

Como proprietária da boate, eu me levantei para cumprimentá-la. Nós trocamos beijinhos no ar.

– Não pergunte! Eu descobri depois que você telefonou. Ceren está morta, *abla* – ela começou. – Fiquei arrasada.

Fomos para uma mesa longe dos rapazes. Hasan logo apareceu para perguntar o que nós queríamos beber.

– Uísque – ela respondeu. – Sem gelo. Você tem Johnny Walker?

– É claro – disse Hasan, indignado.

– Uma dose para mim, então. – Ela se virou para mim e continuou: – Disseram que teve um incêndio no apartamento dela. Fiquei apavorada. É que, sabe, nós moramos no mesmo prédio. Então percebi que estava sendo boba. Quer dizer, eu com certeza ia perceber se meu próprio apartamento estivesse pegando fogo. Não ia, *abla*?

Eu não aprecio que me chamem de *"abla"*. Nem um pouco. Mas aquela não era hora de expressar minhas preferências. Primeiro eu ia descobrir tudo o que pudesse, depois ia botar aquela insolente no lugar dela. Por ora, esbocei um sorriso.

O uísque chegou. Ela agradeceu com um olhar. Fazendo uma careta, tomou o primeiro gole.

– Ohhh... Isso mata minha sede.

Eu não perguntei o motivo daquelas contorções faciais.

– Então você ficou sabendo – eu disse. – Ela morreu num prédio abandonado em Tarlabaşı.

Afet ouviu com atenção aquela informação.

– Mas que droga ela estava fazendo lá? Quer dizer, tudo bem que ela não tinha medo do perigo. E só pensava em juntar dinheiro. Você sabe que ela estava decidida a fazer a operação. Dizia que depois ia comprar uma casa e um carro, e arranjar um marido bonito e jovem. Mas, meu amor, como é possível que ela tenha ido junto com um bando de homens estranhos até um lugar abandonado em Tarlabaşı? Hein, me diga, como?

– Tem razão.

– Eu sei que não devia dizer isto, mas ela realmente merecia.

Eu gelei. E ela também, percebendo o que tinha acabado de falar.

– Não foi isso que eu quis dizer. É só que ainda estou tão brava com ela! – Ela apontou Hasan com os olhos. – Ele contou para você?

Ele tinha contado, é claro. Mas eu fingi que não sabia.

– Não lembro.

– Foi inacreditável! Fiquei passada, pois é. Eu entendo que isso possa acontecer uma ou duas vezes, meu bem, mas não sempre. Ela batia na minha porta e pedia para eu emprestar a roupa que ela tinha me visto usando dois dias antes. Eu dava o que ela queria, dizendo a mim mesma que ela era jovem, novinha demais, e estava tentando imitar as outras. Mas ela nunca devolvia nada. Tudo o que ela pegava emprestado sumia para sempre. Se Ceren pelo menos tivesse apreciado o valor daquelas peças... Eu não sou nem um pouco egoísta. Você sabe disso.

Ali perto, o trio Hasan, Şükrü e Osman estava escutando nossa conversa. Da mesa deles não se ouvia nem um pio.

– Infelizmente perdi a cabeça uma manhã dessas, quando estava pendurando as roupas no varal. Vi Ceren usando uma túnica que eu tinha comprado na Belkis por uma pequena fortuna. Meu amor, veja bem, não é porque ela estava usando... mas vestir uma roupa dessas para lavar a varanda? Tem gente que é um pouquinho decadente demais. E eu trabalho duro por cada centavo!

– Você tem razão – concordei, com um sorriso compadecido.

– Para dizer a verdade, ela era a falta de educação em pessoa. Sempre que queria alguma coisa, era "Afet, querida" pra cá, "Afet, meu amor" pra lá. Outras vezes, ela nem me dizia "oi". Eu simplesmente não tolero esse tipo de comportamento.

Não perguntei por que ela havia brigado com Fatoş *abla*.

A porta se abriu e o primeiro grupo de meninas entrou depressa. Não parecia humanamente possível que quatro meninas fizessem tanta algazarra, porém elas conseguiam. Nós nos cumprimentamos.

– Um dia, na escada, ela tentou seduzir um cliente que tinha acabado de sair da minha casa. Essa foi a gota d'água.

Sinceramente, esse tipo de comportamento também me enfurece. Mas mesmo assim eu não achava que ela merecia morrer.

– *Abla*, o que você acha que vai acontecer com o apartamento dela? – Muito bem, ela tinha se recuperado do luto e agora estava pensando no apartamento de baixo. – A polícia não vai interditar o lugar, vai?

– Acho que não – eu a tranquilizei.

– Ótimo. Estou trabalhado em casa ultimamente. Tenho alguns clientes fixos. Você entende. A última coisa de que eu preciso é arranjar problema com a polícia.

Eu entendia mesmo.

Outro grupo de meninas entrou, logo seguido de dois homens vestidos como vendedores de frutas. Embora esse tipo em particular não me atraia, eu os aprecio como clientela. Eles seguram os copos como cavalheiros, oferecem drinques e pratos de frutas fatiadas às meninas e deixam grandes gorjetas para se exibirem. Em resumo, gastam dinheiro a rodo. Eles não arranjam problema e vão embora junto com as meninas que escolhem.

Eu reconheci um deles e o cumprimentei com a cabeça. Ele retribuiu, respeitoso.

Os rapazes voltaram a ocupar seus postos. Dois jovens valentões da vizinhança também tinham aparecido, e estavam conferindo a boate com olhares de fome e insolência. Escolheram um lugar longe da pista de dança, encostado na parede, mas com uma boa vista. As meninas começaram a se preparar. Naturalmente, a maioria delas prefere os jovens. Mesmo sem ganhar tanto dinheiro, lá vão elas, dizendo que estão "fazendo pela diversão".

Os clientes que chegam cedo o fazem por dois motivos: para fazer uma seleção enquanto ainda há várias meninas ou para voltar para casa num horário decente. Porém há uma desvantagem, que todos conhecem: as meninas custam mais caro no começo da noite. Conforme a madrugada se aproxima, cai o preço das que não foram escolhidas.

E começou o agito na boate.

QUATRO

O tempo voa quando a casa está lotada, e às vezes nem percebo que amanheceu. Quando Osman toca minhas músicas favoritas – e ele sabe muito bem o que aconteceria se não tocasse – eu me levanto e danço. Nunca danço duas músicas em seguida. Isso me faria suar. Minha aparência ficaria comprometida. É meu costume dançar apenas uma música por vez.

Embora talvez não sejam mais novidade, "It's Raining Men (Está chovendo homens)" das Weather Girls, "Where Is My Man (Onde está meu homem)" da Eartha Kitt e a primeira versão de "Uykusuz Her Gece (Insone a noite inteira)" da Ajda Pekkan, e também, às vezes, "Bambaşka Biri (Alguém bem diferente)", certamente são tocadas em minha homenagem, além de alguma coisa da Grace Jones ou RuPaul. Também gosto de muitos sucessos de hoje em dia, o que me dá outro pretexto para dançar.

Já as meninas usam a pista de dança para exibir seus encantos para possíveis clientes. Quando querem atenção, simplesmente vão para a pista e soltam a franga. Se elas se dão bem com Osman, ele cuida de destacá-las na iluminação. E o show começa.

No entanto, se Osman está bravo com alguém, corta a música bem no meio, ou toca a faixa mais depressa ou mais devagar. Em outras palavras, com certeza consegue dar um jeito de estragar o show. No mínimo, a luz desaparece e deixa a moça empolgada dançando no escuro.

Eu tenho uma regra inflexível: as meninas não podem tirar a roupa no palco. Se alguma delas ousa fazer isso, as luzes se apagam. A menina culpada de exibir este ou aquele pedaço de carne recebe uma advertência. As que insistem são banidas do estabelecimento. Todos conhecem muito bem esta regra.

As que estão desesperadas para mostrar a mercadoria podem fazer isso livremente nas mesas do fundo; contra isto não tenho nenhuma objeção. Contanto que mantenham a discrição, as meninas têm permissão de se promover. Alguns dos jovens mais autoconfiantes, ou seja, os que se orgulham de seu corpo, também se mostram às vezes na pista de dança. Mais uma vez, não tenho nada contra. Eu aprovo qualquer coisa que seja esteticamente agradável, e até gosto de assistir.

Já quando um homem decide exibir sua musculatura subdesenvolvida, eu deixo por conta do Osman.

Além disso, também prefiro que clientes homens fiquem nas mesas mal iluminadas, no fundo. Nada deve ser feito às claras!

Ahmet Kuyu, um ator que há muito já passara de seus anos áureos, chegou um pouco depois. Para nós, a fama dele tem mais a ver com o modo infame como trata nossas meninas do que com seus velhos filmes. Até hoje, das meninas que saíram da boate com ele, nenhuma escapou sem um hematoma no rosto. Fui amplamente informada sobre seus outros truques sujos e desavergonhados. Apesar de ter sido levado a uma salinha interna e ter recebido uma advertência, ele teve a ousadia de voltar aqui. Cüneyt não deve ter percebido, pois Ahmet veio como parte de um grupo grande.

Era também um grupo misto, em termos de idade, roupas e, é claro, situação econômica. A julgar pelo modo como Ahmet Kuyu o bajulava, a pessoa mais importante do grupo era um homem que podia ser considerado bem jovem. Ele estava olhando ao redor com um ar de interesse superior. Suas roupas eram elegantes, porém casuais. Não é um estilo que eu admire. Seu rosto parecia familiar, mas eu não sabia de onde. Provavelmente era algum produtor de TV, alguém capaz de arranjar um tão aguardado papel para Ahmet Kuyu. Faz anos que nosso sádico ator não aparece num filme, e raramente consegue um papel, nem mesmo numa dessas séries desagradáveis exibidas em dezenas de canais.

Não havia mulheres. Grupos grandes como este tendem a trazer consigo algumas poucas mulheres curiosas, que são sempre as mais entusiasmadas do bando. Algumas querem conferir o que consideram ser a concorrência. Quando fazem isso, o mundo delas desaba. Nossas meninas, pelo menos a maioria, são muito superiores. Com seu senso de classe, nobreza, atitude, maquiagem e gestos, elas são muito mais femininas. Mais atraentes. Mais... excitantes.

A mulher decepcionada então recorre ao humor. É o melhor meio de lidar com a situação. Percebendo que é difícil – ou impossível – competir, é preciso levar a coisa toda como uma farsa. Elas não param de rir. Acham que estão debochando das meninas. Porém não conseguem fugir de um simples fato. Talvez não naquela mesma noite, mas com certeza em algum momento no futuro, os homens que estão junto com elas vão escorregar de suas mãos e cair na cama com uma de nossas meninas.

Para essas mulheres, saber disto é a perdição. Um preço muito apropriado para matar a curiosidade. Elas nunca irão se recuperar totalmente.

O grupo de Ahmet Kuyu pedia drinques caros. Chamei Hasan com um gesto para perguntar quem era o homem misterioso. Hasan conhece todos e sabe de tudo.

– Adem Yıldız – ele prontamente me informou. – Herdeiro da cadeia de supermercados Yıldız.

No instante em que ouvi o nome, lembrei de ter visto fotos dele em revistas de negócios. Isso mesmo, o pai transformou uma padaria de bairro de terceira categoria numa cadeia de supermercados que se espalhava pela Turquia inteira. E Adem Yıldız é filho dele. Pelo que eu lembrava, era um grupo conservador de empresas, que segundo rumores estava envolvido com a turma religiosa do *hacı-hoca*. Essa não é uma informação pública. Para evitar vender álcool, eles administram as lojas não como supermercados normais, porém como padarias expandidas. Até exportam toda uma linha de produtos próprios, de biscoitos e sorvete até *börek* e *lokum*.

Um fluxo constante de meninas vinha sentar na mesa deles, levantando logo depois. Cada uma ganhava um drinque. Ahmet Kuyu assumia o papel de alcoviteiro. Ele ficava de pé, chamava uma menina para a mesa, apresentava a moça para Adem Yıldız e então sentava outra vez, soltando um risinho imbecil graças a uma de suas próprias piadas. Então o processo se repetia. Aquele ir e vir era exaustivo. Eu precisava de uma pausa e parei de olhar.

De repente lembrei que havia frequentadores assíduos da sala de *chat* usando apelidos como "adam-star", "starman" e "★adam". Adem Yıldız. Adem, o equivalente turco de "Adão" ou "homem", e Yıldız, que significa "estrela". Qualquer um daqueles apelidos podia ter sido inspirado neste nome. Tentei lembrar o que os vários frequentadores tinham escrito na sala de *chat*, mas nada me veio à mente. Não podia ter havido nada de memorável. Senão eu com certeza teria lembrado. Será que este Adem Yıldız podia ser o homem por trás de um dos apelidos da sala de *chat*?

Eu não apreciava o jeito como Adem estava olhando para as meninas. Em seu rosto estampava-se uma mistura de ódio e desejo. Supus que aquilo fosse natural para alguém criado numa família tão conservadora. Porém mesmo assim achei difícil acreditar que aquela era a primeira vez que ele encontrava uma travesti ao vivo.

Pois é, vir ver uma travesti "ao vivo", como vir ouvir música "ao vivo". Não gosto de quem vem à boate com esse propósito. No entanto, este é um estabelecimento comercial, e precisamos batalhar pelo pão de cada dia.

Das meninas com quem eu tinha falado, todas conheciam a beleza lendária de Gül, porém tinham opiniões diferentes sobre como era possível entrar em contato com ela; seus pontos habituais vão desde as cervejarias de Aksaray às ruas de Harbiye.

Sırma, tosca como sempre, foi direto ao ponto:

— Queria que essa menina ganhasse na loteria; aí o resto de nós teria uma chance de ganhar a vida.

Obviamente eu era a única que não sabia muito bem quem era Gül, que era vista pelas outras principalmente como uma grande rival.

No meio das minhas costas, na minha pele nua, senti o toque repentino de uma mão áspera e quente. Não gosto que qualquer pessoa passe a mão em mim. Virei de costas e vi Ali, com um homem bonito ao seu lado.

Ganancioso e bastante jovem, Ali é dono da empresa de consultoria em computação que me emprega. Ele não entende nada de sistemas de computação, mas é um verdadeiro gênio das vendas e do marketing. Nós tínhamos trabalhado juntos em inúmeros projetos, que lhe renderam uma pequena fortuna. Geralmente somos contratados para proteger grandes empresas, inclusive internacionais, contra ameaças de vírus. Conforme os *hackers* se proliferam, e novos vírus são espalhados por e-mail, desfrutamos de excelentes oportunidades de trabalho. Tirando isso, ganhamos a vida modestamente, projetando websites e fazendo atualizações em sistemas.

Não estou acostumada a ver Ali na boate. Fiquei atônita. Nos nossos encontros, sempre me visto em trajes muito mais masculinos. Mas não que ele não tivesse me visto daquele jeito antes; ele já havia aparecido na boate algumas vezes. Porém ainda era estranho para mim.

— *Merhaba* — ele me cumprimentou. — Você está deslumbrante.

Ele não sabe mentir bem. Eu estava horrível. Tinha tentado criar um *look* fora de moda, cômico. E tinha conseguido.

Então por que ele insistia em me tratar como uma devoradora de homens?

– Deixe-me apresentá-los – ele continuou. – Este é Cengiz, meu parceiro de squash.

– Muito prazer – eu disse.

Cengiz segurou minha mão por um longo instante. Sem dúvida era um sinal. Ele era bonito, e não tão jovem quanto eu pensara à primeira vista. Com certeza passava dos quarenta, talvez até estivesse à beira dos cinquenta. Mas com aquele rosto bronzeado e olhos brilhantes e profundos, seu carisma ainda estava intacto.

– Ali falou tanto de você que eu quis conhecer – ele explicou.

– O que ele disse?

Ali entrou na conversa imediatamente:

– Você sabe como eu faço propaganda de você.

– Da minha perícia, e das minhas habilidades no computador. Sim. Mas eu não sabia que você elogiava minha condição atual.

– Eu insisti para nós virmos – disse Cengiz. – Você não quer beber alguma coisa com a gente? Eu queria te conhecer melhor.

Ele estava me paquerando abertamente. Haviam se passado apenas alguns poucos segundos desde que ele tinha posto os olhos em mim. Por que ele me escolhera entre todas as meninas?

– Eu não bebo álcool aqui na boate – objetei.

– Então beba outra coisa – ele insistiu.

Ali nos observava, sorrindo. Ele é a última pessoa que eu esperaria que desse uma de cupido, mas parecia ser aquilo mesmo.

Eu parei de me fazer de difícil, e nós passamos para uma mesa. Ali ficou tagarelando sobre detalhes irrelevantes a respeito do trabalho. Era óbvio que tinha bebido demais. Em geral, ele não era falante daquele jeito.

Da nossa mesa, eu tinha uma boa visão de Adem Yıldız e Ahmet Kuyu. Fiquei olhando de relance, não consegui evitar. Elvan estava sentada com eles. Ahmet estava acariciando e bolinando as meninas que trouxera à mesa. Adem apenas olhava. Era como se estivesse com fome, vendo Ahmet se fartar. Eu não conseguia compreender o jeito como a mente dele estava pesando as coisas, os cálculos que passavam por sua cabeça.

Enquanto isso, Cengiz estava na minha mesa, e era de fato um homem muito bem apessoado. Toda a sua atenção estava focada em mim, e ele não olhava nem de relance para a pista de dança.

– Eu gosto da sua casa noturna. Tem uma atmosfera toda própria.

O que ele queria dizer, obviamente, era que a boate é uma espelunca aceitável. Outros já disseram o mesmo.

– Não são Adem Yıldız e Ahmet Kuyu sentados naquela mesa? – perguntou Ali.

Ali está sempre por dentro do mundo dos negócios, visando qualquer pessoa endinheirada como possível sócio, ou cliente. Era claro que ele conheceria Adem Yıldız. No entanto, me surpreendi que ele soubesse quem era Ahmet Kuyu. Faz anos que a estrela dele não brilha mais. As séries de TV de quinta categoria em que ele às vezes aparece não passam em horários em que Ali estaria assistindo.

– Pois é – eu disse. – São eles.

– Uau – exclamou Ali. – Aqui vem todo tipo de gente...

– A família Yıldız tem um terreno do lado da minha casa de veraneio – informou Cengiz. – Eu não tinha percebido que ele estava aqui quando chegamos.

– *Abi*, que tal um prato de frutas flambadas? – sugeriu Ali, provando como estava bêbado.

Nós todos demos risada, e Cengiz aproveitou a deixa para passar o braço por cima do meu ombro e me puxar para perto dele.

CINCO

Naqueles dias, meu coração estava vazio, porém meus braços estavam cheios quase todas as noites. Eu devia estar passando por uma fase de carência sexual. Andava dormindo com uma série de homens desconhecidos. Sempre percebo que o outono está chegando pelo aumento da minha libido. Faz anos que é assim.

Nas noites abafadas e úmidas do verão em Istambul, é difícil tolerar um corpo quente na cama – mesmo o meu próprio. Fico me revirando de um lado para o outro, dormindo atravessada no lençol se for preciso. Então, quando o calor do meu próprio corpo faz com que um dos lados fique quente, eu rolo para o relativo frescor do outro. É assim que passo as noites de verão.

Mas com a mudança da estação e o friozinho do outono, principalmente antes que liguem o aquecimento central, é gostoso dormir com um homem nos meus braços. Isso me aquece. Eu o seguro; ele me abraça. Nós dormimos assim, bem quentinhos.

Abri os olhos logo que o sol raiou. As cortinas do meu quarto são grossas, não deixam passar nenhuma luz. Não há como saber que a manhã chegou quando estou no meu quarto. Porém se a porta está aberta, a luz do sol irradia pelas janelas da ampla sala de estar, preenche o corredor e vaza para dentro do quarto. Raios de luz brincam no chão. Esta é a descrição da minha casa, mas, naquele dia, eu não estava no meu quarto. As cortinas finas permitiam que o sol inundasse o quarto onde eu passara a manhã inteira.

Olhei para o homem nos meus braços. Bem, não exatamente nos meus braços. Ele estava virado de costas para mim e puxara para si a maior parte da coberta. Eu estava dormindo meio descoberta, e talvez fosse por isso que tinha acordado.

Tentei puxar o cobertor na minha direção. Porém não consegui. Estava todo enrolado nele. Um pé despontava, descoberto. Eu não tenho esse tipo de fetiche, mas precisei tirar o chapéu para aquele pé. Era um espécime benfeito, magnífico.

Eu me aconcheguei mais para perto, numa tentativa de me aquecer. Quando me aproximei, ele soltou um ronco e se mexeu para a beira da cama. Egoísta. Nós íamos acertar as contas quando ele levantasse.

Eu precisava fazer xixi. Devia estar resfriada, pois normalmente não acordaria tão cedo para ir ao banheiro. Usei a privada, então me olhei no espelho. Traços de maquiagem cobriam um rosto com barba por fazer. Meu cabelo curto estava bagunçado e meus olhos inchados não eram nada atraentes.

Como eu sempre digo, sou um perfeito exemplo das maravilhas da maquiagem. Embora eu seja um homem até bem bonito, com a maquiagem certa me transformo numa deusa das telas de cinema. Não as estrelas de hoje em dia. Refiro-me às brilhantes e glamorosas estrelas de Hollywood dos anos 1950 e 1960.

Diante do espelho jazia um aparelho de barbear pronto para o uso. Mas eu não sentia vontade de usá-lo. Ele sabia com quem tinha ido para a cama. Não deveria ficar surpreso com meu estado atual. Além disso, passara a noite inteira agarrando firme a minha coisa. Ou pelo menos até cair no sono e virar de costas.

Depois que eu saio da cama, não volto mais. Então lavei o rosto e passei gel no cabelo, que se transformara num penteado pós-punk. Um jovem simpático então me encarava no espelho. Eu tinha virado eu.

O frio da manhã lambia minha pele, e senti um arrepio. Pensei em me vestir, mas mudei de ideia. Não há nada como passear sem roupa pelas casas dos outros, principalmente quando pertencem a homens ricos como o ladrão de coberta.

Inspecionei a cozinha, com a intenção de preparar o café da manhã. Havia todos os tipos de chás possíveis e imagináveis, porém nada de café. Aparentemente, algumas pessoas não bebem café. Fileiras de frascos de vitaminas, sucos naturais e aveia mostravam seu evidente cuidado com a saúde, também ilustrado por sua barriga lisinha.

Havia fotos de crianças presas por ímãs na geladeira. Dois meninos, ambos com cabeleiras densas como a dele. Eles eram mais claros que o pai. Ou quem sabe os cabelos dele tivessem escurecido com a idade, e a pele com os jogos de tênis e banhos de sol. Era difícil adivinhar as idades dos meninos, mas faltava pelo menos mais dez anos, quem sabe mesmo uns doze, antes que eles servissem para alguma coisa. Além disso, prefiro homens maduros, como o pai deles.

Xeretei a geladeira enquanto esperava que a água fervesse. Como a maioria dos solteirões, a geladeira dele estava vazia exceto por algumas garrafas de vinho branco, leite, ovos diversos, tipos de queijo e uma variedade de salsichas exóticas. Também havia garrafas de bebidas tônicas e energéticas. Examinei a etiqueta de uma delas. Se ali tivesse mesmo o que estava escrito, eu ficaria com ainda mais fogo depois de beber aquilo. Pus o frasco de volta no lugar. Mesmo porque a água começara a ferver.

Pus um saquinho de chá de limão numa caneca azul-cobalto com borda dourada. Não enchi até a borda com água quente, retirando o saquinho e acrescentando água em temperatura ambiente para não ter de esperar para beber.

Os jornais tinham chegado. Levei meu chá e os jornais para a sala de estar. A janela tinha uma vista imensa do Bósforo. Iluminada por trás, a costa asiática parecia quase fantasmagórica. Era um dia fresco, ensolarado. A luz do sol invadia a sala. Deixando o jornal de lado, decidi aproveitar a paisagem, cuja beleza eu não apreciara direito na noite anterior.

Dali das colinas de Ulus, eu via o Bósforo de cima. Navios deslizavam pelo mar azul-escuro. Um bosque de pinheiros erguia-se entre a casa e a água. Uma esmeralda brilhante. Lembrei de como boa parte da vegetação de Istambul desapareceu e soltei um suspiro. A alegação de minha avó, de que "Istambul antigamente não tinha nem metade desse verde; os topos das colinas ao longo do Bósforo eram totalmente pelados", não me impediu de embarcar numa falsa nostalgia da "Istambul verde".

Contemplando aquela vista, fui dando goles no meu chá. Ainda era cedo demais para sair à rua. E ele ainda não parecia ter nenhuma intenção de acordar. Meu estômago roncava, mas eu definitivamente não ia chegar nem perto daquela aveia. Havia dois pêssegos numa fruteira. Comi ambos.

Então fiz outro chá. Acomodei-me na mesma poltrona funda de couro. Conforme a luz da manhã se transforma, observar o Bósforo é como assistir a um filme. A margem oposta já estava iluminada de um modo completamente diferente. Cada momento tinha seu próprio drama visual.

De algum lugar lá dentro escutei o barulho de uma descarga, seguida de um gargarejo. Então Cengiz havia levantado. Mudei para uma pose mais decente. Ele logo estava ao meu lado. Também nu. Como sempre fazem os que têm orgulho de seu corpo.

Ele estava sorrindo.

– Você acordou cedo – ele comentou.

Ele se inclinou para me beijar, seu hálito cheirando a enxaguante bucal de menta.

Sentado na poltrona em frente à minha, ele começou a me examinar com atenção. Seus olhos ainda estavam embaçados de sono; eu não sabia direito o que ele estava olhando, ou o que estava achando do que via.

– Assim você também fica muito bem.

Eu sabia. Conheço homens como Cengiz. Ele estava querendo transar outra vez. Eu apenas sorri.

Ele se levantou, veio até o meu lado e me beijou de novo. Ele estava cheio de desejo. Mas eu não estava. Fiquei de pé e escorreguei das mãos dele.

— A chaleira ferveu. Vou preparar uma xícara de chá para você.

Cengiz sentou na minha poltrona enquanto eu ia para a cozinha.

Quando eu trouxe o chá, ele me agradeceu. Ele estava olhando para o jornal. Sua paixão matinal havia arrefecido.

— Outra travesti morreu. Você viu isto? — ele perguntou.

— Saiu ontem no jornal. Um incêndio — eu respondi.

— Não, não é essa. Outra. Afogada numa cisterna. Você viu?

Eu não tinha visto. O jornal estivera lá a manhã inteira, mas eu não havia nem olhado as manchetes. Já era hora de deixarem de relegar as mortes de travestis à página três.

Uma travesti morta por dia. Era mesmo perturbador. Ontem Ceren, e hoje... Gül! Mesmo na foto três por quatro padrão, ela era de uma beleza estonteante. E, segundo o jornal, só tinha dezessete anos.

Gül foi encontrada morta num poço em Kücükyalı que não era mais utilizado por causa da nova estrada costeira. A causa da morte foi afogamento. O Instituto Médico-Legal estava investigando.

Minha inquietação deve ter sido bem visível. Cengiz se empoleirou no braço da minha poltrona. Acariciou meu ombro sem dizer nada. No começo, fiquei incomodada; depois aquilo me reconfortou.

SEIS

Podia ser apenas uma coincidência? Primeiro Ceren, e depois a jovem Gül, sua parceira de rua, foram encontradas mortas. Não parecia nem um pouco normal para mim.

Uma morreu em Tarlabaşı, longe de casa, num incêndio num prédio abandonado. A outra se afogou num poço que pertencia a uma casa desocupada, na costa asiática de Istambul, em Küçükyalı, um bairro não muito promissor para travestis. As duas meninas eram amigas. É verdade que são raras as amizades legítimas, mas elas ao menos tinham uma relação próxima de trabalho. Talvez Gül, tão nova no ramo, tivesse a esperança de construir uma vida nova trabalhando com Ceren, que era mais experiente.

Quando cheguei em casa, comecei a olhar jornais na internet, procurando mais informações. Não encontrei nada que parecesse importante.

O nome verdadeiro de Gül era Yusuf Seçkin. Ela era do mar Negro. Então Hasan devia estar se referindo à cor da pele dela quando a descrevera como "cor-de-rosa e branca".

Especialmente notável era que ela tinha virado travesti quando ainda era apenas uma criança. Parece que a moral e os valores do país estão indo por água abaixo. Eu decidi, assim que possível, derrubar o *site* que dizia isto. Este tipo de coisa não acontece por mera imitação, ou por causa de um suposto modelo de comportamento.

Não havia notícias sobre a família da travesti mirim.

Poços abandonados são uma grave ameaça pública. O que a prefeitura está fazendo? É preciso tomar uma atitude. O repórter e o editor responsáveis por extrair daquela morte esse tipo de lição mereciam uma boa surra.

Em seguida telefonei para Hasan, é claro.

– Şükrü desabou quando ouviu a notícia. Estou tentando consolá-lo – ele disse. – Você sabe como ele era fã de Gül.

– O que você sabe? – eu perguntei.

– Nada por enquanto. Se eu descobrir alguma coisa, te aviso – ele me garantiu.

Eu havia tomado uma chuveirada na casa de Cengiz, mas ele tinha ficado me agarrando, e eu estava grudenta. Tomei um banho rápido e me aprontei para sair. É melhor ir ao necrotério com a aparência de um distinto cavalheiro. Eles teriam a versão mais detalhada das mortes.

Com um pequeno suborno e um sorriso eu devia conseguir as informações de que precisava. Consegui chegar à médica encarregada depois de passar pelos subordinados. Era uma mulher especialmente feia, e eu hesitei se devia ou não elogiar a aparência dela.

Decidi ser apenas simpática. Expliquei meu problema num tom comovente. Apelei para a consciência dela. Embora duvidasse que um corpo tão magro e seco pudesse de fato abrigar algo semelhante a uma consciência, suprimi esse pensamento.

Ela me observava com atenção, sem falar nada.

– E você é um deles? – ela quis saber.

Odeio esse tipo de pergunta, que acho extremamente agressiva. Não que eu dê uma de macho. Mas, dada minha condição geral, minha roupa e minha barba de dois dias, me assustei um pouco com aquela pergunta tão direta.

A dona doutora me lançou um sorriso de cumplicidade.

– Não importa – ela disse. – Alguns dos meus melhores amigos são gays. Não tenho problema com isso.

Se ela esperava que sua indulgência fosse recompensada com gratidão, estava redondamente enganada. Detectei um traço de malícia naquelas palavras. Minhas reservas de tolerância são limitadas. Senti que estava me irritando.

—Você vai me ajudar? – eu perguntei.

—Veremos.

Ela não disse o que nós veríamos, nem mesmo o que ela queria de mim. As palavras "megera feiosa" cruzaram minha mente.

Ela ainda estava me passando em revista. Eu retribuí fazendo o mesmo. Na verdade, os contornos gerais do rosto dela não eram de todo maus, e cada elemento da face, visto isoladamente, era mais ou menos normal. Porém a soma das partes era de fato uma visão repulsiva. O cabelo mal tingido ficara da cor de carne, e aplicações entusiasmadas de laquê haviam produzido um capacete impenetrável. Além de ser simplesmente armado, não tinha estilo algum. Ela parecia uma professora de régua na mão, pronta para dar uma palmada no primeiro aluno que desse risada.

Ela não ostentava nenhum tipo de aliança, o que não era surpresa. As sobrancelhas haviam sido arrancadas quase totalmente, e eram finas, arqueadas, no formato de parênteses. Contribuíam para a tensão geral do rosto. A maquiagem era quase inexistente, mas conseguia ser desastrosa assim mesmo.

Ela franziu os lábios enquanto me olhava.

– Estou fazendo uma pesquisa – ela revelou.

Eu soube muito bem, naquela mesma hora, que esse tipo de pesquisa não resultaria em nada de bom. Mas fiquei de boca fechada.

– Sobre homossexuais – ela explicou.

– E...?

– Eu gostaria que você participasse.

Não consegui resistir e perguntei a natureza da pesquisa dela. Eu tinha todo o direito de saber o que me esperava, e se valia ou não a informação que eu estava procurando.

Ela girou a caneta, agressiva. Obviamente estava medindo as palavras, pensando em como extrair de mim uma resposta afirmativa.

– Nossa pesquisa enfoca principalmente casos de imoralidade e homossexuais que se inscreveram para tratamento na clínica de doenças venéreas.

Eu fiquei passado. Ao que parece, algumas das meninas se internam na clínica por vontade própria. Antes, eu tinha a impressão de que eram levadas ao hospital após serem recolhidas durante batidas da polícia. As meninas escolhem apenas os melhores médicos e hospitais particulares. Ser mandada à clínica de doenças venéreas é mais como uma punição, como ir para a cadeia.

– É uma pesquisa de caráter prático e aborda mudanças e deformações ocorridas no esfíncter.

Eu me perguntei se tinha ouvido direito.

– E o que isso quer dizer?

Tanto fazia se ela me achasse ignorante. Eu precisava saber quais eram suas intenções exatas no que dizia respeito à minha retaguarda.

– Medições básicas – ela explicou. – Nós medimos alterações na constrição do esfíncter. Assim como deformações ocorridas no reto e nas áreas ao redor.

– Acho que entendi – eu disse em voz baixa.

– Oh. E também há um pequeno questionário – ela acrescentou. – Perguntas sobre seu histórico sexual, experiências, frequência de relações sexuais e coisas assim. Naturalmente, você não precisa usar seu nome verdadeiro.

– Terei prazer em preencher um questionário, mas não pretendo revelar os detalhes do meu reto.

Ela ficou perplexa com a minha relutância.

– Nós não vamos machucar você. Talvez arda só um pouquinho.

– Esse não é o problema. É só a ideia de um instrumento de metal entrando no meu rabo.

Qual era o nome daquele instrumento? Algo como giroscópio ou periscópio. Fiquei irritada por não conseguir lembrar.

– Retoscópio – ela me informou.

– Não, obrigada.

– Você é quem sabe. – Ela se curvou em direção aos papéis que estavam à sua frente.

Quando ela viu que eu não tinha me levantado, fixou os olhos em mim, sem erguer a cabeça:

– E agora, por obséquio, tenho trabalho a fazer.

Eca! Ela obviamente tinha crescido assistindo a antigos filmes turcos dos anos 1960! Que espécie de frase era aquela?

Ela não tinha intenção alguma de me ajudar. Enquanto não tivesse medido meu esfíncter, realizado uma retoscopia, cutucado e investigado minha bunda, não revelaria nada a respeito de Ceren e Gül. Quanto a isso não havia dúvida.

Na verdade, ela não precisava me dizer nada. Já seria suficiente se ela deixasse eu dar uma olhada nos arquivos. Ela olhou para mim como uma queridinha do professor prestes a dar com a língua nos dentes.

Eu me levantei.

SETE

Encontrei Gönül na porta do Instituto Médico-Legal. Esta menina, a mais ignorante e desavergonhada do nosso pequeno círculo, costuma aparecer ou no necrotério, ou em funerais.

Como sempre, ela estava aos prantos. Vestia uma saia folgada coberta com uma estampa carregada e presa, eu suspeitei, por uma tira de elástico. Descendo até o chão, combinava com uma camiseta branca decorada com o desenho de um pavão feito de lantejoulas. Quando me avistou, ela parou onde estava e me lançou um olhar demorado, duro:

— Você me deve uma refeição.

Não era bem o que se esperaria como frase de abertura, especialmente vinda de uma pessoa chorando de modo tão teatral.

— Promessa é dívida — eu garanti a ela.

— Mas eu perdi o seu número. Como faço para achar você?

Passei meu número para ela outra vez. O do escritório, onde é mais difícil me encontrar. Vou lá no máximo uma vez por semana, mas a secretária anota os recados.

O sofrimento dela implicava que ela era amiga íntima de Ceren e Gül. Pedi que ela confirmasse.

— Que me importa essa Ceren? Ela era uma vigarista. Já Yusuf é diferente. Estou chorando por ele.

Ela voltou a soluçar.

— Eu trouxe ele de Rize para cá. Era um garoto laz loiro, todo cor-de-rosa e branco, o cabelo dele parecia cabelo de milho.

Era exatamente igual a uma menina. E queria tanto ser uma! Eu o trouxe comigo para me fazer companhia. Mas então aquela vagabunda da Ceren nos separou.

Eu estava na pista certa. Gönül voltou a chorar. Ia ser impossível extrair mais alguma informação dela ali. No entanto, se eu ficasse a sós com ela, quem sabe o que ela iria me contar?

– Que você acha de nós comermos uma coisinha agora? – eu sugeri.

Um sorriso lentamente se abriu no rosto dela, um rosto que já estava quase sem maquiagem nenhuma. Ela estava decidida a cobrar a refeição que eu lhe prometera. Gönül apontou para o prédio do Instituto Médico-Legal.

– Só deixe eu descobrir o que está acontecendo – ela disse.
– Eu espero.
– Promete?

Eu prometi. E confirmei piscando um dos olhos. Ela respondeu com um beijo maroto, então desapareceu no prédio sinistro do necrotério.

Fiquei quase meia hora esperando antes de ela finalmente aparecer, resmungando consigo mesma:

– Eu disse a eles que era guardiã da Gül. Que pessoas nojentas! Não me ajudaram em nada. Enfim, tinha uma médica. Uma mulher medonha, de dar pena. Ela está fazendo um tipo de estudo; me disse para voltar amanhã de manhã, com a barriga vazia.

Gönül me disse isso tudo num único fôlego. Então respirou fundo. Com certeza não fazia ideia do que esperava por ela no dia seguinte. Não havia por que eu me sabotar contando sobre a retoscopia. Fiquei de bico fechado.

– Onde nós vamos? – ela perguntou.
– Onde você quiser.
– Você iria a Beyoğlu?
– É claro!
– Então você não ia ter vergonha se vissem você comigo?

– É claro que não. Não seja boba – eu garanti.
– Se você acha melhor não ir, é só me dizer. Não me importo. Algumas pessoas preferem não serem vistas comigo.

Ela tinha um estranho hábito de engolir os erres. Eu não tinha notado antes. Quem sabe ela achasse que isso lhe dava um ar de refinamento?

– Do que você está falando? – eu protestei. Peguei o braço dela e a conduzi em direção ao ponto de táxi.

No instante em que nos sentamos, cedi à minha curiosidade:
– Me conte tudo – eu exigi.
– Não aqui no táxi – ela se recusou. – Conto no restaurante.

Alguma coisa havia acontecido com o rouxinol de alguns instantes atrás. Ela agora estava dando uma de tímida na frente do taxista.

– Por que não descemos em Tünel ou Galatasaray? Então podemos ir a pé até Taksim – ela sugeriu.
– Onde você gostaria de comer? – eu perguntei.
– Você decide. Eu escolhi a área; você escolhe o restaurante. Você vai pagar; você é quem sabe.

Eu quebrei a cabeça, tentando pensar num lugar reservado onde pudéssemos conversar à vontade, sem ninguém nos incomodando. Não consegui ter ideia nenhuma.

Sem perder o hábito, Gönül começou a flertar com o taxista. Todos nós temos nossas peculiaridades. Pelo que ouvi falar, a simples imagem de uma mão segurando um volante é suficiente para seduzir Gönül. Tipo e idade são detalhes menores, a serem discutidos depois.

– Irmão, de onde você é? – ela começou.

Nosso motorista era de Iğdır.

Quando Gönül ouviu o nome "Iğdır", respirou tão fundo que parecia que estava provando o elixir da eterna juventude. O motorista virou a cabeça com uma cara assustada.

– Você é bom mesmo no volante – ela continuou.

Senti o sangue subindo devagar até minha testa. O taxista começou a nos observar pelo retrovisor. Não havia dúvida de quem e o que nós éramos, mas ele parecia não saber direito como reagir.

Atravessamos a ponte Unkapani e estávamos chegando perto do cruzamento em Kasımpaşa. O taxista fez a pergunta de sempre:

– Galatasaray ou Tünel? Qual vai ser?

Gönül aproveitou a oportunidade para entrosar o taxista.

– Qual você acha que vai ser melhor? – ela disse.

Eu tinha certeza de que Gönül estava se arrependendo muito de não ter sentado na frente.

– É que vamos comer uma coisinha. Você recomenda algum lugar? Talvez você conheça algum restaurante legal.

Eu olhei pela janela para esconder minha vergonha. O taxista de pele escura me olhava fixo pelo espelho. Fiquei ainda mais vermelha.

– Você pode vir com a gente, se quiser. – Gönül de repente virou-se para mim. – Tudo bem, né? Por mim, *abla*?

Além de tudo ela estava se referindo a mim como "irmã mais velha", e eu estava vestido como homem! Eu não sabia o que fazer. Por que raios o taxista viria comer conosco? Ele não dissera uma palavra, apenas nos olhava pelo espelho. Como não lhe demos instruções, ele optou por virar em Tünel, e agora estava indo em direção a Galatasaray.

– Eu sou louquinha por homens do leste.

Tudo o que Gönül diz, não importa o que seja, sempre beira o obsceno. E as caras que ela faz só são apropriadas para pornografia.

– Na verdade, eu também sou do leste. De Van. – Ela estava paquerando o homem abertamente, enquanto lambia os lábios sem parar, como uma atriz de filme pornô alemão.

– Não há nada como os homens do leste.

O motorista revelou-se um verdadeiro *gentleman*. Virou em Tepebaşı, e então parou em Odakule.

Ele apontou para um prédio perto de Odakule, sem nem mesmo olhar para nós:
— O último andar desse prédio.
Paguei a tarifa depressa, então tentei abrir a porta da esquerda. Quanto antes eu saísse para a rua, melhor. A porta não queria abrir.
— Está quebrada. Você precisa usar o outro lado — ele informou.
Gönül abriu a porta, porém não tinha intenção de sair do táxi.
— E se não conseguirmos encontrar o restaurante? Vamos, por que você não acompanha a gente?
Ele apontou para o prédio outra vez:
— O último andar. O nome é Mefharet, ou Meserret, ou algo assim.
Ele me deu o troco e dei um empurrãozinho em Gönül. Ela precisava ser empurrada.
— Que pedaço de homem! Bem o meu tipo — ela suspirou. — E você não ajudou nem um pouco. Puxa vida!
Eu dei um sorrisinho bobo, o último recurso de quem realmente não sabe o que dizer. Esse sorriso pode significar compreensão, humildade ou um pedido de desculpas. Deixei que Gönül o interpretasse.
Pegamos o elevador até o último andar, então subimos um lance de escadas até um terraço no topo do prédio com uma vista panorâmica do estuário do Chifre de Ouro. Os bairros de Balat, Fener e Ayvansaray estendiam-se diante de nós, à beira da água. Não havia muitos clientes, o que era bom.
Eu queria fazer logo o pedido e ir direto ao assunto. Assim que recebemos os cardápios, perguntei ao garçom o que ele recomendava.
— Guisado de camarão como entrada, seguido de...
Gönül interrompeu:
— Eu não como camarão.
— Qual é o prato do dia? — eu quis saber.

— Filé mignon com cogumelos; ou *schnitzel*.
— Qual você prefere? — perguntei a Gönül.
— Por que não pedimos os dois e dividimos? — ela sugeriu. — Assim não vamos ficar secando o prato uma da outra.

Não era uma má ideia. Nós pedimos. Assim que o garçom foi embora, Gönül começou a falar:
— Como você talvez saiba, às vezes eu saio em turnê.

Eu não sabia. Mas não parecia importante, por isso não reagi. Mesmo assim, ela fez questão de explicar tudo em detalhes:
— Pois é, meu bem. Uma boa comerciante sabe quando e onde ganhar dinheiro. Você precisa esperar até que as avelãs ou o algodão tenham sido colhidos. Então sai faturando. Você precisa saber quando eles vêm colher algodão em Ceyhan. Essa é a época boa de oferecer seus serviços. Depois que a colheita termina, quando os homens estão com as mãos vazias e os bolsos cheios, o que eles têm na cabeça? Nós! Pois é, eu trabalho de um jeito sistemático.

Eu tinha de tirar o chapéu. Não conseguia acreditar que ninguém mais houvesse pensado naquilo. Para quem não se incomodasse com aquela sibilância afetada, a técnica de Gönül era mesmo admirável.
— É mesmo uma ideia muito esperta — eu elogiei.
— É claro. Eu sei o que estou fazendo. As outras pensam que sou uma caipira, mas conheço todos os truques. Mesmo assim não vou contar mais nada. Não é bom.

Eu li em algum lugar que as pessoas podem influenciar a inteligência das outras ao redor. Gönül com certeza é uma dessas pessoas. Sentada diante dela, senti meu cérebro se esvaziando, meu QI retrocedendo para dois dígitos.
— Enfim. Fui a Rize no ano passado, logo depois da colheita de chá. Você não imagina como é difícil acompanhar essas coisas. Eu ouço as datas da colheita na TV, e lá vou eu.

O ajudante do garçom nos trouxe as bebidas. Gönül ficou em silêncio até ele ir embora.

– Então fui para Rize, me perguntando qual seria minha participação na colheita de chá. Há cafeterias especiais frequentadas pelos comerciantes e trabalhadores que lidam com o chá. Eu me sentei em uma delas. O ar estava carregado de *kismet*. Um dia, chegou um jovem. Era um rapaz bonito, corpulento. Fizemos um acordo. E então fomos para a casa dele. Havia seis ou sete homens, todos irmãos. E Yusuf era o caçula da família. Eu o medi com os olhos. Ele era exatamente que nem uma menina. Tão bonito. Aqueles olhos. Aqueles lábios. Aquela pele cor-de-rosa. Como se ele tivesse nascido com o nariz empoado. Depois que os irmãos dele tinham feito o que queriam, e eu estava indo embora, ele me seguiu pela rua inteira, me atazanando com perguntas sobre Istambul, que tipo de trabalho ele podia arranjar se viesse para cá. Era muito óbvio aonde ele queria chegar.

Nossa comida chegou.

– Com qual você quer começar? – ela perguntou.

Deixei que ela escolhesse.

–Vou começar com o prato úmido. Depois passo para o seco.

Eu cuidadosamente dividi o *schnitzel* em duas porções iguais, empurrado a dela para um dos lados do meu prato.

– Resumindo, aquele garoto ficou me seguindo durante dois dias. E eu o trouxe para Istambul comigo.

– Mas ele ainda era menor de idade. Era uma criança.

– Eu sei – ela admitiu. – Mas se eu não tivesse trazido ele comigo, outra pessoa teria feito isso. Ele já tinha decidido. Tinha encasquetado em vir para Istambul.

A sibilância dela ficara mais acentuada, com "e"s finos substituindo a maioria dos "a". Eu estava me concentrando tanto nas liberdades que ela tomava com a língua turca que perdi a maior parte do que ela estava dizendo. Quer dizer, eu estava tendo problemas em acompanhar o discurso de Gönül, muito embora nós falássemos a mesma língua. Ou pelo menos versões da mesma língua.

–Você não ficou com medo? Isso é como raptar uma criança.

— *Aman*, eu ia ter medo de quê? Nessa idade, eles já mandam meninos e meninas para casar.

— E quanto aos irmãos mais velhos? O que fizeram?

— Não faço ideia. Não telefonamos para perguntar.

Ela estava totalmente absorta na refeição, e por isso falava muito mais devagar. Primeiro cortou a carne em pedacinhos minúsculos, depois transferiu o garfo para a mão direita. Cada pedaço foi então levado à boca, um por um.

— Ele ia ser meu companheiro. Ia sair para trabalhar comigo, para aprender as manhas. Seria como uma filha. Eu até comecei a chamar ele de Gül por causa do rosto, que parecia uma rosa. O nome pegou.

— Ele também ia render muito dinheiro para você...

— Naturalmente. Enfim, ele estava pronto para entrar no ramo. Por que eu não deveria me beneficiar disso, em vez de outra pessoa? Você não concorda? E quando ele crescesse, tomaria conta de mim. Nós íamos trabalhar juntos, comer juntos. Não pretendo ganhar a vida na rua pelo resto da minha vida.

— E então, o que aconteceu?

— Que você acha? Ele conheceu aquela piranha da Ceren. Meu cordeirinho não tinha nem um dedinho de maldade. Ele adorava tudo o que via, e queria tudo. Você me conhece. Eu cuido do meu dinheiro. Não fico gastando que nem uma louca. Quanto mais Gül via, mais ele queria; nada era suficiente. Então Ceren entrou na cola dele.

O rosto dela de repente ficou amargo, com o lábio inferior torto e esticado, como Mürevvet Sim. Seus olhos viraram para o lado, num sinal de reprovação.

— Ceren andava com ele para cima e para baixo. Ele estava rolando na grana. Um menino sem um único pelo, que nem um amendoim. E ele sabia o que estava fazendo. Quem sabe quantos clientes por noite ele atendia; você imagina.

Havia um inconfundível traço de inveja na voz de Gönül. E no fim ela tinha razão. Ela havia encontrado o menino bonito, o trouxera para a cidade, e então tinha visto Ceren colher o fruto de seus esforços.

– Você faz alguma ideia de como ele morreu?

– Ele se afogou. Num poço. Você conhece o provérbio turco sobre a moringa de barro que se quebra a caminho do poço. Bem, neste caso é verdade. Ele morreu do jeito como viveu.

– E Ceren morreu apenas um dia antes num incêndio.

– Que Alá condene essa cachorra ao inferno! Que ela queime nas chamas demoníacas! Essa pistoleira ganhou o que merecia. Piranha maldita! Que mais posso dizer?

– Enfim, ela está morta – comentei.

Nós trocamos de pratos. Comecei a comer o filé mignon.

– Estou tão chateada com essa história da Gül – Gönül continuou, de boca cheia. – Ele era tão lindo. Igual ao nome dele. Um rosto bonito como o do profeta José.

Isso mesmo! Aquela estranha coincidência, meio registrada e meio escondida em algum lugar nas sombras de minha mente, acendeu-se como uma lâmpada: a semelhança entre o que aconteceu com Gül-Yusuf e a história do profeta Yusuf! Ambos eram célebres por sua beleza. Ambos eram os caçulas de uma família grande. Com sua beleza e seu temperamento perfeitos, o profeta Yusuf era o mais amado dos filhos de seu pai. O profeta Yusuf também tinha irmãos mais velhos. De acordo com o Livro Sagrado, os irmãos tinham tanto ciúme do favoritismo do pai que jogaram Yusuf num poço.

A xícara recém-chegada de café forte e preto despertou minha mente. Os irmãos de Gül deviam tê-la encontrado e punido. Esse tipo de justiça tradicional ainda é comum em alguns lugares. Famílias se reúnem para julgar membros que se desgarraram. Muitas vezes se chega a um veredito de execução. E esta espécie de execução é levada a cabo do modo mais horrível que se pode imaginar. Podia ser isso o que tinha acontecido com Gül, o jovem Yusuf. Se fosse, era um ato realmente brutal. Senti um calafrio.

OITO

Eu me livrei de Gönül o mais rápido possível. Precisava organizar minhas ideias.

Se Yusuf tinha sido morto por seus irmãos, eles podiam ter encontrado Ceren por acaso enquanto procuravam Yusuf, e tê-la matado por ter envolvido o irmão deles em homossexualidade. Mas Ceren morreu primeiro! Ora, isso era possível. Talvez eles tenham grelhado Ceren para descobrir onde Yusuf estava; quem sabe até a tenham torturado para obrigá-la a falar. E então encontraram Yusuf...

Por enquanto fazia sentido, porém mesmo se fosse verdade, como eu poderia provar? Só o que eu tinha era uma coleção de hipóteses. Podia ser tudo fruto da minha imaginação.

Minhas têmporas estavam latejando. Qualquer tipo de violência me tira totalmente dos eixos.

A médica do Instituto Médico-Legal poderia me ajudar, porém apenas sob uma condição: que eu permitisse que ela brincasse com a minha bunda. Eu podia respirar fundo e deixar que ela fizesse isso. O pior que podia acontecer era eu não conseguir informação nenhuma. Eu ficaria com a bunda doendo à toa.

Se pelo menos eu soubesse exatamente o que estava procurando... Porém eu não sabia.

Quem sabe o comissário Selçuk Tanyer, que eu não via fazia um bom tempo, pudesse me ajudar? Fui para casa e procurei o nome dele na minha agenda. Estava listado na última página, sob o título "chefe de polícia". Bem na ponta dos meus dedos.

Foi preciso um certo esforço para conseguir falar com ele, mas eu finalmente consegui.

— Ei! — ele exclamou. — Há quanto tempo! Você só liga quando precisa de alguma coisa.

Não há nada mais irritante que começar uma conversa com uma reprimenda. Ele agia como se minha secretária eletrônica estivesse cheia de recados dele. Como se ele estivesse tentando falar comigo, mas eu só pensasse nele quando me fosse útil.

— Eu não queria atrapalhar você — eu disse. — Sei como você é dedicado ao seu trabalho.

— Para você eu sempre tenho tempo.

E era verdade. Nós éramos amigos de infância, crescemos no mesmo bairro. Ele me protegia quando brincávamos na rua. Mais tarde, trocamos beijos apaixonados até os lábios incharem.

— Em que posso ajudar? — ele perguntou.

Resumi a história para Selçuk. Eu sabia que o departamento dele não tinha nada a ver com o caso, mas esperava que ele encontrasse um modo de obter acesso ao relatório da necrópsia.

— Você tem umas ideias interessantes — ele elogiou. — Talvez esteja na pista certa. Nossos rapazes pensaram a mesma coisa. Quem sabe até investiguem os irmãos. Espere um instante e vou descobrir.

— E quanto ao relatório da necrópsia? — eu perguntei.

— Foi concluído. Eu mando para você.

Seria melhor se ele tivesse sugerido que um policial me acompanhasse até o prédio do Instituto Médico-Legal. Eu ia gostar de ver a expressão no rosto da molestadora de traseiros quando eu chegasse na companhia de um oficial.

Informei a ele o que tinha em mente.

— Não exagere, meu bem — ele me aconselhou. — Não há por que transformar isso num drama.

Eu dei a ele o meu número, e combinamos de nos encontrar o mais rápido possível. Odeio esperar. Fico tensa. Fico sem saber o que fazer. Sinto que não vou conseguir terminar nada que eu comece. Ficar sentada esperando só faz o tempo passar ainda mais devagar. Esperar é uma tortura.

Decidi matar tempo no computador. Há sempre arquivos que precisam ser organizados, programas a ser deletados. Ou eu podia navegar na internet, entrar num *chat*, jogar cartas num desses sites de jogos.

Eu sou fera no PC. Tenho o computador certo para mim. As atualizações que acrescentei melhoraram muito o desempenho da máquina.

Comecei com tarefas bestas de varredura e compressão de arquivos, primeiro reorganizando pastas velhas. Descobri registros que datavam dos primeiros dias de nossa sala de *chat*. Quando estava prestes a deletá-los, notei o apelido Jihad2000. Ele sempre terminava com a fórmula *bismillahirrahmanirrahim*.

Fiquei *online* e entrei na nossa sala, "Garotas Masculinas". Não havia sinal de Jihad2000. Ele podia estar em outras salas. Consegui encontrá-lo usando um poderoso sistema de busca. Em ordem alfabética, ele estava nas seguintes salas: "Islã", "Istambul", "Sexo", "Namoro" e "*Zurna*". Ele é rápido e consegue acompanhar todas ao mesmo tempo.

Pedi uma conversa em particular. Ele respondeu ao meu pedido com a fórmula religiosa de sempre. Pedi a ajuda dele. Foi assim que começamos. Também deixei que ele inundasse minha tela com as orações e frases que havia preparado com antecedência. Quando contei a ele que outra travesti havia morrido, ele soltou sua fúria:

> < vocês são todos infiéis! a morte é sua salvação hereges!
> infiéis que adulteram a obra de Alá
> vocês nasceram homens, vivem como mulheres

a morte é sua salvação
você também é um infiel
você também vai morrer>

Não entendi. Ele estava dando a entender que algumas pessoas eram imortais. Digitei:

<Todos nós vamos morrer um dia.
Você não concorda?>

Ele ainda não começara a escrever em maiúsculas. Depois que ele já tinha esfriado a cabeça, perguntou que tipo de ajuda eu queria. Perguntei se ele sabia alguma coisa sobre a morte de Yusuf-Gül.

<Imaculados são os profetas
Sagrados são os seus nomes
Não podem ser aviltados
Os que o fizerem serão punidos>

Eu já tinha entendido qual era a dele.

<você não percebe?
Selá morreu num terremoto
Abraão foi testado num incêndio
José foi jogado num poço
Os nomes dos profetas são sagrados
Os que usam os nomes deles
Devem ser dignos de tal
O Corão lista 25 profetas
E tanto mais
A cada povo foi enviado um profeta
Adão, Noé, Davi, Moisés, Jesus, Maomé!>

E então vieram as maiúsculas furiosas que eram sua marca registrada:

<OS QUE AVILTAM OS NOMES DOS PROFETAS SÃO INFIÉIS O FIM DOS INFIÉIS ESTÁ PRÓXIMO>

Ele não estava mais me respondendo. Sumiu imediatamente. Ele tinha entrado na sala "Garotas Masculinas" e estava inundando a sala com essas mesmas mensagens.

Calculei que se eu agisse rápido conseguiria encontrar informações sobre o servidor dele, ou pelo menos saber de que lugar ele estava conectado. Bem quando abri o programa de monitoramento, o telefone tocou.

Era Selçuk. Ele ia me mandar o relatório da necrópsia na manhã seguinte. Os irmãos Seçkin nunca tinham vindo de sua casa em Rize até Istambul. Não havia motivo para suspeitar deles. Eles não tinham nem comparecido ao funeral e disseram a um repórter que não tinham "um irmão assim".

— Venha jantar comigo uma noite dessas. Assim você pode ver Ayla.

Ayla era a mulher dele. Ela também era do bairro. Selçuk tinha beijado os lábios dela além dos meus. E tinha preferido os dela. Eles começaram a namorar quando estavam no ensino médio. Em suma, eram um casal feliz desde que eu me lembrava.

— Se Alá quiser — eu disse.

A conversa com Jihad2000 afetara meu palavreado.

O programa de monitoramento tinha cumprido sua tarefa. Jihad2000 cortara sua conexão particular comigo, porém isso não fazia a menor diferença. Eu havia descoberto de onde ele estava conectado. Era exatamente a informação de que eu precisava.

Eu lembrava da história dos profetas. Anos atrás, lera todos os livros sagrados por curiosidade. Além disso, meu interesse por filmes de época e minha devoção a Ava Gardner me levaram a ver *A Bíblia* de John Huston em DVD. Adão e Eva, Caim e Abel, Nimrod, o dilúvio de Noé, Abraão, Ló, e Sodoma e Gomorra ficaram na minha mente depois do filme. O homem mais bonito da época, Peter O'Toole, representara os três anjos que visitam Ló nas pecaminosas cidades de Sodoma e Gomorra.

No filme, colorida pelo conservadorismo e pela censura dos anos 1960, Sodoma e Gomorra eram um lugar sombrio e indefinido. Fiquei pensando em como um diretor criativo dos dias de hoje poderia apimentar o filme com umas cenas de pornografia benfeitas.

De minha infância, eu me recordava de vagas imagens da história do profeta José, e de um filme estrelando Yusuf Sezgin. A semelhança entre os nomes Yusuf Sezgin e Yusuf Seçkin era mesmo perturbadora.

Até onde lembro, o profeta Abraão foi jogado numa fornalha pelo rei ímpio Nimrod, porém as chamas foram transformadas em pássaros. O profeta Abraão escapou ileso, e o número de seus seguidores aumentou. Nosso Abraão-Ceren tinha simplesmente virado carvão. As chamas não haviam se transformado em pássaros.

Jihad2000 mencionara Selá, que foi pego num grande terremoto. Quem era Selá? Que terremoto era aquele?

Comecei a pesquisar e encontrei o nome do profeta Selá. Ele é mencionado como um dos profetas no Corão. Foi enviado à tribo idólatra árabe conhecida como os Semud. Ele os conclamou a seguir o único Deus verdadeiro. Eles não acreditaram nele, e agrediram e mataram uma camela enviada por Deus. Se Deus realmente existisse, queriam saber como Ele os puniria. Selá mandou que eles se escondessem em cavernas cavadas na encosta de um penhasco. Então veio uma forte tempestade e um terremoto. Os descrentes morreram em suas casas.

Então o profeta Selá realmente tinha uma ligação com terremotos e tempestades.

Mas por que Jihad2000 fizera aquela referência repentina a Selá? Quando tinha morrido uma travesti chamada Salih? Eu quebrei a cabeça, mas não consegui pensar em nada.

Telefonei para Hasan, nosso *muhtar* onisciente. Ele estava ocupado, e não falou muito. No começo hesitou quando ouviu o nome, então lembrou quem era Salih.

– Ah, pois é. Você a conhecia como Deniz. Aconteceu já faz alguns meses. Ela caiu no poço do elevador e morreu.

Eu lembrava. Não havia sido considerada uma morte suspeita. Ela tinha de fato caído no poço de um elevador num prédio residencial em Ataköy. Eu recordava claramente. Não tinha nada a ver com um terremoto. Não houvera relação entre um tremor de terra e a morte de Deniz. Nós lamentamos, porém logo mudamos de assunto.

– Por acaso morreram meninas com nomes verdadeiros como İsa, Musa, Nuh e outros assim? – eu perguntei.

– Ora, mas o que é isso? Algum tipo de história dos profetas? – ele perguntou.

Na verdade, era mais ou menos isso. O que nós tínhamos era uma série de mortes, todas acompanhando de perto a história dos profetas. Garotas com nomes de profetas estavam caindo mortas. Além disso, havia uma semelhança perturbadora entre o jeito como elas morreram e o profeta cujo nome tinham.

Eu precisava aguardar os relatórios enviados por Selçuk para conseguir informações mais detalhadas sobre Gül e Ceren, também conhecidas como Yusuf e İbrahim, porém isso não me impedia de investigar a morte de Deniz, ou Salih. Eu podia começar a pesquisar o caso, mas já haviam se passado pelo menos alguns meses, e a pista com certeza estava fria. O que eu poderia encontrar? A resposta era nada, ou quase nada.

Eu não conhecia Deniz de verdade. Mas ela era amiga íntima de Cise, uma *habitué* da boate. Elas até moraram juntas por um tempo. Até que, furiosa por causa do xixi nas roupas dela, Cise atirou o poodle de Deniz na parede, e o relacionamento terminou. Quem sabe uma breve conversa com Cise quando eu fosse à boate naquela noite não resultasse em alguma informação?

Organizei meus pensamentos e repassei uma lista de alternativas: A) Eu estava sofrendo de paranoia, B) O falatório ridículo de Jihad2000 estava me provocando, C) Um *serial killer* maníaco estava à solta, D) Tudo não passava de mera coincidência.

A paranoia pode ser muito benéfica: estimula um jeito cuidadoso de encarar a vida. Ainda não sofri consequência alguma por isso. Na verdade, odeio pessoas sem uma dose de paranoia. Como as pessoas podem ser tão arrogantes, tão complacentes? Acho uma grande besteira. Não há nada mais saudável que abordar com um grau de suspeita pelo menos alguns aspectos da vida. E quem pode negar que, depois que você começa, há mais que o suficiente para deixar qualquer um preocupado?

Eliminei automaticamente a alternativa D. Mesmo se fosse apenas uma coincidência, eu tinha me envolvido. Mesmo que tudo não passasse de uma série de golpes do acaso, isso também precisaria ser provado.

Quanto a Jihad2000, ele podia estar falando bobagem. Eu ainda não conseguia relevar o fato de que ele sabia de tantas coisas, e que tudo convinha tão bem a seu grande plano de condenação eterna. Não seria impossível rastreá-lo e monitorar todos os seus movimentos. No mínimo, eu podia puxar a orelha dele, assustá-lo, impedir que ele soltasse o verbo na nossa sala de *chat*.

A possibilidade de estarmos lidando com um *serial killer* enlouquecido era sem dúvida uma ideia intrigante. E tão assustadora quanto intrigante. Havia diversos pontos de interrogação, começando com quem era o assassino ou a assassina, e qual era sua motivação. Se ele estava à solta, era preciso detê-lo imediatamente.

E também havia a possibilidade de que o próprio Jihad2000 fosse o *serial killer*.

Examinei o endereço de onde ele tinha se conectado. Era um endereço fictício, o que não era surpresa. Não foi difícil para mim encontrar o nome de usuário dele no servidor. Ele tinha se conectado usando o doruk.net, um servidor não muito difundido, e seu nome de usuário estava registrado como kbarutcu@doruk.net.tr.

O servidor Doruk visava o segmento corporativo de serviços de internet. Por esse motivo, os sistemas de segurança deles eram altamente desenvolvidos. Porém isso não significava que eu não pudesse penetrar neles.

Preparei uma xícara de chá de erva-doce antes de pôr mãos à obra. Depois de alguns goles, decidi em que ordem iria encarar as tarefas que tinha pela frente. Acabou sendo um desafio muito maior do que eu esperara. Havia uma série de medidas de segurança desnecessárias. Porém uma vez que eu tinha decifrado o código do nome de usuário, destrinchei o resto como uma meia-calça gasta.

"kbaructu" era ninguém menos que Kemal Barutçu. Ele morava em Beşiktaş. Anotei o endereço dele e dois números de telefone.

Não havia detalhes informando se aquele era um endereço residencial ou comercial. Cada situação apresentaria uma série de problemas diferentes. A última coisa de que eu precisava era um monte de parentes ou colegas apinhados em volta de mim, caso ele não estivesse sozinho.

Uma visita não seria necessariamente um problema, porém eu precisava descobrir se ia visitar uma casa ou um endereço comercial. Decidi ligar primeiro, pois não sabia com o que ia me deparar. Eu não queria ligar do meu telefone de casa, o que permitiria que ele registrasse meu número. Abri meu programa decodificador de telefone, e um número em Jersey foi escolhido ao acaso. Meu telefone apareceria com este número. E a ligação seria debitada na conta telefônica de quem quer que fosse o proprietário daquela conta telefônica em Jersey.

O telefone não tocou por muito tempo.

– *Efendim?* – respondeu uma voz anasalada do outro lado. A voz era insegura, jovem e obviamente masculina. Fiquei contente de ter acertado a idade dele.

— Kemal *Bey*, por favor — eu disse.
— Ele mesmo. Em que posso ajudar?
Ele parecia educado, mas falava por entre os dentes.
— Com licença, você pode me dizer se este é um número residencial ou comercial?
— De onde você está ligando?
A voz instantaneamente ficou exasperada.
— Estamos realizando uma pesquisa sobre serviços de internet — eu informei.
— Sim?
— Residencial ou comercial? — repeti.
— Residencial.
Eu obtivera a informação de que precisava. Não havia por que ficar enrolando. Agradeci e desliguei.
Era hora de fazer uma visita a Kemal Barutçu, o dono da voz exasperada, o vulgo Jihad2000. No mínimo, eu pretendia lhe dar um susto por causa do comportamento dele na sala de *chat*. Seria muito bom se eu aproveitasse a oportunidade para informá-lo pessoalmente de que usar um apelido não me impedia de descobrir sua verdadeira identidade, e que ele estaria em sérios apuros se insistisse em me aborrecer.

NOVE

Vesti meu traje mais masculino e, como um belo rapaz elegante, lá fui eu para Akdoğan Sokak, uma rua paralela ao Barbaros Bulvarı em Beşiktas. De um lado havia uma série de prédios indistintos na "rua dos Amados". Eu não gostava muito daquele nome.

O prédio de apartamentos era cinza, desgastado e ficava espremido entre os outros. A porta da rua estava trancada, e não havia campainha principal nem porteiro. Apertei no interfone o botão do apartamento 2. Como nada aconteceu, apertei de novo. A porta se abriu.

O corredor estava mal iluminado e cheirava a mofo. O apartamento 2 ficava no primeiro andar. Lá de dentro, ecoou a voz de uma mulher:

– Quem é?

A clássica resposta "eu" em geral funciona bem. Mas decidi usar outra, pois não queria assustar a mulher. Fiquei pensando no que dizer. De algum modo, eu sempre havia imaginado que o próprio Kemal abriria a porta.

Ao subir a escada a passos largos eu disse em voz alta:

– Estou procurando Kemal Barutçu.

Antes de terminar de falar, eu estava diante da porta.

Uma mulher baixa de lenço na cabeça estava parada na porta. Devia ser a mãe dele. Os olhos azul-escuros me fitavam inquisitivamente, porém sem suspeita.

— Quem é você? — ela perguntou.
— Estou procurando Kemal Barutçu — eu repeti. — Ele está em casa?
— Sim — ela disse. — Ora, onde mais ele poderia estar?
— Sou um amigo da internet — eu acrescentei. Era uma mentira inocente, no máximo.
Ela abriu mais a porta para que eu entrasse.
— Entre, filho. Kemal está lá dentro, no quarto dele.
Hesitei se devia ou não tirar os sapatos. Se por algum motivo eu precisasse fugir, seria melhor mantê-los nos pés. Eu os limpei com cuidado no capacho.
— Entre, entre — ela insistiu.
Era um apartamento confortável. Os móveis haviam claramente sido comprados num plano de prestações da loja local. Não havia nenhum tipo de detalhe. Na verdade, havia: a relativa ausência de mobília. Esses tipos de casa geralmente são abarrotados de móveis; aquela estava quase vazia. Além disso, não havia nenhum carpete nem *kilim* cobrindo o chão, que era de linóleo com desenhos geométricos.
Não parecia nem um pouco a casa de um fanático religioso. As paredes não estavam cobertas de sermões caligrafados; os cantos não estavam cheios de livros arábicos abertos em atris e tapetes de oração.
A porta em que batemos se abriu dando para um cômodo com vista para o parque. Estava bastante iluminado. Kemal Barutçu estava sentado em frente ao computador, de costas para nós. Numa cadeira de rodas!
Quando a mãe encostou no ombro dele, ele se virou. Bem na minha frente estava uma espécie de Stephen Hawking versão Istambul. Ele sorriu, revelando gengivas rosadas.
— *Merhaba* — ele me cumprimentou.
Seus braços pareciam sadios. Ele estendeu um deles para apertar minha mão.

— Eu estava à sua espera — ele disse. — Mas você demorou um pouco...

Então fui eu quem não entendeu nada.

— Mãe, vá fazer um chá para nós — ele pediu. — Com biscoitos, se tiver.

A mãe dele saiu sem dizer nada.

— Feche a porta — ele disse. — Minha mãe fica escutando minhas conversas.

Obedeci.

Procurei um lugar para sentar. Além da cadeira de rodas, o único outro assento era a cama. Ele fez um gesto para que eu me sentasse nela. Ele virou a cadeira de rodas na minha direção. Vi inteligência em sua expressão alerta.

— Você demorou para me encontrar — ele começou. — Quase me decepcionou. Eu sabia que você estava me monitorando. Foi assim que eu soube que você viria.

— Não entendo — eu disse.

— Eu tenho monitorado você também — ele disse. Ele tentou, e não conseguiu, piscar para mim de trás de seus óculos grossos. — Sou um verdadeiro fã. Você sabe do que estou falando.

Então ele estava me rastreando e eu nem tinha percebido. Como eu sempre digo, por mais que se tomem precauções de segurança, qualquer pessoa que realmente queira localizar você pela internet consegue fazer isso. A prova viva estava sentada na minha frente.

— Eu não fazia ideia — admiti.

— É claro que não — ele disse. — Estou impressionado com sua habilidade no computador. Venho seguindo você. Você criou sua própria assinatura. Se Alá permitir, eu também vou algum dia conseguir fazer o mesmo.

Do canto do olho, vi o equipamento esparramado pela mesa dele. Era bastante variado. Tinha infraestrutura para fazer praticamente qualquer coisa que quisesse.

— Sabe de uma coisa? — ele sorriu. — Você não é nada do que eu tinha imaginado.

Eu também não estava exatamente esperando alguém preso numa cadeira de rodas. Considerando o que ele havia escrito, a força com que tinha condenado a todos nós, aquilo não me parecera nem uma possibilidade remota.

Ele deu uma risada estridente, parecendo uma criança.

— Então você me encontrou! — ele disse em voz alta.

Com pena dele, quase esqueci minha raiva. Por outro lado, o fato de ele ser deficiente não necessariamente fazia dele um anjo, nem impedia que ele causasse problemas. Nosso chá e biscoitos de maçã salpicados com açúcar de confeiteiro chegou.

Ele tinha uma mente incomum. Sabia tudo sobre a maioria dos trabalhos que eu fizera. Embora admirasse minha perícia, e até mesmo me visse como uma espécie de modelo de comportamento, também me considerava um rival. Eu trabalhava principalmente para corporações internacionais, porém ele escolhera como clientes empresas com uma tendência islamita radical. Ele tinha tido algum sucesso preparando sistemas de segurança e criando páginas da *web* para eles. À parte isso, ele ainda não tinha construído um nome no mercado, e consequentemente cobra menos que eu.

Como fruto desta combinação de inveja e admiração, ele havia me pesquisado a fundo. Embora eu não tenha muita coisa a esconder, ainda não parecia muito certo que uma pessoa que não podia sair de casa, presa a uma cadeira de rodas, tivesse descoberto tanta coisa sobre mim.

Ele era deficiente de nascença, o resultado de um casamento entre parentes. Os pais dele, criticados pelo que haviam feito, não tiveram mais filhos. Ele tinha escutado tantas provocações que, apesar de conseguir uma vaga, não foi para a universidade. Trabalhar com computadores era o ideal; ele nem precisava se levantar.

Ele não era formado numa escola religiosa, como eu havia imaginado. Porém sua fé no Islã era inabalável. Embora não cumprisse com todas as obrigações de suas crenças, ele observava tantas quantas era possível. Acreditava que tinha nascido como punição divina para seus pais. Todos nós estamos neste mundo para sermos testados. Ele era o teste dos pais dele. Com o nascimento de Kemal, eles haviam se isolado do mundo, cortando quase todos os laços sociais, porém tinham conseguido educá-lo com êxito. Embora não fossem tão devotos quanto o filho, a relativa descrença dos pais não havia de modo algum aplacado a fé do menino. Eles estavam decididos a criar o único filho como um verdadeiro fiel ao Islã, e para isso fizeram tudo o que estava a seu alcance. Primeiro contrataram uma senhora idosa que tinha visitado Meca, depois um *hoca* para lhe dar aulas de religião. Após uma certa idade, ele já conseguia se instruir sozinho.

O pai dele era inspetor de banco e viajava muito a negócios. Quando estava em casa, geralmente estava cansado demais para se interessar muito pelo filho.

Os biscoitos estavam deliciosos, recheados com frutas. Eu ia ter problemas se continuasse comendo um depois do outro. De qualquer modo, eu andava sem controle nenhum. Sempre ganho peso no outono. É o jeito de meu corpo se preparar para o inverno todos os anos.

Pelo que Kemal me disse, não tinha uma inimizade especial por travestis. Eles estavam no mesmo nível dos outros pecadores e infiéis: gays, lésbicas, judeus, socialistas, os que se vestiam de forma indecente, bebedores de álcool e os que não ensinam as crianças a jejuar e rezar. Havia muitos que fracassavam no teste, que se desviavam do caminho da virtude e que eram infiéis. Eu pertencia a uma subcategoria menor.

As mensagens que ele mandava na internet não tinham relevância específica. Ele escrevia as mesmas coisas, não importando em que sala de *chat* estivesse. Ninguém podia detê-lo. Não estavam em posição de fazer isso. Ele estava apenas convidando todos para o caminho da virtude. Dependia dos leitores obedecerem ou não.

Ele era completamente homossexual. Embora não tenha confessado isso, aquela era minha avaliação objetiva. Sua falta de confiança geral, seguida de ocasionais arroubos de excesso de confiança, a mímica e os gestos que fazia ao explicar alguma coisa, o olhar enviesado quando dizia que não estavam "em posição" de detê-lo. Considerando a condição dele, era muito improvável que ele jamais tivesse feito qualquer coisa, nem que algum dia chegasse a fazer. Ele tagarelava alegremente sobre pecadores, infiéis e tudo mais, porém ao condenar a homossexualidade, um certo brilho em seus olhos o denunciou.

Até certo ponto, a hostilidade dele era perfeitamente razoável. Eu entendia. Enquanto todos os outros estavam vivenciando a coisa, ele não podia fazer nada. Nunca tinha feito e nunca conseguiria fazer. Eu tinha certeza de que ele havia praticamente memorizado todos os sites de pornografia da internet. Vendo como ele estava *online* o dia inteiro, ele com certeza acessava esses sites. Era fácil imaginar os suspiros enquanto ele olhava para o monitor, o ódio e a rebeldia quando ele depois se olhava no espelho.

– Você é uma belezoca, que nem essas duas – ele me elogiou. – Consegui interceptar duas fotos que você mandou para um amigo pela internet. Você estava vestindo uma minissaia de couro.

Ah, sim. Tiraram aquelas fotos de mim na festa de aniversário de Ipek. Então eu as enviei por e-mail para meus amigos. Quer dizer que até aquelas fotos ele tinha encontrado. Eu não gostava muito de como saíra nelas. Eu parecia Vampirella, uma heroína de histórias em quadrinhos da minha infância, ou talvez uma versão mais sexy de Anjelica Huston em *A família Addams*.

– Você tinha cabelo comprido – ele lembrou.

– Era uma peruca.

– Você estava usando botas de salto alto – ele continuou.

– Eu não saio assim de verdade – eu disse a ele. – Só à noite.

– Tudo bem. Você também fica bem assim.

Eu tinha ido ali trajando meu mais convincente disfarce de "rapaz descolado", porém não havia como deter o entusiasmo dele. Kemal estava pronto para ser seduzido. Uma única experiência poderia mudar a vida dele, sua visão de mundo, tudo. Se bem que eu não pretendia fazer um sacrifício daqueles à toa. A última coisa de que eu precisava era fazer algo que depois atormentaria meus sonhos.

Eu disse a ele o que estava procurando. Diferente de como ele era no *chat*, todos os traços de comportamento impulsivo haviam evaporado. Ele apenas ouvia, dando pequenos gritinhos de protesto. Enquanto eu falava, ele ficava olhando para minha boca. Eu não gostava daquilo, pois prefiro contato visual, contanto que não seja exagerado.

Ele de repente rosnou para mim:

– Eu não sei de nada. Mas parabéns a quem quer que tenha feito isso! Eles mereciam!

Ora, esse tipo de papo realmente me tira do sério. Perco a cabeça. Sem querer, dei um tapa no rosto dele. Foi um reflexo. Fiquei com vergonha.

Mas então percebi uma centelha de desejo nos olhos dele. Mudei de ideia. Eu tinha nas mãos um completo masoquista. Ele continuou a despejar insultos, sem erguer a voz, para que a mãe não ouvisse.

– Que bom que isso aconteceu. Bichas! Infiéis! – ele esbravejou.

Eu não sabia se devia ou não dar outro tapa nele. Esperei. Ele me olhava, faminto.

Já conheci masoquistas antes, mas nenhum deles era deficiente. Os sadomasoquistas são um subgrupo bastante difundido dentro da comunidade gay. Essa prática é conhecida pela sigla S&M, que também significa *"slave and master"*, escravo e mestre. S&M não era um dos meus interesses. No entanto, eu sabia alguma coisa a respeito através de filmes e sites.

Agarrei um punhado de cabelos grossos, ondulados, e puxei a cabeça dele para trás. Ele prendeu o fôlego. Eu cuspi na cara dele.

– Seu merda! – eu também tinha começado a gritar. Ele me olhou com olhos arregalados, assustados. Sua língua saiu da boca e passou pelos lábios, lambendo minha saliva. Os olhos imploravam por mim. O lábio inferior estava babando e a boca pendia, entreaberta.

Eu me inclinei para a frente, meu rosto bem próximo ao dele, e o olhei direto nos olhos.

– Você – eu disse – é um demente!

– Eu sou! – concordou ele.

Sua voz oscilava de emoção. Sem hesitar, cuspi na cara dele outra vez. Agora o cuspe aterrissou em seus lábios trêmulos.

A mão dele havia deslizado até a virilha. Ele parecia entorpecido, não acreditando naquilo, agindo apenas por seus instintos animais.

Estendi o braço, agarrei a mão dele e a levantei.

– Nada disso! – ordenei. O mestre adormecido dentro de mim havia vindo à tona. Flagrei ele esticando a outra mão em direção à virilha. Muitos paraplégicos têm braços fortes, mas ele não era páreo para mim.

– De novo... Por favor... – ele implorou.

Soltei o braço dele e lhe dei outro tapa, tão forte que espirrou saliva dos seus lábios. A mão recuou. Ele estava quase gozando. Eu não fazia ideia de como ajudá-lo a atingir o clímax.

Apertei os mamilos dele. Não foi fácil encontrá-los sob aquele agasalho grosso. Na verdade, eu não tinha certeza de que estava mesmo beliscando o alvo que pretendia. Mas ele estufou o peito.

Os olhos dele tremulavam loucamente. Como um ato final de assistência, bati nele outra vez. E ele gozou.

O moletom dele estava manchado. Ele olhou para mim com uma expressão entorpecida.

Homens com problemas costumam se arrepender de tudo depois que atingiram o clímax. Eles correm para casa, para se lamentar sozinhos. Outros se enchem de ódio e descontam em seus parceiros. É destes que eu realmente tenho medo. Fazem qualquer coisa para suprimir a sensação de vergonha e culpa. Alguns são capazes de matar.

Eu não sabia o que esperar de Kemal. Eu lia arrependimento nos olhos dele. Mas também detectava relaxamento e prazer.

– Foi bom – ele disse.

Então ele tinha gostado. E não parecia estar nem um pouco envergonhado.

– Nós pecamos – ele continuou.

– Então você se dá conta de que é um pecado – eu provoquei.

– Somos todos pecadores – ele rebateu. – De que adianta estar aqui nesta terra se somos incapazes de pecar?

Eu não acreditava no que estava ouvindo. Que transformação era aquela?

Ele implorou que eu viesse visitá-lo outra vez. Disse que podíamos combinar para que a mãe dele estivesse fora, que ele estaria sozinho e poderia tirar a roupa da próxima vez. Por um instante, achei que eu fosse vomitar. Mas não vomitei.

Eu o obriguei a prometer que não ia mais causar problemas na nossa sala de *chat*. Eu o ameacei, advertindo que se ele voltasse a me aborrecer, o endereço dele e tudo o que tínhamos feito hoje seriam em breve postados na internet. Ele entendeu o recado. Eu não tinha nada a esconder. Ele tinha.

Mandei ele pesquisar as mortes das meninas, e me avisar se descobrisse alguma coisa. Depois, e só depois, eu ia pensar na hipótese de uma segunda visita.

Por fim, eu disse a ele que ia lhe repassar qualquer serviço de computação que não fosse do meu nível. Nós concordamos nisso também.

Ele queria me dar um beijo de despedida. Agora que eu sabia o que o excitava, neguei a ele esse prazer. Até pensei em lhe dar um tapa de tchau. No fim, apertei o joelho contra o peito dele e agarrei seu queixo. Puxei o queixo para cima. Ele prendeu o fôlego.

Eu olhei nos olhos dele. Ele esperava, cheio de expectativa. O que ele estava esperando, nem eu sabia.

Soltei bruscamente o queixo dele. Sua cabeça balançou para o lado.

– Por favor, venha outra vez! – ele gritou atrás de mim. – Se você não vier, tenho meus próprios planos!

DEZ

Kemal, o menino da cadeira de rodas, sem dúvida tem gostos exóticos, e sofre de um complexo de culpa. Ele também é hostil e tem uma devoção cega a sua religião. Porém não é um assassino.

Chegara o entardecer quando saí da casa de Kemal. Aquele estava sendo um dia longo e cheio de acontecimentos. Quando cheguei em casa, minha secretária eletrônica estava cheia de recados.

O primeiro era de Ayla, que havia ligado só para ouvir minha voz. Ela disse que esperava me ver em breve, e desligou. Como sempre, desde que éramos crianças, detectei uma certa agressividade na voz dela. Era ridículo ela sentir ciúme depois de tantos anos. E qual era a bronca dela, afinal? Selçuk havia escolhido a ela e não a mim, e eles eram casados. Que mais ela queria?

Depois vinha uma ligação de Hasan. Ele parecia agitado, me disse que tinha uma bomba para me contar e pediu que eu ligasse para ele assim que possível.

Então vinha Ponpon em pânico. Disse que Hasan tinha telefonado para ela, e que não podia acreditar que eu estava me metendo numa coisa dessas. A mensagem não fazia sentido.

De todas as meninas, Ponpon é a de quem mais gosto. Ela é culta e engraçada. Desde que eu me lembro, ela tem feito shows de *drag* em grandes hotéis. Ela também é contratada para shows particulares. Festas de aniversário, comemorações especiais e até cerimônias de circuncisão.

— O que é que eu posso fazer? — ela diz. — Se eles querem circuncidar os filhos, e então, depois que eles viraram homens, eles vêm passar a noite comigo, que é que eu posso fazer? Agradeço a meus concidadãos.

Eu não costumava ouvir pânico em sua voz, pois ela é uma pessoa alegre e às vezes até um pouco empedernida.

Ali parece fazer questão de me telefonar sempre que estou prestes a sair de casa. Aquele dia não foi exceção. Ele queria discutir uma proposta que recebera de uma empresa alemã, a Frechen GmbH, e me disse para ligar para ele mesmo que fosse tarde. Seu tom de voz deixava claro que havia bastante dinheiro na jogada. Ali é o tipo de homem que de repente começa a falar com toda uma nova confiança quando tem grana prestes a entrar no bolso dele.

Ou seja, todos os que haviam telefonado, exceto Ayla, esperavam que eu ligasse de volta.

Dei a preferência a Ponpon.

— Onde é que você está, *ayol*?! — ela começou.

— O que aconteceu?

— Que você acha, meu bem? Esse seu Hasan me deixou desnorteada. Estou quase perdendo o prumo, então você imagina como isso me deixou.

— O que foi?

— Tem algum tarado, ou uma gangue inteira. Uma coisa perigosa. As meninas estão sendo assassinadas. Você os descobriu. Mas ainda não sabe quem são.

Hasan tinha se deixado levar pela imaginação outra vez. O que ele dizia podia até vir a ser verdade, porém eu ainda não tinha juntado as peças daquele jeito. Eu me perguntei se ele havia encontrado alguma coisa nova, lembrando que ele afirmara ter notícias de uma "bomba".

— Ainda não tenho certeza de nada — eu disse. — É tudo uma hipótese. Só tenho um monte de suspeitas.

– Não foi isso que Hasan disse!

– Ainda não falei com ele. Ele pode ter descoberto alguma outra coisa. Acredite em mim, eu não sei mais nada. De qualquer modo, por que você está tão apavorada?

– Meu nome é Zekeriya!

– E daí?

– Como assim "e daí"? Zekeriya é o nome de um profeta. Se o que Hasan diz é verdade, e tem algum *serial killer* maluco perseguindo pessoas com nomes de profetas, eu sou a próxima da lista.

Eu conheço Ponpon há anos, mas apenas como Ponpon. Tinha até esquecido que ela devia ter um nome verdadeiro.

– Meu amor, eu estou totalmente apavorada! Esse seu Hasan me matou de susto. Não posso ir para o hotel sozinha de jeito nenhum. Preciso encontrar alguém para ir comigo. Enfim, esse não é o maior problema. Não vou ficar sozinha em casa em hipótese alguma!

– Não exagere, Ponpon – eu a reconfortei.

– Não estou exagerando, *ayol*. Não sou uma ovelha para ser levada ao abatedouro. Você precisa entender. Estou entrando em pânico. Não quero ficar desacompanhada nem um segundo numa situação dessas!

– Está bem, venha ficar comigo se quiser.

– Apareço aí daqui a pouco. Vou para o hotel, termino o trabalho e então vou direto para sua casa. Estou de cabelo em pé. Não consigo nem ficar sentada.

– Certo. Pode vir para cá. Estou em casa.

Quando ela desligou, telefonei para Hasan. A linha dele estava ocupada, como sempre. Era de se esperar. De que outro modo ele poderia espalhar tantos boatos em tão pouco tempo para tantas pessoas? Não é possível que o salário que eu pago a ele dê para pagar a conta de telefone. Ele devia estar recolhendo as gorjetas.

Decidi ligar para Ali mais tarde. Ele com certeza ia me prender ao telefone por séculos, e eu não tinha intenção de ficar falando sem parar sobre trabalho. Muito menos sobre uma empresa alemã.

Odeio pornografia alemã. É o epítome do mau gosto; o sexo mais repulsivo que se pode imaginar – de frente, de lado, de qualquer ângulo. Parece feito de propósito para fazer as pessoas perderem a vontade de fazer sexo pelo resto da vida. Nunca tem uma única mulher bonita, um homem gostoso ou um garoto apresentável nos filmes alemães. Sem falar que os atores estão sempre com as solas dos pés imundas. É simplesmente um nojo.

Tentei Hasan outra vez. A linha ainda estava ocupada.

A campainha tocou. Era Ponpon, que mora duas ruas para cima. Ela deve ter pulado para dentro do carro no instante em que desligou o telefone. Carregava uma enorme capa de plástico cheia de roupas penduradas em cabides.

– *Ayol*, me dê uma mãozinha – ela pediu. – Ainda tenho mais duas.

Ela parecia estar se mudando para minha casa de vez. As "duas" às quais ela se referira eram duas malas enormes. Ela não podia ter arrumado tudo aquilo em tão pouco tempo. Obviamente, ela já tinha preparado tudo antes de me telefonar, e até fizera as malas.

Ela já estava usando maquiagem para o show. Na cabeça dela havia uma velha meia-calça amarrada com um nó, preparada para receber uma peruca. Obviamente, nos seus shows, ela trocava diversas vezes de figurino e de peruca, e a meia-calça era um dos truques clássicos.

Ela se instalou no meu quarto de hóspedes. Fiquei observando.

– Por que você está me olhando desse jeito? – ela perguntou.
– Tem alguma coisa errada com a minha maquiagem?

– Não – respondi. – Só estava observando você. Eu me distraí.

Não satisfeita com a minha resposta, ela correu até o espelho e se examinou sob a luz. Ela acariciou e recompôs o corpo inteiro. Então fez uma pose. Ela levantou, depois baixou uma sobrancelha. Sugou as bochechas para dentro. Enfim, fez tudo o que qualquer garota de respeito faria naquelas circunstâncias. Mesmo assim, não ficou convencida.

– Você não acha que exagerei?

Ela apontou para a sombra em seus olhos. Na minha humilde opinião, ela passa maquiagem demais, porém esse é o estilo dela. Levando em conta que ela ia subir no palco, estava até bastante discreto.

– Nem um pouco – eu disse. – Está ótimo.

– Então muito bem. Preciso mesmo ir. Tenho uns negócios à parte para acertar primeiro.

– Tudo bem.

– Para onde eu vou quando terminar o show hoje? Para casa ou para a boate?

– Onde você preferir – eu disse a ela. – Aqui estão as chaves de reserva. Estarei na boate.

– Ora, ora, mas não é que agora estamos mais tranquilas e despreocupadas, *ayol*!

Ela me soprou dois beijos e partiu com passinhos delicados.

Liguei para Hasan outra vez. Desta vez ele atendeu.

– Onde você estava? – ele começou. – Tenho uma notícia incrível!

– Eu estava em casa. Mas seu número está sempre ocupado.

– Tenho uma notícia totalmente inacreditável!

– Sim, você já disse. Então conte logo.

– Estou morrendo de medo que você não acredite em mim.

– Hasan, pare de enrolar. Todo mundo acredita em você. Ponpon está completamente apavorada. Ela veio morar na minha casa.

– É claro. Ela tem motivo. Afinal, o nome dela é Zekeriya. Que nome engraçado! Eu não achava que ainda tinha pessoas com esse nome. Pelo jeito eu estava enganado. E justamente ela foi se chamar Zekeriya!

— Hasan, vou falar pela última vez. Conte logo a notícia.
— Ouça. Sua teoria parece estar certíssima. Alguma coisa está acontecendo com as meninas com nomes de profetas. Houve mais três recentemente. Os nomes delas são Musa, Yunus e... segure sua peruca: Muhammet!
— Muhammet?
— Sim, do Irã.
— Por que não ficamos sabendo nada a respeito disso? — eu perguntei.
— Não tinha como ficarmos sabendo. Aconteceu muito longe. Muhammet estava trabalhando em Van, uma dessas travas que fugiram do Irã e encontraram refúgio na Turquia. Elas dizem que foram vítimas do regime. Mas são muito populares lá no leste do país. Adivinhe o que aconteceu.
— Nunca vou adivinhar. Conte.
— Não tem graça contar as coisas para você — ele reclamou.
— Graça? Estamos falando de uma menina iraniana assassinada.
— Tem razão. Acho que me empolguei.

Hasan estava fora de si, mas se recompôs. Ou pelo menos parou de falar naquele tom afetado, prepotente.
— Enfim — ele continuou. — Ela desapareceu faz um tempinho. Os amigos dela... parece que ela não estava sozinha... reportaram o desaparecimento à polícia. Então encontraram o corpo dela numa caverna nas montanhas. Foram uns pastores que acharam. Estava irreconhecível. Disseram que provavelmente tinha sido comida por animais selvagens, lobos, chacais e bichos do gênero. A polícia não se deu ao trabalho de investigar. A questão é: O que ela estava fazendo nas montanhas? Pelo que dizem, ela era uma bonequinha superdelicada. Então o que estava fazendo numa caverna na montanha?

Aquilo me deixou sem ar. Não fico apenas perturbada com notícias assim. Sinto que minhas entranhas estão sendo diaceradas.

– Você está aí?
– Sim – eu disse. – Desculpe. Acho que perdi o chão.
– Se você preferir, eu conto o resto na boate.
– É melhor você me fazer um breve resumo agora – pedi. – Pode deixar os detalhes para mais tarde.
– Está bem. Musa era de Antalya. Nascida e criada lá. Ela nem tinha se dado ao trabalho de mudar de nome. E tem outro detalhe incrível: ela era gaga!

Eu lembrava que o profeta Musa tinha alguma espécie de problema na fala, e que seu irmão Harun lhe servia de porta-voz.

– Isto é mesmo inacreditável – exclamei.
– Ainda não terminou! Acho que ela foi a primeira a morrer. Já faz mais ou menos um ano.
– Mas como Musa morreu?
– Foi encontrada morta certo dia de inverno numa cabana abandonada na montanha. Nunca determinaram a causa.
– E você mencionou Yunus...
– Pois é, eu ia esquecer dela. Ela estava trabalhando na rodovia Transeuropeia, mas desapareceu no começo do verão. Era conhecida como Funda.
– O corpo dela foi encontrado no mar? O profeta Yunus foi engolido por uma baleia.
– Não sei. Ela ainda está desaparecida e não há notícias.
– Agora chega – eu disse.
– Nós conversamos na boate. A que horas você vem?
– Não vou demorar muito.

Estávamos mesmo lidando com um *serial killer*? Parecia que um maníaco estava sistematicamente perseguindo meninas com nomes de profetas.

ONZE

O clima na boate estava tenso. Hasan fizera sua parte, contando a todos tudo o que havia descoberto. Como em todas as noites de pouco movimento, as meninas não tinham muita coisa para mantê-las ocupadas. Havia bastante tempo para ficar especulando. Hasan deixara todo mundo em pânico, relatando cada detalhe horripilante para aquelas com quem não conseguira falar por telefone.

Osman contribuiu para a tensão geral tocando uma música carregada. A mesma melodia mínima se repetia sem parar. Aquilo bastava para deixar qualquer pessoa meio tensa, mesmo se essa pessoa já não estivesse com os nervos à flor da pele.

As luzes estavam mais fortes que de costume. Não havia mais a penumbra de sempre, mas sim uma luminosidade crua, perturbadora.

Şükrü, com cara de luto, cuidava do bar. Estava empoleirado num banco, coisa que eu não o via fazer havia séculos. Normalmente, ele é alerta como uma pulga. No máximo fica apoiado no balcão. Sua postura dizia muito sobre como ele estava desanimado. Obviamente, meu Virgin Mary não estava pronto. Decidi não criar caso.

— Até que enfim! — Sırma me cumprimentou na porta. — *Abla*, precisamos conversar.

Eu nunca gostei de ser chamada de "irmã mais velha" por pessoas mais jovens que eu, mesmo se forem muito mais jovens.

Além disso, Sırma era mais velha. Porém já havia tensão suficiente. Deixei passar. Não valia a pena discutir por aquilo.

– Esse assassino maluco é o fim da picada – disse a gordinha Mujde.

Como sempre, ela prolongou a última palavra da frase.

Hasan contribuiu para o clima geral de desânimo observando que "ainda não tem nenhum cliente".

As meninas haviam deixado de lado os falsetes e estavam usando suas vozes de barítono. O silêncio que me recebera na entrada foi substituído por um burburinho, quando todas começaram a falar ao mesmo tempo.

– O que foi? – perguntei. – O que vocês querem que eu faça?

– Não sei – disse Neslihan. – Mas como podemos trabalhar nestas condições?

– Que história é essa de que tem um tarado à solta? – duvidou Elvan. – Eu não acredito nem um pouco.

Elvan era uma menina querida, mas meio lerda. Havia proclamado em voz alta que também não acreditava na Aids. Como se fosse uma questão de fé. De qualquer modo, conseguimos ensinar para ela, com uma boa dose de autoritarismo, que era melhor ela se proteger.

– Que tal fechar a boate por hoje e fazer uma reunião? – sugeriu Cise. – Afinal, não tem ninguém aqui.

Quando ouvi a voz de Cise atrás de mim, lembrei de perguntar a ela sobre Deniz, que foi encontrada morta em Ataköy. Mas decidi que seria melhor esperar até mais tarde, vendo como todos estavam perturbados.

– Vamos pôr um cartaz na porta – Pamir concordou.

Percebi que elas já tinham discutido tudo e formulado um plano de ação muito antes de eu chegar.

Havia um clima geral de revolta. Não tinha como as meninas trabalharem, mesmo se quisessem. Fechar a casa durante uma noite não chegaria a nos levar à falência. No máximo, eu apenas pagaria aos rapazes pela noite. Mas eu estava realmente furiosa com Hasan. Era ele o responsável pelo pânico. Num certo sentido, era tudo culpa dele. Ele ia me pagar. Disso eu tinha certeza.

Concordei com todas as sugestões delas. Cüneyt escreveu com capricho as palavras "Estamos fechados hoje e pedimos desculpas pelo transtorno" num pedaço de papel, e grudou o recado na porta. Então acrescentou "A Gerência" no canto inferior direito.

As luzes se acenderam ainda mais. Uma das meninas deu uma bronca em Osman, e a música minimalista foi desligada. Todas se reuniram na pista de dança e eu fiquei de pé, no meio. Hasan correu para o meu lado. Ele não queria ser deixado de fora! Comigo no centro do palco, era bem típico que Hasan tentasse atrair para si um pouco da atenção. Sendo a pessoa no olho da tempestade que ele mesmo criara, foi o primeiro a falar.

A cada poucas frases uma das meninas o interrompia, e outras complementavam. Cada menina tinha algum detalhe a acrescentar. Algumas conheciam as falecidas, outras sabiam alguma coisa diferente sobre outra pessoa. Mesmo quando não as conheciam pessoalmente, tinham ouvido coisas. Não se usavam muito os nomes masculinos entre nós, na verdade eles nunca eram usados a não ser como insulto, por isso levamos um tempo para juntar os pontos.

— Veja — eu disse. — Estes nomes são bem comuns. Talvez seja tudo uma coincidência.

Pamir entrou na conversa.

— Você só pode estar de brincadeira! Como você explica o jeito como elas foram mortas?

— Não sei — admiti. — Só estou tentando acalmar todo mundo.

— Isso nós sabemos — disse Cise. — Mas precisamos tomar uma atitude. Tem que haver alguma coisa que a gente possa fazer.

Apesar de todas as rixas internas, as meninas até que são boas quando precisam demonstrar solidariedade. Principalmente quando o problema é um cliente encrenqueiro, uma vizinhança conservadora ou alguma outra ameaça externa. Cise é um bom espírito de liderança em situações como essa. Ela é uma líder nata, mas algumas das outras preferem fazer o papel de fêmea indefesa.

– Cise, meu bem – eu a incentivei. – Então vamos começar com o que aconteceu com Deniz. Conte-nos sobre ela.

Todas contribuíram com alguma pequena informação. As meninas conseguiram preencher a maioria dos detalhes. Boa parte do que veio à tona parecia bastante significativo, porém muitas outras coisas pareciam completamente aleatórias, sem relação com o caso.

Identificamos Musa, em Antalya, como a primeira vítima. Ele morrera havia cerca de dez meses. O corpo foi encontrado numa casa de veraneio nas montanhas no começo do inverno, numa época em que todos haviam migrado para suas casas de inverno. As casas de veraneio em Antalya não são exatamente casas. São mais como cabanas de madeira suspensas em estacas. Não tínhamos informação nenhuma sobre a causa da morte. Ela não era velha, porém ninguém sabia sua idade exata. Nenhuma das meninas sabia muita coisa sobre Musa. Tudo o que elas sabiam era só de ouvir falar.

Funda, cujo nome verdadeiro era Yunus, foi a vítima seguinte. Algumas das meninas a conheciam, embora não muito bem. Ela era bonita, mas incrivelmente ignorante, e por isso só conseguira ganhar a vida na estrada. Era uma pessoa solitária, em todos os sentidos.

A única conexão parecia ser o nome dela. Além disso, não havia prova de que ela estava morta. Ela só tinha desaparecido. Podia ter se mudado para outra cidade, ido morar com alguém, ou havia uma série de outras possibilidades para explicar sua ausência. Até mesmo a solidão podia tê-la levado a abandonar a vida de travesti, ou a cometer suicídio.

A única informação relevante era o nome dela, Yunus. De acordo com o Livro Sagrado, um peixe gigante engoliu Yunus, mas ele sobreviveu dentro de sua barriga durante anos.

Parecia impossível traçar uma relação entre a morte de Musa e o desaparecimento de Funda-Yunus. Uma estava em Antalya, a outra em Istambul. O intervalo entre os dois incidentes era cerca de seis meses.

E depois havia Deniz, ou Salih, que caíra no poço de um elevador em Ataköy. Seria muito fácil encontrar algo de suspeito naquela história, porém Deniz tinha fama de distraída, bastante descuidada. Jihad2000 era quem havia levantado a suspeita. Era um mistério como ele ficara sabendo daquilo. Mas, levando em conta o tanto de coisas que ele sabia, não era grande surpresa.

Ela podia ter sido empurrada, ou seu corpo jogado no poço, mas não havia quase nenhuma evidência de que se tratava de uma vítima de homicídio.

O nome Salih não vinha logo à mente quando se pensava em profetas. Parecia que estávamos forçando a conexão. Segundo o Corão, Salih foi submetido à dupla provação de terremoto e enchente para testar sua fé. Salih e os verdadeiros fiéis sobreviveram refugiando-se em cavernas nas montanhas, porém os ímpios morreram.

Deniz-Salih não tinha morrido em casa. Sua morte era oficialmente um acidente. Não houvera investigação sobre a causa da morte.

Daquele ponto em diante, as mortes pareciam acontecer com mais frequência.

Duas semanas antes, a travesti iraniana Muhammet desaparecera em Van; seu corpo foi descoberto numa caverna nas montanhas. O cadáver tinha sido mutilado por animais selvagens, e estava quase irreconhecível. A questão era: Como ela morreu?

Por algum motivo desconhecido, ela estava na caverna. Quem sabe ela tivesse caído no sono. Talvez tivesse morrido de medo quando os lobos atacaram, ou então tinha sido morta por eles. Também é possível que o assassino a tenha matado primeiro, e depois deixado o corpo na caverna, onde foi devorado por animais. Esta última possibilidade foi a que mais apavorou as meninas. Justamente por isso, era a versão favorita delas.

A única coisa que sabíamos sobre Muhammet é que ele era jovem, de pele escura e usava bastante lápis nos olhos. Seu nome parecia ser a única informação relevante.

E depois vinha Ceren, ou İbrahim, que morrera queimada num incêndio, cuja causa era desconhecida.

E havia Gül, ou Yusuf, encontrada morta por afogamento num poço abandonado, num bairro onde ela nunca tinha ido antes.

Cada uma daquelas mortes podia ter sido apenas um acidente ou devida a causas naturais. Tínhamos pouquíssima evidência para provar com algum grau de certeza que havia um *serial killer* à solta.

Sim, parecia haver alguns temas recorrentes. Os nomes, o fato de que eram jovens; parecia notável que todas tivessem menos de vinte e cinco anos.

Contrariando os esforços de Hasan para botar lenha na fogueira, no intuito de deixar as meninas ainda mais amedrontadas, fiz o possível para acalmá-las. Até que consegui.

Enquanto passávamos pente-fino nas evidências, alguém começou a esmurrar a porta com força. Cüneyt foi ver quem era. Ponpon tinha acabado o show dela. Ainda vestia sua roupa de palco, um vestido de noite azul-escuro totalmente fora de moda. Era parte de seu número mais recente, em que ela imitava Muazzez Ersoy. Até a peruca era a mesma. Em outras palavras, ela era uma versão mais alta e mais musculosa da própria diva.

Ela parecia completamente perturbada. Embora Ponpon não frequentasse muito a boate, todas as meninas a conheciam.

Quando perguntaram o que havia de errado, ela fez sua pose mais dramática.

— Estou estarrecida.

Com um gesto que ilustrava como era grande o seu medo, ela pôs a mão na base da peruca. Seus olhos procuraram Hasan. Quando o encontraram, ela apontou com o indicador.

— É tudo por causa dele.

As meninas deram uma risada nervosa. O fato de já estarem conseguindo rir mostrava que elas se sentiam melhor.

— Até eu tinha esquecido: meu nome verdadeiro é Zekeriya. Aquele fofoqueiro ali...

Ela sacudiu o dedo na direção de Hasan.

— Primeiro não acreditei quando ele disse que meninas com nomes de profetas estavam sendo eliminadas. Depois, quando pensei melhor, decidi que ele talvez tivesse razão. Eu temo pela minha própria vida, é claro. Estou completamente apavorada.

Pamir entrou na conversa.

— Não precisa ficar com medo, Ponpon. Todas as vítimas eram jovens. Enfim, você obviamente não corre nenhum perigo!

Isto podia ter sido interpretado como um convite oficial para um bate-boca. Ainda bem que Ponpon ainda tinha seu senso de humor. Ela deu uma risada seca. Eu conheço essa risada; ela ri desse jeito para ganhar tempo. Ela ia pensar em alguma coisa. Ponpon nunca deixa de dar uma resposta à altura.

— Está bem — ela disse. — Acho que então estou segura.

Ela chegou mais perto de Pamir.

— Mas o que você vai fazer, Yahya *Bey*? — ela perguntou.

Eu tinha esquecido que o nome de Pamir era Yahya. Quando ouviu seu nome masculino, Pamir gelou.

— Do que você está falando? — ela gaguejou.

— Só para o caso de você ter esquecido, deixe eu lembrar uma coisa a você. O profeta Yahya. Ou seja, João Batista. Você sabe, aquele que foi decapitado.

Ponpon fez um gesto de corte na própria garganta. Ao fazer isso, revirou os olhos e estalou a língua.

Pamir ficou bastante abalada.

– E além disso, você tem mais ou menos a idade certa – acrescentou Ponpon. Então ela voltou-se para o grupo de meninas. –Vocês conhecem a história da dançarina Salomé, e como ela foi recompensada com a cabeça de Yahya num prato. Vocês lembram disso?

Não havia necessidade de prolongar ainda mais aquela longa noite, de aumentar ainda mais a tensão. Dispensei todo mundo. Quem ainda quisesse poderia procurar, e talvez até encontrar, a sorte em outra freguesia.

Ponpon e eu fomos para casa.

DOZE

Já passava da meia-noite, mas ainda era cedo demais para eu ficar em casa. Ponpon, por outro lado, tinha feito dois shows, ficando de pé no palco durante uma hora em cada um. Ela estava cansada, e para ela já era tarde.

Era como se ela estivesse exausta demais para sentir medo, e minha presença lhe transmitira uma sensação de segurança e calma. Ela removeu a maquiagem, cantando junto com a grudenta canção "Yanarım" de Sezen Aksu, porém trocando o refrão para "Yalarım". A letra agora era uma ode explícita ao sexo oral, e não mais a comovente descrição de uma angústia profunda. Nós duas estávamos um pouco fragilizadas. Acabei rindo e cantando junto com ela esta versão mais convidativa da sombria canção.

— Querida, já vou para a cama — Ponpon anunciou ao terminar, e desapareceu.

Eu não estava com sono nenhum. Mesmo se estivesse, seria inútil tentar ter uma boa noite de descanso com tantos pensamentos rodopiando na mente. Percorri com os olhos minha lista de afazeres: A) Entrar na internet; B) Investigar a residência em Ataköy onde Deniz morreu; C) Ligar para Cengiz e marcar de passar a noite nos braços dele; D) Localizar Jihad2000 e descobrir o que mais ele sabia sobre as mortes.

Ponpon gritou do quarto dela:

— Apague essa luz, mulher! Como é que eu vou conseguir dormir, *ayol*!

Em vez de apagar a luz, fechei a porta do corredor. Caso as luzes e o barulho estivessem impedindo Ponpon de dormir, o problema tinha sido eliminado. Decidi que ir a Ataköy seria melhor que ficar em casa. Se eu sentisse muita vontade, podia passar na casa de Cengiz no caminho de volta.

Vesti um suéter preto e calças pretas de lycra. Parecia apropriadamente misterioso para aquela investigação noturna. Pelo menos, era com certeza um modelito necessário em todos os filmes que eu já tinha visto. Telefonei para o ponto de táxi e pedi que chamassem Hüseyin. Pensei que assim ele podia ganhar um dinheirinho. Ele era doido por se meter em histórias como esta, e eu sabia que adoraria a ideia.

No que eu estava amarrando os sapatos, Hüseyin apareceu na porta. Ficou ali parado com uma expressão de timidez, obviamente esperando que eu o convidasse para entrar.

– *Merhaba* – ele cumprimentou.

– Vamos para Ataköy – eu informei com uma voz maliciosa.

A cara dele caiu. Era um típico caso em que a realidade destruía as expectativas. Fechei a porta, e desci a escada na frente dele. Eu estava ciente, é claro, de que a lycra aderia aos meus quadris e coxas como uma segunda pele. Permiti que ele me devorasse com os olhos.

– O que está acontecendo? – ele quis saber. – Você em casa a esta hora?

– Fechei a boate por hoje – eu respondi.

– Você vai visitar alguém?

A voz dele tremeu de insegurança ao fazer a pergunta.

– Não – eu disse. – No caminho eu explico tudo.

Enquanto percorríamos a costa até o bloco de apartamentos, eu o deixei a par da morte de Deniz, revelando apenas o que ele precisava saber. Finalmente encontramos o Bloco A-18 em meio a vários prédios altos no Bloco B. Cada prédio era separado em Bloco A e Bloco B, com dois elevadores em cada divisão. Era tarde, e a maioria das luzes já estava apagada fazia tempo; mesmo as pessoas ainda sentadas já deviam estar cochilando. Revisei meu principal motivo para ter decidido ir ali: falar com os vizinhos de Deniz! Para extrair informações do porteiro...

Isso seria impossível. Não havia ninguém por perto. Comecei a examinar as dezenas de campainhas dispostas de ambos os lados da entrada principal.

– O que estamos procurando? – Hüseyin perguntou.

– Não sei.

E não sabia mesmo. Alguma intuição ou instinto tinha me atraído até aquele lugar. Eu não sabia o que era, nem o que ia acontecer.

–Você é fogo! – Hüseyin exclamou.

Enquanto eu checava as campainhas à direita da porta principal, ele lia os nomes do lado esquerdo. Aquilo só serviu para me confundir.

A maioria dos nomes parecia familiar. Eram todos turcos. Isso não era surpresa. De repente fomos iluminados pelos faróis de um carro entrando no estacionamento. Sem dúvida parecendo um criminoso comum, virei de costas e olhei para o carro que estava parando. A luz me lembrou um interrogatório na delegacia. Só faltou eu proteger o rosto com o braço levantado, virando a cabeça num gesto de culpa.

Se perguntassem quem estávamos procurando, o que iríamos dizer? Se eu mencionasse um dos nomes nas campainhas, e essa pessoa estivesse em casa, como eu explicaria? Além disso, o modelito sensual que eu escolhera como figurino daquela noite dificilmente inspiraria confiança. Eu precisava fazer alguma coisa. Mas o quê?

Eu agarrei Hüseyin, puxei-o para fora da luz dos faróis, abracei-o com força e comecei a beijá-lo. O que o rapaz ia pensar e como eu o manteria na linha depois, eram problemas que eu resolveria em outra hora. Havia uma chance de que, se parecêssemos um casal arrebatado de paixão, quem passasse ali ficasse envergonhado demais para fazer qualquer coisa além de andar direto para a porta.

Fiquei de olho no carro agora de luzes apagadas, e de ouvido atento ao som de passos se aproximando ou o estalo de uma porta que fechava. Meus lábios ficaram colados nos de Hüseyin o tempo todo. Ele primeiro pareceu não entender, mas sem marcar bobeira cumpriu perfeitamente seu papel. Retirei com firmeza a mão que apalpava meu traseiro, e a coloquei na minha cintura.

No carro havia um casal com um bebê. Eles levaram algum tempo para sair do veículo de luzes apagadas. Estavam tentando não acordar a criança, e falavam em sussurros. Eu ouvia tudo. Podia ter entregado meu corpo, mas minha mente estava longe dos braços de Hüseyin.

O casal entrou no Bloco A sem nem chegar perto de nós. Empurrei Hüseyin para longe na mesma hora.

– Agora chega!

– Pareceu mesmo que você estava esfriando comigo.

– Eu usei você como camuflagem – expliquei.

– Imaginei. – Ele balançou a cabeça.

Continuei a inspecionar as campainhas. Com certeza meus instintos não tinham me arrastado até lá apenas para ser flagrado por um casal com um bebê ou para me jogar nos braços de Hüseyin. Ficando onde estava, Hüseyin continuou a ler os nomes, mas desta vez em voz baixa. Era tão divertido quanto folhear a lista telefônica.

– Kızılyıldız – ele continuou. – As pessoas têm sobrenomes estranhos. Em vez de escrever o nome, desenharam uma estrela vermelha.

– Talvez sejam antigos comunistas – sugeri.

Ele continuou a balbuciar enquanto lia os nomes. Fui para junto dele dar uma olhada. Era verdade, alguém havia pintado o desenho de uma estrela com tinta vermelha. Estava desbotada.

Hüseyin aproveitou a oportunidade para me agarrar.

– Acho que tem alguém vindo – ele tentou arranjar um pretexto.

Não tinha ninguém vindo nem indo. Eu me livrei dele. Se ele insistisse, seria arremessado de cabeça para dentro dos arbustos. Ele não insistiu.

De repente me ocorreu: Adem Yıldız, adamstar, starman, *adam, a estrela vermelha!... Quem sabe estávamos na pista de alguma coisa afinal. Meus olhos brilharam de ansiedade. Senti uma injeção de adrenalina. Aquele homem parecia bizarro. Ele obviamente era encrenca. Além disso, tinha vindo à boate junto com Ahmet Kuyu, que falava sem parar. Todos conheciam a fama de sádico de Ahmet Kuyu. Como Hasan sugeriu, o relacionamento entre aqueles dois homens talvez envolvesse muito mais que o patrocínio dos biscoitos e *börek* da marca Yıldız à nova série de TV de Ahmet Kuyu. Se Ahmet Kuyu era sádico, Adem Yıldız podia muito bem ser um louco assassino.

Não havia como saber o que o inspirava a matar. Mas ele era claramente uma pessoa doentia.

Eu me sentei na escada e pus minhas ideias em ordem. Por que uma pessoa tão rica e famosa recorreria ao homicídio? Se fosse verdade, como eu poderia encontrar provas? Onde estava a evidência? Não adiantava eu apenas dizer que estava seguindo um palpite. O que eu havia descoberto até agora? Nada! Eu tinha visto uma campainha com uma estrela vermelha. Podia ou não ter pertencido a Adem Yıldız. Não seria difícil descobrir. Mas mesmo se fosse o apartamento dele, o que isso provaria?

As mortes, ou homicídios se fosse mesmo o caso, haviam acontecido em lugares distantes uns dos outros. Se Adem Yıldız tivesse estado próximo aos locais dos crimes, isso contaria bastante para incriminá-lo. Porém ainda não provava nada de conclusivo.

De qualquer modo, homens como ele sempre empregavam outros que estavam dispostos a levar a culpa. Se a coisa começasse a ficar feia, um deles ia aparecer e "confessar" todos os assassinatos.

Mesmo se eu estivesse na pista certa, precisava arranjar alguma evidência concreta. Eu não conseguia pensar num modo de incriminar Adem Yıldız, de fazer com que minhas acusações colassem.

TREZE

Eu estava com a cabeça a mil por hora. Deitada em silêncio no escuro, para não acordar Ponpon, eu fazia planos. Havia muitas coisas que eu precisava descobrir.

O relatório do legista enviado por Selçuk podia esclarecer alguma coisa nas mortes de Gül e Ceren. Eu também podia obter acesso aos arquivos da polícia sobre as mortes de Musa em Antalya e Muhammet em Van.

Jihad2000 podia me surpreender descobrindo alguma coisa.

Cengiz havia me dito que sua casa de veraneio era bem ao lado da casa da família Yıldız. Isso podia fornecer alguma espécie de pista. Até mesmo o evento mais insignificante ou o menor detalhe podia ser crucial.

Eu precisava descobrir onde Adem Yıldız estava no momento das mortes. E aquele apartamento em Ataköy com a estrela vermelha na campainha pertencia a ele?

Adem Yıldız tinha ido para casa com alguma das meninas na noite em que veio à boate? Se sim, com quem? Eu podia descobrir isso com Hasan.

Fiquei me revirando na cama até o amanhecer.

Quando era hora de as pessoas comuns saírem para o trabalho, eu ignorei o sono de beleza de Ponpon e comecei a dar telefonemas. Primeiro liguei para Selçuk. Afinal, a polícia supostamente começa a trabalhar de manhã cedinho. Não havia necessidade de despertar as suspeitas de Selçuk sem algum tipo de prova. Não mencionei Adem Yıldız, só falei das mortes em Van e Antalya e do desaparecimento de Funda, a menina que trabalhava na estrada. Eu disse a ele que precisava de algumas informações.

Ele fez silêncio por um instante.

– Veja – ele disse. – Vou fazer o possível, mas fico imaginando o que os caras do departamento vão pensar se eu começar a meter o nariz num monte de incidentes com travestis que não têm nada a ver com a gente.

– Eu entendo.

Ele tinha razão. Se um chefe de polícia de repente resolvia investigar um caso que não era da conta dele, isso significaria que ele estava invadindo o terreno de outra pessoa. E a questão das travestis já bastaria para gerar um falatório.

– Eu encasquetei com esta história – eu disse. – Não consigo tirar isto da cabeça. Tem alguma relação entre os nomes das vítimas. Preciso descobrir qual é.

– Entendo onde você quer chegar. Mas, acredite, não posso prometer nada. Com o tempo, podemos investigar cada caso. Mas abrir todos os arquivos de repente...

– Sei...

– Desculpe – ele continuou. – As coisas já não estão boas por aqui. Sempre dá problema se alguém se mete no que é da alçada dos outros.

– Como assim, "desculpe"? Não precisa se desculpar...

– O relatório do legista chegou. Eu dei uma olhada. Não parecia ter nada de importante. Alguém vai levar para você daqui a pouco.

– Obrigada.

Uma coisa me ocorreu quando eu estava prestes a desligar.

– Só mais uma coisa. – Eu mencionei o endereço em Ataköy. – Será que tem como nós descobrirmos quem é o dono do apartamento e quem está morando lá?

— Pode deixar comigo.

Agradeci de novo.

Faria algum sentido eu viajar para Van, no leste, Antalya, no sul, e Rize, lá em cima no mar Negro? Mesmo se eu fosse a todos aqueles lugares, faria alguma diferença?

Apesar de ser cedo, liguei para Hasan. O telefone tocou várias vezes antes de ele finalmente atender, resmungando em voz baixa.

— Eu sei que é um pouco cedo, mas não consegui dormir. Eu estava pensando numa coisa. Quem foi embora com Adem Yıldız quando ele veio à boate naquela noite?

Hasan ainda estava com sono, e levou um tempo para entender do que eu estava falando. Eu repeti a pergunta.

— Não sei — ele respondeu. — Não lembro. Tinha muitas pessoas na mesa. Ahmet Kuyu e os outros. Havia meninas indo e vindo a noite inteira. Um grupo foi embora junto com os caras. Eles deixaram uma bela gorjeta, mas não consigo lembrar quem foi com eles.

— Você precisa descobrir — insisti. — Preciso saber qual das meninas saiu com eles.

— Vou descobrir. Mas receio que havia mais de uma menina. Era mesmo um grupo.

— Certo. Descubra quem elas eram o mais rápido possível.

— Bom-dia — Ponpon me cumprimentou cantarolando, do quarto dela. — *Ayol*, o que está acontecendo aí? A essa hora nem os galos acordaram ainda. Qual é o problema?

Ela entrou vestindo um quimono; com os dedos mindinhos dobrados, discretamente mantinha fechada a abertura da frente. Era preto, e o tecido era inteiro coberto de bordados. Ela erguia as sobrancelhas ao falar. Nos pés calçava sandálias japonesas. As unhas de seus enormes pés estavam pintadas de rosa claro.

Andando com passinhos curtos, ela veio me dar um beijo. Então sentou-se na minha frente. Cuidadosamente cobriu as pernas com o quimono. Devagar, muito devagar, ela cruzou as pernas. Então mexeu no quimono outra vez.

– E o meu café?

Minha hóspede indesejada também queria serviço de quarto. Fui até a cozinha para pegar mais café e preparar o dela. Eu já tinha bebido café demais. Começara a beber antes do amanhecer. Numa única manhã, tinha bebido mais do que geralmente consumo em uma semana.

– Então, o que você descobriu? – a voz dela chegou aos meus ouvidos.

– Já vou – eu disse.

–Você me deixou sozinha ontem à noite.

–Você estava dormindo.

– E daí? – ela protestou. – Por que você acha que eu vim para cá, afinal? Porque eu estava com medo de ficar sozinha. E o que você fez? Saiu e me deixou aqui.

–Você quer leite no seu café?

– Por favor... Mas não muito. Só umas duas gotinhas. E dois torrões de açúcar!

Ela tinha acrescentado aquilo porque sabe que eu não uso açúcar. Sempre esqueço de colocar açúcar para meus convidados.

Comecei a falar sobre uma coisa e outra, não entrando em detalhes pois sei como Ponpon entra em pânico com facilidade. Ela ficara assustada enquanto eu estava fora.

– Você está mesmo exagerando – ela disse. – Meu amor, todos nós temos nomes de homens santos. Quer dizer, tudo bem, alguns têm nomes novos, modernos, inventados. Mas pelo amor de Deus, quantos? Geralmente só os jovens. O que não se aplica a nós. E tem alguns com nomes turcos da Ásia Central. E só.

Não havia sinal da Ponpon que na noite passada estava temendo pela própria vida.

– E...? – eu disse.

– O que eu quero dizer, minha fofa, é que se você cavar bem fundo, todos nós temos nomes suspeitos.

Fiquei feliz de vê-la tão despreocupada, e torci para que aquilo continuasse.

Nós tínhamos tomado metade do café quando tocou a campainha. Um policial robusto estava parado na porta, com o capacete da motocicleta embaixo do braço e um grande envelope amarelo nas mãos.

– O comissário Selçuk Taylanc mandou isto – ele me informou.

Ao pegar o envelope, examinei o policial da cabeça aos pés.

Ignorei Ponpon, que gritava "Quem é?".

Tenho um fraco por estes trajes de motociclista de couro preto. E é fato que os policiais mais bonitos são escolhidos para serviços especiais. Eles são de um nível totalmente diferente daqueles responsáveis por infrações de trânsito e checagem de passaportes.

Parecia inútil me excitar àquela hora do dia, com tanta coisa para fazer e Ponpon sentada lá dentro. De qualquer modo, o rapaz parecia não estar interessado. Eu agradeci e fechei a porta.

Ponpon estava ainda mais curiosa que eu. Ela pegou uma das pastas. Ficamos sentadas uma diante da outra, lendo. Parando apenas para ela me perguntar o significado de todos os termos médicos que encontrava, e para dar seus gritinhos de horror quando eu respondia, lemos os relatórios do começo ao fim.

Ambos os cadáveres exibiam evidência de sodomia. Não havia mais detalhes sobre Ceren, cujo corpo havia sido bastante queimado. Porém os órgãos internos aparentemente estavam intactos. Vestígios de sangue e esperma, danificados pelo calor, foram encontrados no ânus. Que surpresa! O relatório não foi capaz de determinar exatamente por quanto tempo Gül tinha ficado na água. Apesar do grande inchaço, a polícia identificara marcas de lesões no corpo dela. O ânus mostrava sinais de penetração forçada. Nenhum vestígio de drogas ou remédios foi achado no sangue.

O conteúdo do estômago de cada uma havia sido analisado, e o relatório continha detalhes do que elas tinham comido, e quando. Havia descrições detalhadas da pele, dos olhos, cabelos e outras características físicas. Doses excessivas de estrógeno foram encontradas no corpo de Ceren. Apesar do estado carbonizado, foram detectadas "deformações" no peito e nádegas.

Li os relatórios com o rosto empedernido, mas fiquei muito abalada. Ponpon também ficou. Evitamos qualquer contato visual.

– Mas isto aqui é muito nojento – ela comentou. – Acordei com fome para tomar o café da manhã. Agora perdi o apetite.

– Pois é. Eu também.

Deixei Ponpon na frente da televisão e entrei na internet. Era hora de procurar Jihad2000.

Não demorei muito para encontrá-lo. Resumi tudo para ele. Expliquei sobre Musa, Muhammet e Yunus-Funda. Ele lamentou não saber nada sobre elas. Disse que tinha descoberto o que podia.

Também pedi que ele investigasse "adam-star", "starman" e "★adam". Eu tinha muitas coisas a fazer, e ele ficava o dia inteiro na frente do computador, de qualquer modo. Não só seria muito mais fácil para ele, mas também pouparia muito do meu tempo.

Ele perguntou quando eu iria visitá-lo outra vez. Eu disse a ele que andava ocupada, e não podia assumir nenhum compromisso enquanto não tivesse resolvido tudo.

Hesitei se devia ou não fornecer a ele o nome Adem Yıldız. Então decidi que sim. Afinal, não havia por que eu me envolver naquela sujeira a não ser que fosse realmente necessário.

CATORZE

Pelo que Hasan conseguiu descobrir, Adem Yıldız e Ahmet Kuyu tinham ido embora da boate acompanhados de Aylin, Vuslat e Demet.

Eu queria marcar uma entrevista com essas três meninas. Podia ter resolvido tudo por telefone, mas achei melhor encontrá-las cara a cara. Isso também me daria uma chance de escapar dos rituais matutinos de Ponpon. Embora eu reconheça a importância de um bom regime de manutenção de pele, Ponpon havia adotado uma cerimônia diária que eu nunca tinha visto igual, tanto na vida real quanto em livros ou em filmes. Envolvia a aplicação de todo tipo imaginável de cosmético e gororobas naturais, de maneiras não tão fáceis de imaginar.

Saí quando ela começou a bater salsinha no liquidificador para sua máscara matinal.

Enquanto eu ia para a casa de Aylin, no distrito de Beşiktaş, em Cirağan, me ocorreu uma coisa. Seria possível analisar o esperma encontrado nos corpos, mesmo eles tendo sido danificados pelo fogo e pela água? Se houvesse mesmo vestígios de esperma nos ânus de Gül e Ceren, um indício óbvio de que elas tiveram relações sexuais logo antes de morrer, será que uma análise seria capaz de indicar quem haviam sido seus parceiros?

As respostas destas perguntas não estavam no domínio dos meus conhecimentos. Eu precisaria perguntar a alguém que soubesse alguma coisa de medicina legal. No entanto, eu sabia que esses testes ficavam mais inconclusivos quanto mais demoravam para ser realizados. Aquela médica bruxa podia me ser útil. Mas a que preço!

Eu adoro esse bairro. Apesar de estar localizado bem no coração de Istambul, ele parece capturar tudo o que torna a cidade especial: de um lado está o Bósforo; do outro, o bairro faz fronteira com um enorme parque, quase uma floresta; prédios charmosos enfileiram-se lado a lado em ruas íngremes com calçamento de pedra. E acima de tudo, as pessoas ainda se cumprimentam dizendo *günaydin* toda manhã, os donos do mercadinho e do açougue são moradores locais e a atmosfera geral é de boa vizinhança.

O minúsculo apartamento térreo de Aylin tinha trechos de vista do Bósforo por entre os prédios na frente do dela. Ela acabara de acordar, e ainda estava com uma certa sonolência matinal. Abrindo uma fresta na porta, ela pôs o nariz para fora. Ficou surpresa ao me ver.

– *Merhaba*, maridinho – ela me cumprimentou. – Bem-vindo...

As meninas adoram chamar os clientes de "maridinho". Algumas acham estranho que eu às vezes prefira usar roupas masculinas. Provavelmente era isso que estava por trás daquela referência matrimonial.

– Preciso conversar com você – eu disse.

– Então entre, *ayol*!

Nós nos sentamos.

O corpo dela era belo e gracioso, realmente encantador. Não perdia em nada para alguém que se veria estampada no pôster central de uma *Playboy*. Seus recém-adquiridos seios eram pequenos e empinados, em contraste com o modelo Dolly Parton que é a última moda. Como a orgulhosa proprietária de um novo brinquedo ou joia, fazia questão de exibi-los. Estava nua da cintura para cima. Na parte de baixo, vestia apenas shorts.

Após uma breve discussão sobre o tempo, enquanto ela bebericava uma lata de coca-cola e eu bebia um copo d'água, finalmente abordamos o assunto.

— Na noite de anteontem, você foi embora com Ahmet Kuyu e companhia.

— Nem me lembre. Você sabe como ele é.

— O que aconteceu? O que vocês dois aprontaram? — eu perguntei.

—Você sabe como eu sou. Depois que a grana entra na minha mão, eu topo qualquer coisa. Não fico resmungando sobre o que faço e o que não faço. Contanto que ele não marque meu rosto, tem permissão para me bater depois que pagou.

Ao ouvi-la falando, senti um embrulho no estômago.

— Ahmet Kuyu é um desses. Você sabe...

— Como assim?

— *Aman!* Quando ele tem um dinheirinho no bolso, não há nada que ele goste mais que dar umas porradas em uma das meninas. Quanto mais você grita e se debate, mais excitado ele fica. Já saquei qual é a desse cara...

Enquanto falava, ela brincava com os seios. Ela os apoiava com as mãos, empurrando por baixo para fazer com que se empinassem mais à frente, acariciava o mamilo com o dedo indicador, sem parar de observá-los com os olhos, fascinada. E naturalmente contorcia os lábios numa série de expressões que tentavam complementar a ginástica dos seios.

— Na verdade, o que eles realmente querem é que você entre na brincadeira com eles — ela continuou.— Eu sou boa. Grito que nem uma louca, me jogo nos pés deles, imploro e peço misericórdia... Ele ficou muito impressionado comigo. Mas foi o outro idiota que pagou a conta.

— Qual?

— Não Adem Yıldız, o outro. Você sabe, aquele vestido como uma espécie de contador.

Então ela sabia muito bem quem era Adem Yıldız. Ele nem se dera ao trabalho de manter sua identidade em segredo.

– Então o que Adem Yıldız fez? – quis saber.

– E eu lá sei, *abla*? Ele não era de muita conversa. Só ficou ali sentado, perguntando o nome de todo mundo.

– Qual é seu nome verdadeiro? – perguntei.

– Seçkin. Meu nome é a prova de que sou gay. Meus irmãos se chamavam Mustafa e Reşat, em homenagem a nossos avôs, mas quando eu nasci já não restava mais avô nenhum, por isso me chamaram de Seçkin. O nome estava na moda na época. Quando meu pai descobriu que eu era bicha, disse: "Olha só o que esse nome fez com o menino!"

Agora ela passou a lata vazia por entre os seios, tentando prendê-la com eles. A lata escorregou até seu colo.

– Você esteve com Adem Yıldız?

– De jeito nenhum, *ayol*. Ele gosta de franguinhas. Acho que eu era um pouco madura demais para ele. Mas ainda acho que foi ele quem pagou por mim. Onde é que Ahmet Kuyu ia arranjar tantos dólares?

Ela xingou a lata que havia escorregado de seu colo e caído no chão.

– Eles pagaram em dólares?

– Obviamente... Eles são clientes especiais com gostos especiais. O pagamento tem que ser especial também, você não acha?

– Faz sentido – concordei.

– Mas *abla*, o que você conclui disto tudo? Agora que respondi suas perguntas, o que você resolveu?

Eu ri.

– Na verdade, nada.

– Oh... Você está me dizendo que eu contei tudo isto à toa?

– Não, de modo algum. Um dia isto ainda vai ser útil.

– Que bom. – Ela continuou a brincar com a lata vazia.

– O que as outras meninas fizeram naquela noite?
– Não faço ideia.
Ela estava concentrada nos seios outra vez, brincando com os mamilos.
– São lindos, não são?
– São incríveis – elogiei.
– Eu estou louquinha por eles. Podia passar o dia inteiro admirando sem perder a graça.
–Você vai se acostumar.
– É claro. – Ela de repente mudou o rumo da conversa. – É claro que vou. Não posso passar o resto da vida idolatrando minhas tetas, não é? Estou brincando com elas bastante agora para a novidade acabar mais rápido.
– Quem dormiu com quem naquela noite?
– Acho que Adem Yıldız ficou com Dolly Vuslat. Eu disse que ele gosta das franguinhas.
–Você sabe o que eles fizeram?
– *Ay*, é claro que não. Como eu ia saber isso? Fui embora assim que terminei o serviço. Não sou daquelas que passam a noite inteira e tudo o mais. As meninas ainda estavam ali... Não cheguei a vê-las. Mas tenho certeza de que estavam ali.
–Você não falou com elas depois?
– Falar o quê? O que eu tenho a ver com elas?
Ficando de pé, ela comprimiu os seios, então os soltou de repente. Eles balançaram com violência. E ela estava chegando perto de mim.
– Demet nem se dá ao trabalho de se depilar. E Vuslat não passa de uma macaquinha peluda. Já eu... eu tenho seios!
Um novo sistema de castas estava surgindo no mundo das travestis. As que tinham seios se consideravam superiores às que não tinham. Em outras palavras, as meninas com tetas tinham decidido menosprezar pessoas como eu.
– Mas eu não tenho...– eu comecei a dizer.

Ela interrompeu:

— Sim, mas... maridinho, você é praticamente o chefe.

O "maridinho" a quem ela se referia era a pessoa que vos fala. Eu não tinha intenção alguma, e de fato nunca teria essa intenção, de dar uma de marido de ninguém, muito menos de uma das meninas. Anos atrás, por curiosidade, eu havia assumido esse papel umas poucas vezes. Para dizer a verdade, no entanto, não tenho muito prazer em brincar de marido nem com homens nem com mulheres. Num aperto, consigo fazer minha parte, contanto que seja recíproco. Porém há vezes em que, no cumprimento do dever, por respeito ao meu profissionalismo, faço o que me é solicitado.

Nossa conversa obviamente já dera o que tinha que dar. Dali em diante, só o que eu ia ouvir era aquele tipo peculiar de imbecilidade que atribuo a injeções excessivas de hormônios femininos.

Quando saí para a rua, percebi que o ar tinha esfriado. O vento leste ajudou a limpar minha mente. Uma brisa soprando da costa de Uskudar trazia todas as fragrâncias e odores do Bósforo. O bafo ocasional de gases de escapamento e gasolina é o flerte à maneira de Istambul.

Dolly Vuslat e Demet eram as próximas da lista. Enquanto descia a colina, percebi que estava com fome. Seria bom eu comer alguma coisa antes de visitar Vuslat em Gayrettepe. Além disso, aparecendo na casa dela um pouco mais tarde eu não iria acordá-la.

Decidi ir a um restaurante situado na cobertura de La Maison. Tem uma vista incrível. Quando lembrei dos suflês que eles faziam, fiquei com água na boca e um ronco no estômago.

Ainda era meio cedo para o almoço, e por isso o restaurante estava vazio. Só havia eu de cliente. Embora já fosse o fim da estação, o terraço estava aberto. Não confiando totalmente nas brisas caprichosas do Bósforo, escolhi uma mesa ensolarada do lado de dentro. A vista era mesmo tão espetacular quanto eu lembrava! Nos últimos dias eu dera de contemplar o Bósforo de verdade. É uma vista inigualável durante estes dias frescos de outono, quando parece que dá para ver o infinito. Olhei para a Maiden's Tower, o palácio Topkapı, a Sublime Porta de Sarayburnu e o Sepetçiler Kasrı, deixando meus olhos vaguearem até as silhuetas dos minaretes da Hagia Sofia e da Mesquita Azul, que espetavam o céu. Istambul fazia jus a sua reputação de "cidade das 1001 noites". Percebi que estava sorrindo.

Havia três garçons. E mais nenhum cliente além de mim! Obviamente todos ficaram me olhando. Ou seja, quando não estavam ocupados me servindo, eles me observavam. Assistiam a todos os meus movimentos. Bastava o mínimo gesto para que um deles aparecesse na minha mesa. Eu, é claro, troquei o sorriso por uma expressão mais séria. Não queria que me compreendessem mal.

O garçom jovem era novo demais para mim. Era uma criança. O rosto dele ainda trazia marcas da adolescência. As mãos eram enormes, bastante desproporcionais ao corpo. Era simplesmente inaceitável. Do lado oposto do terraço ele me fitava com os olhos. Seu rosto não revelava nada de sua reação ao que estava vendo. No máximo, parecia apenas curioso. Como se tivesse encontrado um animal raro no zoológico.

O segundo garçom com certeza estava chegando aos trinta e era alto, porém terrivelmente feio. Em nome do profissionalismo, manteve distância, mas definitivamente ficou me observando com atenção.

O chefe dos garçons era um homem de meia-idade. E atarracado. Era tão atencioso que beirava o assédio. Era impensável eu sentir algum interesse nele como homem. Seria bom ele tirar logo o cavalinho da chuva.

Eles eram educadíssimos. Porém olhando apenas com os olhos de alguém que confere a mercadoria, não havia o menor sinal de *kismet* para mim. Aboli todos os restos de flerte e galanteio, e fiz o pedido como um cavalheiro.

O chefe, que acredito ser um francês, mandou da cozinha pratos maravilhosos. O folhado de frango era um *tour de force*. A salada de aipo-rábano tinha uma cor fresca e não estava nem um pouco aguada. O suflê de chocolate, que eu pedira com antecedência logo ao chegar, estava simplesmente divino. Deixei que cada pedaço derretesse devagar na minha boca. Alguns dos prazeres da vida, especialmente aqueles como suflê de chocolate, devem ser prolongados o máximo possível. Enfim, fiquei me deleitando com a refeição e com a vista.

Recusei educadamente o café que me ofereceram. O garçom de meia-idade parecia ter gamado em mim. Obviamente nutrindo vãs esperanças, ele começou a pairar na minha cola.

– Com as honras da casa... – ele disse. Ora, aquilo não ia acontecer em hipótese alguma! Expliquei que estava com um pouco de pressa, e pedi a conta. Ele puxou minha cadeira quando levantei, e me acompanhou o caminho inteiro até o elevador, dizendo efusivamente:

– Volte sempre!

QUINZE

A refeição pesada e o sol de outono entrando pelas janelas tinham me deixado grogue. Eu estava prestes a cair no sono. Se tivesse passado perto de uma cama, teria me deitado. Talvez eu não devesse ter recusado o café, afinal.

Eu estava com sorte. Um táxi apareceu imediatamente e parti para Gayrettepe.

Dolly Vuslat mora em Ortaklar Caddesi, em um dos poucos apartamentos remanescentes que não são usados agora como escritório.

Alguns meses atrás, eu tinha aparecido lá numa festa de aniversário.

– É mesmo muito mais... conveniente... morar num prédio cheio de escritórios – ela havia me garantido. – É mais... confortável. Ninguém mete o nariz na sua vida. Não tem aqueles... vizinhos bisbilhoteiros e cheios de besteiras desnecessárias.

Pelo que eu me lembrava, ela não era mais tão jovem, porém o Todo-Poderoso a abençoara com a aparência de uma moça de dezoito anos. Por conta disso, fazia anos que ela era conhecida como Bebek, ou Boneca. Ainda lhe pediam a identidade quando ela ia a alguns bares ou casas noturnas pela primeira vez.

Dolly Vuslat era a confirmação viva do antigo ditado turco: "Uma galinha anã continua sendo uma franguinha para sempre", ou seja, uma mulher pequena nunca envelhece. Seu porte era minúsculo para uma mulher, quanto mais para um homem, e sob as luzes da boate, ela lembrava uma criança maquiada usando um vestido de noite.

O rosto que veio me receber na porta estava lavado, sem nem um pingo de maquiagem e em nada se parecia com o de uma boneca. Estava com marcas e hematomas.

Eu entrei.

— Olha só o que aconteceu comigo — ela começou.

Ela vestia um agasalho esportivo desbotado, e nos seus pés havia chinelos de lamê de salto alto.

— Saí com aquele canalha do Adem Yıldız... Olhe só para mim!

— O que aconteceu? — eu perguntei.

— O troço não levantou. Por causa do remédio. Ele ficou furioso.

— Não entendi...

— Ele é passivo. Não é minha praia. Você me conhece. Mesmo se estivesse na cama com a Marilyn Monroe eu ia virar de bunda pra cima... Não teve jeito... E ele ficou furioso...

— Nossa! — eu exclamei. — Nosso Adem *Bey* não é bem quem parece.

— Pelo amor de Deus. Tem tarado de todo tipo. Nos dias de hoje, parece ter uma maré alta de tipos assim. Nós é que temos que comer eles. Ora, por favor! Se é disso que você gosta, por que não se entrega para um homem de verdade? Desde quando isso é tarefa minha, comer um cara? — Ela segurava na mão um velho espelho compacto. Enquanto falava, examinava o rosto. O lábio superior estava cortado. Quando falava, a boca se mexia para os lados.

— Olha só para mim! Vai demorar pelo menos uns dez dias até eu ficar minimamente apresentável.

Ofereci minhas condolências.

— Mas preciso dar o braço a torcer. A gorjeta dele foi boa. Com uma grana dessas, posso ficar sem trabalhar durante um mês inteiro, não só dez dias.

Eu não entendo. Ela tinha sido esmurrada, seu rosto estava coberto de inchaços, o lábio estava cortado, e ainda assim ela achava que tinha sido um bom negócio.

– Qual é seu nome verdadeiro, Vuslat?

– Engraçado. Ele perguntou a mesma coisa. "Você não tem outro nome, um nome do meio ou algo assim?"

Ela me dissera tudo o que eu precisava saber, exceto seu nome verdadeiro.

– Adivinhe – ela disse.

Era muito improvável que eu acertasse o nome dela de primeira.

– Como é que eu vou saber? Diga.

– Dursun! – Ela riu. – Você consegue me imaginar com um nome como Dursun?

O telefone tocou. Impedindo que Dolly elaborasse mais sobre como seu nome original era inapropriado.

– *Efendim...* – ela respondeu. Ela falava com o mesmo gemido nasal que as meninas usavam. E isso apesar de a voz dela já ser bastante aguda.

Enquanto Vuslat falava com uma série de "hã-hã" e "sim", eu examinei o aposento. Pendurado na parede havia um enorme pôster de Tom Cruise. O coitado do pôster estava coberto de lantejoulas, e um par de cílios postiços havia sido aplicado. A antes sóbria camisa branca de Tom era agora um escândalo de *glitter*. No rosto havia uma maquiagem carregada, feita com purpurina e canetas fosforescentes. Os buracos nas orelhas sem dúvida eram usados para guardar vários pares de brincos.

Vuslat terminou o telefonema com um "Nem morta" prolongado.

– É incrível, não é?

Ela estava se referindo ao pôster.

– Fui eu mesma que fiz.

Quando nossas meninas não estão trabalhando, têm um leque um tanto limitado de atividades. A maioria delas, se não todas, ficam entediadas com a simples ideia de ler um livro. Não conseguem ficar sentadas por tempo suficiente para ver um filme do começo ao fim. As refeições são preparadas na base da rapidez e praticidade. A tarde inteira é gasta passando maquiagem, penteando e tingindo cabelos, e outras bobagens criativas.

Como se não bastasse cobrir seus vestidos e camisetas de lantejoulas e *glitter*, elas haviam atacado o indefeso Tom Cruise.

— O que mais ele fez com você? — insisti.

— Ele é um verdadeiro maníaco, *abla*! — ela disse. — Primeiro perguntou se eu tinha feito minhas abluções rituais. É claro que eu não tinha, mas disse a ele que sim. Então ele foi realizar as dele. Ele se lavou da cabeça aos pés. Então rezou. Enquanto recitava "bismillahirrahmanirrahim", caiu de boca no meu troço.

Aquilo me intrigou. Eu nunca tinha visto nada parecido. O caso mais extremo que eu encontrara era Jihad2000 Kemal. No entanto, uma vez ereto, ele se esquecera completamente das rezas.

— Foi um sufoco até eu conseguir tirar a coisa da boca dele. Ele estava tão decidido a terminar o serviço que continuou chupando e lambendo, agarrando e apertando... Ora, aquilo nunca ia adiantar!

— Ele fez mais alguma coisa? — eu perguntei.

— E como fez, *ayol*! Você acha que ele me pagou à toa? Primeiro ele me espancou por não ter conseguido ficar com o troço duro. Doeu pra burro. Então ele me pegou à força. Enfim, o coiso dele é pequenininho. É óbvio qual é o problema dele.

Ela mexeu o dedo mindinho para me dar uma ideia aproximada do tamanho do pênis de Adem Yıldız.

— Eles veem que nasceram com pinto pequeno, e por isso vão procurar um grande. Mas não são considerados bichas. Nós somos.

Ela estreitou os olhos e se inclinou na minha direção, como se estivesse se preparando para compartilhar um segredo.

– Quer saber? Mesmo se eu tivesse comido ele, ainda assim me chamariam de *ibne*. Qual é a diferença? Eu não entendo!

Ela tinha razão. Eu também não entendia.

– Ele me telefonou depois. "Vamos tentar outra vez", ele disse.

– Era ele agora no telefone?

– Claro que não, *ayol*! Era da mercearia. O filho do dono. Ele aparece aqui às vezes; eu atraso para pagar a conta. Ele pergunta se preciso de alguma coisa, então se oferece para vir me trazer leite ou açúcar.

– Você tem bastante dinheiro. Não precisa fazer isso – questionei.

– Você não entende? – ela me corrigiu. – O menino é tão bonito! Exatamente o meu tipo. Acabou de sair do serviço militar. Aqueles músculos salientes, aquele peito que parece uma selva peluda. E os braços dele... isso é que eu chamo de homem! Ele é bem do meu número, disso não há dúvida. Mas não quero que ele me veja assim. Só depois que meu rosto desinchar um pouco.

– Entendi.

– De qualquer modo – ela acrescentou –, a espera vai deixar ele ainda mais excitado.

Eu não tinha muito interesse no filho sexy do dono da mercearia.

– Como era a casa de Adem Yıldız? – perguntei.

– Não faço ideia. Nós não fomos para lá. Fomos para a casa de Ahmet Kuyu. Fica do outro lado. Dentro de um jardim. Estava tão escuro que nem sei exatamente onde é.

– Em Göksu – eu lembrei.

Eu conhecia a casa. Já tinha passado na frente. Ahmet Kuyu já tinha me experimentado também, como havia feito com todo mundo. Porém se arrependera. Tinha pedido desculpas depois, e até me ajudara com umas questões de trabalho. Desde aquela vez, apenas trocávamos cumprimentos formais quando nos encontrávamos por acaso.

— Enfim, é esse o lugar — concordou Vuslat. — Ele não me levou para a casa dele.

— Como você vai ligar para ele? — eu quis saber.

— Não preciso. Ele me liga todo dia.

Dolly Vuslat precisava ser advertida. Se ele estava mesmo telefonando para ela todo dia, ela podia se meter numa encrenca daquelas. Mas quanto eu devia contar a ela? Todas as minhas suspeitas? Se no fim ela confiasse mais nele que em mim, ou achasse que a história toda era uma piada, ou apenas quisesse ganhar mais dinheiro, ela podia muito bem dar com a língua nos dentes, transmitir a ele tudo o que eu lhe dissesse. Então seria eu que me meteria em encrenca. Se Adem Yıldız enviasse os homens dele atrás de mim, quantos eu seria capaz de enfrentar?

Enquanto eu pesava os prós e os contras, meus olhos deram com o pôster do Tom Cruise. Será que eu podia mesmo confiar em alguém com uma visão tão *kitsch* da vida?

Por outro lado, imaginei o remorso que eu ia sofrer se algo terrível acontecesse com ela.

Minha consciência falou mais alto, e decidi contar a ela, omitindo o máximo de detalhes possível. Dolly ficou sentada no sofá com as costas curvadas, os joelhos encostados no queixo, soltando gritinhos agudos periódicos até que eu terminei de falar. As mãos, fechadas em punhos, estavam apertadas contra os lábios e os olhos estavam arregalados de medo.

— Enfim, é isso — eu concluí.

— Meu Deus, estou apavorada. Eu sabia que o homem não era normal, mas.... um *serial killer*!

—Veja, eu lhe contei tudo isto para você tomar cuidado. Não para te assustar. Como eu disse, não temos certeza de nada. Mas aconteça o que acontecer, tome cuidado.

Rindo, ela me acompanhou até a porta.

– Dá pra acreditar? Esta é a primeira vez que o nome Dursun me serve para alguma coisa. E se meu nome fosse İsa, Musa, Nuh, Hazreti Ali, Hasan, Hüseyin ou algo assim! Eu poderia estar morta.

Não mencionei o fato de que Hazreti Ali na verdade não era um profeta, que ele era o tio do Profeta, e os filhos de Ali eram Hasan e Hüseyin. Preferi deixar quieto. Ela podia continuar enumerando para si mesma os nomes dos profetas.

O que eu havia descoberto era suficiente. Ou seja, Adem Yıldız ocasionalmente se entregava a nossas garotas bem-dotadas.

DEZESSEIS

Na verdade, eu descobrira tudo o que queria saber. Não havia necessidade de fazer uma visita a Demet. Além disso, quando pensei em como a casa dela ficava fora de mão, a ideia me pareceu ainda menos atraente.

Cengiz podia esperar. Adem Yıldız em hipótese alguma teria feito sua festinha na casa de veraneio da família, colocando em risco sua reputação. De qualquer modo, eu tinha outros motivos para ver Cengiz. Algo mais podia brotar entre nós.

Eu queria voltar para casa o mais depressa possível para examinar quaisquer novas informações mandadas por Selçuk e para ver o que mais Jihad2000 conseguira descobrir.

Embora eu não tenha o hábito, decidi ir de metrô, já que estava tão perto de uma estação. Era melhor que ficar preso no trânsito, aguentando a tagarelice sem sentido de um taxista ou tendo que ouvir no rádio a música que ele escolhera. Além disso, seria o modo mais rápido de chegar em casa.

Cartazes mostravam *börek* e folhados vendidos pela rede Yıldız. Eles alardeavam que o número de lojas dobrara em apenas cinco anos, falavam em agradar consumidores de todas as idades e agradeciam à Turquia por apreciar os produtos Yıldız.

Era um vívido lembrete de Adem, e um péssimo agouro.

Eu mal podia esperar para contar a alguém que Adem Yıldız era passivo na cama. Mas para quem? Senti que ia explodir se não pudesse compartilhar aquele babado forte com alguém. Sendo ou não o assassino, ele certamente era um pilar da sociedade. E dava a marcha ré na cama. E para quem!

Ponpon foi a primeira que me veio à mente. No entanto, eu duvidava que ela ficaria satisfeita. Ela sempre saía por cima. Se eu mencionava que estava com dor de cabeça, ela se contorcia em cólicas. Se eu falasse de Adem Yıldız, ela com certeza ia despejar uma lista de homens famosos com a mesma tendência na cama. Enfim, qual é a graça de contar uma boa fofoca para uma pessoa assim?

Foi uma caminhada curta da estação de metrô Taksim até minha casa. Havia um friozinho no ar, e na ladeira até Gümüşsuyu estava ventando como ventava sempre, no inverno ou no verão.

Hasan parecia ser quem mais merecia ouvir a notícia. Ele estaria telefonando para alguém antes mesmo de assimilar o fato.

O tumulto geral, a janela aberta e o frio gélido que me receberam quando entrei em casa eram todos sinais de que Satı tinha vindo. Eu me esquecera completamente de que era o dia de ela fazer faxina.

Sob a supervisão de Ponpon, ela havia estendido todos os tapetes, empilhado as cadeiras umas nas outras e arrastado os móveis pesados. Resmungando em voz baixa, Satı limpava um canto distante. Eu lia o dissabor no rosto dela. Se aquilo continuasse, e Ponpon ficasse ali por mais dez dias, eu corria o risco de perder Satı.

Vestida para limpar, Ponpon enrolara na cabeça um turbante rosa choque, estilo marajá.

– Bem-vinda ao lar, meu bem – ela me cumprimentou cantando. – Achei melhor dar um jeito nesta casa. Assim eu posso ser útil enquanto estou aqui.

– A madame mandou eu tirar tudo do lugar.

A voz de Satı parecia carregada de derrota. "Madame" obviamente se referia a Ponpon.

Aquilo me pegou de surpresa. Ponpon é conhecida por ser arrumada, porém agora ela estava me impondo sua ideia de organização. Seria impossível eu conseguir trabalhar ou pôr minhas ideias em ordem. Senti vontade de fugir na mesma hora.

— Hã, muito bem — eu disse. — Continuem o bom trabalho. Vocês ainda têm muita coisa para fazer?

— Nós mal começamos. Quando Satı *Hanım* chegou, já eram quase onze horas.

— Mas você pediu para eu não vir cedo — defendeu-se Satı.

— Nós tiramos todas as cortinas. Estavam pretas de pó! À noite não dá para ver direito, mas na luz da manhã eu não acreditei no que eu vi. Satı *Hanım*, meu bem, posso lhe pedir para lavar todas as cortinas pelo menos uma vez por mês? Quanto mais você deixa, pior fica.

Ponpon havia assumido o controle. Não adiantava dizer nada. Eu não ia conseguir fazer coisa alguma com a casa naquele estado. Fui para meu escritório e fechei a porta.

Telefonei para Hasan no instante em que me sentei. Como sempre, a linha estava ocupada. Ele morreria se soubesse o que estava perdendo. Pois é, o destino realmente existe.

Então liguei para Selçuk. Ele não estava lá. Me disseram que ele voltaria em breve. A secretária era uma moça eficiente.

— Você recebeu o envelope que mandamos? — ela perguntou, sublinhando a autoridade dela e provando que sabia quem eu era. — Se você preferir, podemos ligar de volta — ela acrescentou. — Onde podemos encontrar você?

— Isso seria ótimo — eu disse. — Estou em casa.

No entanto, sob aquelas condições, com meu lar doce lar virado de cabeça pra baixo, eu não sabia ao certo quanto tempo mais eu aguentaria ficar ali. Mas pelo menos por enquanto, eu estava em casa.

Meu computador tinha terminado de iniciar, e entrei na internet. Algo me dizia para não contatar Jihad2000 ainda. Eu tinha seguido meus palpites até então, e não era hora de abandoná-los.

Enquanto esperava a ligação de Selçuk, fiz uma pequena pesquisa sobre os mercados Yıldız. Eles tinham seu próprio *website*, é claro. Até ofereciam entrega em domicílio em algumas partes da cidade. Em uma de suas páginas institucionais aparecia uma foto do patriarca da família. Era um homem de rosto limpo, sem um traço de barba ou bigode, e tinha o olhar intenso de alguém que deposita em Deus sua confiança total e exclusiva. Era igualzinho a um candidato autoconfiante, apoiado por um partido político conservador.

O pai Yıldız relatava como, "com a graça de Deus", eles haviam alcançado tanto sucesso e como sua "fé" sempre o ajudara, mostrando-lhe o caminho.

Adem Yıldız aparecia numa página dedicada aos executivos da corporação. Tinha um sorriso tímido, com apenas um traço de dentes aparecendo entre os lábios finos. Eu tinha lido no jornal *Radikal* que os filhos de famílias religiosas eram invariavelmente educados nos Estados Unidos. Perguntei-me outra vez por que eles não eram mandados para países como Irã, Afeganistão, Arábia Saudita ou pelo menos Egito.

A página de produtos era de dar água na boca. Apesar do sabor do suflê que permanecia no meu palato, as massas folhadas que apareciam nas fotos me deixaram salivando.

A empresa tem filiais em quase todas as províncias da Turquia, com dezesseis pontos de venda apenas em Istambul. Descobri que havia uma loja em Van e três em Antalya. O que aquilo significava? Adam Yıldız podia ter viajado a essas duas cidades. Se bem que havia muitos motivos para se ir a Antalya além de negócios de família.

Eu estava começando a perder o interesse quando o telefone tocou.

A secretária onisciente estava do outro lado da linha.

—Vou passar você para o chefe – ela disse.

Um instante depois, eu falava ao telefone com Selçuk.

— *Merhaba*, Poirot.

— Pode me chamar de miss Marple — eu respondi. — Estou morrendo de curiosidade.

— Primeiro — ele começou —, o dono do endereço sobre o qual você perguntou é Fehmi Şenyürek, e os registros indicam que ele também mora lá.

Bola fora. O apartamento da estrela vermelha não pertencia a Adem Yıldız, como eu havia imaginado.

— O que foi? — Selçuk perguntou.

— Nada. É só que esse nome não significa nada para mim. Eu estava pensando.

— Não tem nada para pensar. Fiz uma pesquisa para você.

— Quem ele é?

— Ele nasceu em Gemlik em 1967. Foi expulso da academia militar. Atualmente está empregado numa empresa do setor privado. Recebeu um empréstimo direto do Emlakbank para comprar o apartamento.

— Você conseguiu descobrir para que empresa ele trabalha?

— Podemos procurar isso em outras fontes.

— Se não for muito incômodo, você poderia fazer isso?

— Vamos tentar — ele prometeu.

— E as outras coisas? — eu perguntei.

— Uma por vez.

— Está bem. Mas tenho uma última pergunta. Não foram realizados testes de DNA no esperma encontrado nos ânus de İbrahim Kiaraman e Yusuf Seçkin. Seria possível realizar estes testes?

— Já se passou muito tempo. Não tenho certeza.

— Bem — eu disse —, eu estava pensando que uma análise de esperma poderia identificar quem foram os parceiros sexuais.

— Talvez você tenha razão. Espere um instante. Deixe eu perguntar.

Ele me pôs em espera. Ponpon enfiou a cabeça pela porta.

— Muito bem, *ayol* — ela disse. — Eu estava ouvindo do lado de fora.

—Você não tem vergonha! — eu briguei com ela.

— *Aman*. Pensei que a ligação pudesse ser para mim, mas você atendeu antes. Então ouvi sobre o que você estava falando. Ué, eu não podia desligar, podia? Então fiquei ouvindo um pouco. Qual é o problema?

Era simplesmente inútil tentar explicar algumas coisas a Ponpon. O modo como ela havia virado minha casa de pernas para o ar demonstrava sua noção de limites. Segundo ela, entre amigos vale tudo.

Selçuk voltou a falar.

—Você não imagina o que eu descobri. É possível analisar esperma encontrado na vagina ou no ânus de um cadáver, mesmo que ele tenha ficado na água durante três dias. Água salgada ou doce, não faz diferença. Se o esperma está na boca do cadáver, no entanto, aí não tem jeito. Mas no ânus ou na vagina, não há problema.

— Então por que eles não fizeram o teste?

— Era isso que eu estava me perguntando.

Ambos ficamos em silêncio.

Ponpon estava de pé do meu lado. Sem conseguir escutar o que estava sendo dito, me olhava com curiosidade.

— O que aconteceu? — ela sussurrou.

Eu cobri o aparelho com a mão.

— Depois eu conto.

Balançando a cabeça, ela fez uma cara de cumplicidade e mordeu o lábio inferior.

— Selçuk — eu disse —, existe algum modo de nós fazermos com que estes testes sejam realizados?

— Como assim "nós", meu chapa?

— Desculpe — eu disse. — O que eu quis dizer foi, será que você pode fazer com que realizem os testes?

—Vou tentar. Vou ver o que posso fazer. É só dar um cutucão, que os rapazes põem a mão na massa rapidinho. Deviam estar ocupados demais para pensar nisso. Até onde sei, esses testes são bem complicados. E caros. Vai levar algum tempo, também.
— Eu pago o que for necessário — garanti.
— Não diga bobagem. Veja, tenho que ir. Espero que você não se ofenda por eu desligar deste jeito.
— Como assim? Nem um pouco.
— Não esqueça — ele concluiu. — Ayla e eu estamos esperando você. Não deixe passar muito tempo.
— É claro.
Ponpon deu o bote assim que desliguei o telefone. Ela me encheu de perguntas.
Contei a ela o que havia descoberto. Ela reagia a tudo o que eu dizia com um "Oh, não diga" fascinado. Porém quando terminei, ela me provocou dizendo:
— Mas enfim, e daí?
Ela tinha razão.
Além de especulações e suspeitas, não tínhamos nada para prosseguir.
—Venha — ela disse. — Eu cozinhei *dolma*. Pimentões e tomates recheados. Você vai adorar.
— Eu comi fora.
— Você é louca, *ayol* — ela resmungou. — Ora, todo mundo aqui sabe como sou uma cozinheira de mão-cheia. E mesmo assim você vai comer num restaurante. Que feio!
Resolver alguma coisa em casa estava provando ser uma tarefa extremamente cansativa. Seria melhor eu ir me trancar no escritório. Eu teria que lidar com Ali, com as mensagens que deixara de responder, assuntos de trabalho, conversas da área e dezenas de irritantes pedidos de ajuda, mas ainda assim eu ficaria melhor longe de Ponpon e Satı.

DEZESSETE

Vesti uma jaqueta grossa como precaução contra o tempo que estava esfriando e saí para a rua. Eu estava exausta. Com o escarcéu da máquina de lavar, o aspirador de pó e as ordens que Ponpon gritava, eu tinha esquecido de ligar para chamar um táxi. Andei até o ponto.

Hüseyin trabalha só à noite, por isso não estava disponível. Era até melhor. Eu não estava com humor para lidar com os avanços dele. Entrei no primeiro táxi que estava no ponto. Não conseguia decidir se iria ao escritório ou faria uma visita a Jihad2000 Kemal. Decidi dar a Kemal um pouco mais de tempo para terminar sua pesquisa.

Todos os funcionários do escritório me respeitam muito. Só me acham um sujeito um pouco estranho. Estou totalmente ciente de que eles me descrevem usando termos como "interessante", "excêntrico" e "pouco convencional". Embora estejam geralmente acostumados a me ver vestido como homem, sabem que em algumas ocasiões cheguei com uma barba de dois dias, os olhos com maquiagem completa, *rouge* e batom no rosto, apenas para chocar clientes inconvenientes.

Ali não estava. Por enquanto, aquilo também era bom. Não havia ninguém para ficar puxando conversa comigo.

Limpando um espaço para trabalhar, afastei para o lado a pilha de correspondência que a secretária deixara na minha mesa.

Tudo estava pronto. Menos eu. Eu não sabia por onde começar. Está certo, eu ia pôr a mão na massa. Mas com base no quê? Onde eu devia começar, e aonde aquilo me levaria?

Eu tinha certeza de que Adem Yıldız era culpado. Quanto àquilo não havia dúvida. Porém eu não possuía nem um fiapo de evidência para incriminá-lo. Ele era um nojento, um verdadeiro tarado. Mas o que isso provava, afinal? Trocando em miúdos, aquele era o problema.

Eu tinha bastante tempo. Decidi checar os registros da sala de *chat*. Mesmo não fazendo ideia do que estava procurando, eu ia vasculhar os registros referentes a "adam star", "starman" e "★adam".

– Ligação para o senhor. Vou passar para o seu ramal.

A secretária precisava de uma boa bronca. Ao apenas anunciar que estava me passando uma ligação, ela assumia que eu tinha obrigação de aceitar.

– Tudo em cima, *abla*?

Não podia ser, mas era. Sim, era Gönül na linha. Eu havia esquecido completamente que passara meu número para ela.

– *Merhaba*, Gönül – foi meu cumprimento forçado.

– *Ay!* Então você sabe quem é.

– Como não ia saber? Como eu poderia me esquecer de você?

– Você está falando sério, não está?

– Enfim, o que foi? Estou ocupada. Estou trabalhando – informei.

– Acabei de sair do Instituto Médico-Legal. Achei melhor falar com você.

Eu me esquecera daquilo também.

– Alguma pista? – eu perguntei.

– Oh, mas como dói. Se eu soubesse, juro que nunca teria concordado. Aquela bruxa maldita. Ela foi lá e meteu aquele ferro gelado inteiro dentro da minha bunda.

Eu não queria detalhes. Podia imaginar facilmente como havia sido aquele exame "voluntário". Além disso, aquilo não respondia minha pergunta.

– E quanto à morte de Gül? – eu perguntei. – Alguma pista ou informação nova?

– Pode apostar! – ela exclamou. E ficou em silêncio.

– Qual?

– Veja, *abla*, é uma longa história e não dá para falar no telefone. E você está ocupada. Não quero tomar seu precioso tempo. Vou contar tudo na próxima vez em que nos encontrarmos.

E desligou.

Se ela estivesse ao alcance dos meus braços, eu a teria estrangulado.

Para piorar as coisas, eu não fazia ideia de como encontrá-la. Imaginei que ela fosse *habitué* das cervejarias barra-pesada de Aksaray. Ou pior. Mas eu não sabia onde ela morava nem onde costumava ficar. O único lugar certo para encontrá-la era no Instituto Médico-Legal ou em algum enterro. Talvez eu não a visse de novo até que outra menina morresse.

Minha única esperança era que ela telefonasse para mim.

Pessoas desequilibradas e situações instáveis tendem a interferir no meu equilíbrio também. Sem a mínima ideia do que fazer, fiquei olhando para a parede oposta.

A chegada de Ali deu fim a esse pequeno devaneio.

Essa secretária precisaria ser disciplinada. O certo era ela primeiro checar comigo, depois me passar as ligações.

– Tenho uma ótima notícia para você! – ele anunciou. – Lembra daquela empresa italiana, Mare T. Docile? Está quase no papo. Acho que vamos fechar o contrato. Vai chover grana na nossa horta...

Ele esfregou as mãos, contente. Um sorriso estendeu-se de orelha a orelha. Como de costume, quando o assunto é dinheiro, seus olhos ficam estreitos e seu rosto parece reluzir com um brilho estranho.

Minha cabeça estava em outro lugar. Falar de italianos e suas liras não teria efeito algum sobre mim.

– Ei, o que foi? – ele perguntou. – Faz dois meses que estamos correndo atrás desta conta. Agora conseguimos. Você está sem reação nenhuma. O que há de errado com você?

– Não se incomode comigo – eu disse. – Eu estava pensando em outra coisa.

– Pare com isso. Você precisa se concentrar. Esta é nossa maior conta de todos os tempos. Precisamos focar nela de agora em diante. Quem sabe podemos até nos aposentar se fizermos tudo direito? Apenas pense no dinheiro que vamos ganhar!

– Quanto é?

O valor que ele citou era mais ou menos o equivalente a ganhar na loteria nacional.

– Eles querem fazer uma reunião conosco assim que possível. Talvez até precisemos ir à sede deles em Gênova ou ao escritório em Nice para inspecionar as redes.

Ele sabe como eu odeio viajar a negócios.

– Não vai demorar muito. Só alguns dias. E podemos passar um tempinho nos divertindo. Fazendo compras e tal...

– Consigo cuidar de tudo sem sair daqui – eu lembrei a ele. – A tecnologia avançada torna isso possível.

– Eu sei. Mas não é isso que eles querem. Eles dizem que os sistemas principais deles estão fechados a intervenções externas. São sistemas exclusivos com software próprio. O cliente sempre tem razão.

– Ali – eu disse bruscamente –, faz muitos anos que trabalhamos juntos. Quantas vezes preciso lhe dizer que o sistema que eles usam e o *firewall* são completamente independentes um do outro?

– Eu sei – ele concordou. – Mas...

– Não tem "mas" nem meio "mas". Se eu não consigo fazer isto entrar na sua cabeça, não sei como vou explicar para eles.

— Calma, não precisa ter um chilique.

— Não estou tendo um chilique. Fale outra vez. De quanto dinheiro nós estamos falando, mesmo?

Ele repetiu a quantia.

Seria mesmo melhor que eu esquecesse tudo e começasse a pensar no que eu poderia fazer com aquela grana. Minha parte seria mais que suficiente. Eu poderia comprar todas as ações da boate, ou até mesmo abrir uma boate nova. Na verdade, eu poderia abrir uma boate de verão em Bodrum e usar a de Istambul durante o inverno.

Deixei minha imaginação correr solta: eu podia trabalhar em Berlim ou Paris. Ou podia largar este ramo e me tornar a atração principal de boates no mundo inteiro. Podia visitar todas as casas e bares de travestis no planeta. Quem sabe as coisas que eu ia ver, que eu ia conhecer!

— Precisamos pôr a mão na massa imediatamente — disse Ali. — Eu até trouxe alguns arquivos para você fazer seu dever de casa.

Enquanto Ali ia buscar os arquivos da Mare T.Docile, olhei para o papel em minha mesa. Eu havia feito uma lista de todas as meninas mortas. Seus apelidos e nomes masculinos estavam todos listados. Na coluna adjacente eu anotara os dados específicos das mortes e detalhes relevantes, quando havia.

Comecei no instante em que Ali voltou trazendo dois CDs.

— Aquele seu amigo, Cengiz...

— Você gostou dele, não gostou? — ele interrompeu. — Eu sabia que ele era bem o seu tipo.

— Ele disse que tinha uma casa de veraneio bem ao lado da casa de Adem Yıldız...

— É verdade — Ali confirmou. — Uma casa de veraneio em Bodrum, no porto de Mazi. Mas a ex-mulher e os filhos dele estão lá agora.

— Fique quieto um instante — eu pedi. — Pare de me interromper. Tem mais uma coisa que eu quero perguntar.

— Está bem... está bem!
— Quão bem você acha que ele conhece Adem Yıldız?
—Você gosta dele também?
— Não seja ridículo. Tenho minhas suspeitas. Preciso de algumas informações. Mas é confidencial.
— Fale com Cengiz – ele sugeriu. – Não tem como eu saber...
O assunto foi encerrado e ele colocou os CDs na minha frente.

—Você vai encontrar todas as especificações de sistema e os diversos problemas que eles enfrentaram até hoje. Eu gostaria que você desse uma olhada. Eu disse a eles que terminaríamos de estudar tudo até o começo da semana que vem. Nós vamos terminar, não vamos?

Eu também caíra sob o feitiço da promessa do pagamento da Mare T.Docile.

DEZOITO

Quando saí do escritório já passava das oito da noite. Os sistemas de computadores da Mare T.Docile eram mesmo complexos. Para evitar pagar impostos sobre seus serviços de transporte, as atividades da empresa eram listadas como sendo sediadas em Split, na Croácia, e em algumas ilhas do oceano Pacífico. A Mare T.Docile podia ser oficialmente uma empresa italiana, porém todos os seus navios de carga eram na verdade arrendados com uma margem mínima de lucro para firmas escusas.

Quando cheguei em casa, fui recebido por Ponpon com reprimendas.

— *Ayol*, onde você esteve? Eu fiquei aqui aquecendo e reaquecendo o jantar. Eu estava prestes a sentar e comer sozinha.

Meu lar doce lar agora tinha um chão de tacos brilhantes. Os móveis tinham todos sido reposicionados de acordo com os gostos de Ponpon. Não havia nenhum vestígio de meus esforços calculados para criar um efeito pós-moderno. Eu agora residia no que poderia facilmente ser o apartamento de uma vovó.

Enquanto eu contemplava sua obra, Ponpon sorria para mim, orgulhosa.

— Está bem melhor agora, não acha? — ela perguntou.

— Obrigada por ter tanto trabalho — eu respondi. O que mais eu podia dizer?

— Satı e eu nos matamos de trabalhar, é claro, mas valeu a pena. Eu precisei segui-la de um lado para o outro. Elas não trabalham direito a não ser que você fique vigiando.

— É verdade — concordei.

— Esta sua Satı Hanım é meio preguiçosa. Ela supostamente vem três vezes por semana, mas faz pelo menos um mês que tem poeira juntando embaixo dos tapetes. Vou lhe mandar a minha Zerrin. Experimente ela. É um verdadeiro furacão!

Eu lhe lancei um sorriso fraco. Na verdade, eu estava com vontade de chorar.

— E agora, nosso jantar. Fiz frango com quiabo fresco. Com bastante limão.

O frango com quiabo estava delicioso. Se Ponpon ficasse ali por muito tempo, eu com certeza ia engordar tanto quanto ela.

— Alguém ligou enquanto eu estava fora? — perguntei.

— Ah, é claro! Quase esqueci — ela disse. — Aquele seu amigo ligou. Ele tem notícias. Ferruh ou Fabri, ou algo assim.

— O que era exatamente?

Ela devia estar se referindo a Fehmi Şenyürek.

— Ele não disse. Ele vai ligar outra vez.

— Mais alguém?

— *Ay*, e tem um tarado ligando pro seu telefone! Eu atendo, mas não há som. Eu ouço a respiração dele, mas ele não diz nada. Esse cara liga a cada meia hora. Vai ligar daqui a pouquinho. Bizarro, você não acha?

— E Hasan? — perguntei.

— Ele não ligou. Telefonei para ele para descobrir o que estava acontecendo. Mas ele não sabia de nenhuma novidade.

Eu estava esperando Ponpon sair para telefonar para Jihad2000, que eu suspeitava ser a pessoa de respiração pesada, e Selçuk. Ela parecia decidida a ficar em casa.

— Quando você vai sair? — eu quis saber, esperançosa.

– Ah, não vou – ela respondeu. – Hoje estou de folga. Também não tenho nenhum serviço extra. Pensei que podíamos bater um papo de meninas na frente da TV. Uma longa e impiedosa fofoca sobre todo mundo que nós conhecemos...

Eu adoro bater papo com Ponpon, mas aquela não era a noite ideal para aquilo. Eu tinha outras coisas a fazer. Antes de me concentrar em enriquecer com a conta da Mare T.Docile, eu queria solucionar os assassinatos, ou pelo menos resolver algumas das inquietantes perguntas que giravam na minha mente.

– Espero que você não se importe, mas preciso trabalhar numa coisa – comuniquei a Ponpon.

A cara dela caiu.

– E o que é que eu vou ficar fazendo enquanto você trabalha?

– Assistindo à TV, ou vendo um dos meus DVDs novos. Eu podia arrumar um visitante para você, se você quiser.

– Não fale besteira, *ayol* – ela disse. – Já faz tempo que desisti disso.

Todos sabiam que Ponpon era uma travesti assexuada. Na verdade, alguns insinuavam que ela vestia roupas de mulher apenas para provocar a família.

– O que eu queria mesmo era sentar do seu lado – ela insistiu. – Faço um chá ou um café. Eu podia até estourar pipoca. Ficamos batendo papo enquanto você trabalha. Prometo que não vou atrapalhar.

Que ótimo, eu pensei. Parecia uma piada, mas Ponpon nunca faz piadas.

Rindo de leve, eu disse:

– Infelizmente acho que não ia dar certo.

– Como assim, não ia dar certo? É claro que ia – ela insistiu. – Vá começando que eu já trago o chá.

Na esperança de que a preparação do chá a manteria ocupada por algum tempo, telefonei para Selçuk. A mulher dele, Ayla, atendeu. Ela disse que eles estavam me esperando para jantar no sábado à noite. Eu aceitei. Então ela passou o telefone para Selçuk.

— Lembra do seu homem, Fehmi Şenyürek? — ele começou.

— Ele trabalha para uma empresa de transportes chamada Astro.

— Nunca ouvi falar.

— Nem eu. Mas eu pesquisei. É uma empresa subsidiária da Yıldız.

Foi como um relâmpago. Eu ouvi sininhos.

— Não venha me dizer que é a cadeia de mercados Yıldız? — Eu queria uma confirmação.

— Essa mesma. Ele até possui uma pequena companhia aérea. A empresa está crescendo de forma silenciosa, mas constante.

— Isso me ajuda muito — eu agradeci.

— Não entendo o que você está procurando, mas fico feliz em descobrir alguma coisa para você. Ah, e os testes de DNA estão sendo realizados. Aviso no instante em que os resultados chegarem.

Selçuk estava totalmente certo quando dizia que eles estavam crescendo de forma silenciosa, mas constante. O Grupo Yıldız não aparecia muito na mídia. Eu não sabia se era de propósito, ou devido a um departamento de relações públicas incompetente. No entanto, eu parecia lembrar que empresas conservadoras geralmente preferem agir na surdina. Pouca informação vaza mas, abaixo do radar, devagar e sempre... E sem atrair nenhuma atenção.

Eu já tinha me conectado à internet quando Ponpon entrou com o chá, e estava pesquisando a transportadora Astro e a StarAir. Além de registros da Câmara de Comércio, não havia quase nenhuma informação.

— Sabe de uma coisa? — começou Ponpon. — Sempre que você se concentra em alguma coisa, você tem esse jeito de apertar os lábios e franzir a testa. Eu sempre notei.

Ela contorceu o rosto para ilustrar.

— É uma pena, *ayol* — ela continuou. — Você vai ficar com rugas. Depois que essas linhas assentam, não há como se livrar delas. Você precisa se cuidar. Eu recomendo máscaras faciais. Posso fazer uma se você quiser. Ela seca no seu rosto que nem uma espécie de casca. Você não consegue franzir a testa nem se tentar. Ou você podia aplicar uma daquelas injeções. Você sabe, como Tansu Çiller. Ou economizar seu dinheiro e usar durex. Isso também impede você de ficar contorcendo o rosto.

— Botox — corrigi.

— Isso mesmo.

Não seria uma má ideia despachar Ponpon para a cozinha enquanto eu falava *online* com Jihad2000. Eu não sabia direito que tipo de mensagens Jihad2000 ia escrever, e realmente não podia correr o risco de que fossem lidas por Ponpon.

— Que tipo de máscara você vai preparar? — eu perguntei.

— Bem, não há nada mais prático que uma boa máscara de lama. É só abrir o pote, espalhar no rosto, e pronto!

Isso não ia adiantar. Ela ia voltar com o pote na mão em menos de um minuto. Tentei pensar em algo que gastasse mais tempo.

— Você não tem nada um pouco mais exótico? — sugeri. — Você sabe, aqueles ingredientes naturais, ayurvédicos e tal...

— Não é que eu tenho? — Ela se animou. — É uma fórmula fantástica que eu mesma inventei. Mas vai demorar um tempo para preparar. Se você esperar um pouquinho, faço a máscara para você. Mas prometa que vai esperar com paciência!

Eu fiz o possível para demonstrar interesse.

— Quanto tempo vai demorar?

— Bem, eu diria que pelo menos... — Ela estava calculando os ingredientes necessários e o tempo que levaria para preparar cada um. — Vai demorar uns bons vinte minutos, no mínimo.

— Ótimo! — eu assenti com verdadeiro entusiasmo. — Se você começar agora mesmo podemos tirar a máscara antes de sairmos para a boate.

— Pode deixar!
Nada deixa Ponpon mais feliz que quando alguém lhe confia uma tarefa. Empolgada com a missão, ela foi para a cozinha.
Comecei a procurar Jihad2000.
Ele está *online* o tempo todo, e seus passatempos favoritos incluem atormentar ou doutrinar as pessoas das salas de *chat*. Eu o localizei imediatamente. Ele estava na nossa sala "Garotas Masculinas", porém não tinha ativado seu ícone de status. Odeio quem fica espreitando escondido. Não vejo por que esconder sua própria existência no que já é um mundo de nomes, descrições, desejos e orgasmos "virtuais". Ele me viu na mesma hora, e abriu uma janela em particular.

<onde é que você estava
esperei você o dia inteiro
nem entrei na internet>

<eu estava ocupada>

<quando você vem>

<agora simplesmente não dá>

Ele imediatamente cuspiu uma mensagem.

<Cuidado! Cuidado!
BISMI'LLAHI'R-RAHMANI'R-RAHIM
SENHOR TODO-PODEROSO POUPAI-NOS DOS INFIÉIS
MOSTRAI O VERDADEIRO CAMINHO TANTO AOS BONS QUANTO AOS MAUS
MOSTRAI A ELES O CAMINHO DA VERDADE,
VIRTUDE E JUSTIÇA TENDE PIEDADE DE NÓS!
Ó PESSOAS SEM DEUS! Ó INFIÉIS!
Ó PECADORES RELAPSOS!
ARREPENDAM-SE!
ARREPENDAM-SE E ESCAPEM DAS CHAMAS DO INFERNO>

Obviamente, aquilo não ia funcionar. Ele estava decidido a despejar todas as variações dos versos, rezas e sermões do Corão que lhe vinham à mente.

<Continue assim, e eu expulso você.>

Escolhi "99" como o número de vezes que queria que esta mensagem fosse enviada. Ele com certeza ia perceber. E percebeu.

<desculpe>

Era um bom sinal ele ter voltado a escrever em minúsculas.

<Você descobriu alguma coisa>

<umas coisinhas>

<O quê>

<não sou trouxa de dizer aqui
e vou saber mais amanhã
venha me visitar se quiser mesmo saber>

Havia começado a chantagem recíproca. Se ele estava procurando briga, eu estava pronta. Mas primeiro precisava saber o que ele havia descoberto.

<quando você vai vir amanhã>

<Não sei direito>

<não posso manter minha mãe fora de casa o dia inteiro
me diga um horário :)>

A persistência dele era admirável. Mas nem por isso eu ia servir de brinquedo para um tarado. Ia ser melhor se a mãe dele estivesse em casa quando eu chegasse. Eu podia ir de manhã, porém dizer a ele que ia chegar à tarde. Isso meio que garantiria a presença da mãe dele.

<À tarde>

<quando
hora exata>

<Não sei, depois das 3, ok?>

<ok
mas não se atrase
vou me aprontar para você>

Fiquei imaginando o que aquele tarado chamava de "se aprontar".

<Só me dê uma dica
O que você descobriu?>

<de jeito nenhum
quero você aqui comigo>

A última coisa de que eu precisava era um tarado na minha cola. Ele era grotesco como alguém saído de um filme de terror B. Vendo que ele não pretendia me contar nada, não adiantava eu continuar no *chat*. A conversa não iria a lugar algum. No máximo ele ia escrever alguma coisa obscena e bater punheta na frente da tela. Eu me recusava a participar daquele tipo de coisa. Então pensei em todas as coisas de que eu havia participado, e os desejos do meu amigo de *chat* de repente pareceram quase pueris.

A voz de Ponpon disse cantando:
— Acabei com o seu mel. Espero que você tenha mais.
— Não tem problema — assegurei.
— Não estou te ouvindo — ela gritou. — O que você disse? Não consigo ouvir por causa do liquidificador!

Desliguei o computador e fui para a cozinha encontrar Ponpon. Era hora do nosso tratamento de beleza.

DEZENOVE

A máscara que Ponpon havia preparado tinha a cor e a consistência de cocô de bebê. Eu hesitei em deixar que ela espalhasse aquilo no meu rosto.

— Primeiro, vamos aplicar um tônico para a pele feito de *bijapura*, quer dizer, *citrus medica* e *jayanti*, ou seja, *sesbania seban* — ela começou.

O líquido usado para limpar minha pele tinha um cheiro delicioso, mas a cor era repulsiva.

— O que é este negócio? — perguntei.

— *Ay*, como eu disse. *Bijapura* e *jayanti*. São da Índia...

— Você me disse, mas não tenho certeza de que eu...

— Tanto faz — ela me interrompeu. — Não sei exatamente o que são. O importante é que funcionam. Eu encomendei pela internet, e chegaram aqui por cortesia da DHL em menos de uma semana.

— Ótimo.

— Ei! Fique quieta. A máscara não vai assentar direito se você não ficar totalmente calma e serena. Não comece a se irritar, senão não vai dar certo.

Ela pegou o cocô de bebê lamacento e foi espalhando aquilo no meu rosto com o cuidado de uma microcirurgiã.

— Sem falar, *ayol!* — ela me repreendeu, brava. Eu fiquei de boca fechada. — Se você quer mesmo saber, ainda é *bijapura*, mas desta vez não é só uma difusão, é o negócio inteiro, e misturado com mel. Ah, e um toque de casca de noz fresca moída... Isso vai ajudar a esfoliar as células mortas... É ótimo para uma limpeza profunda. E ajuda a evitar cravos...

Após terminar de aplicar a máscara, ela deu um passo para trás e me examinou com um olhar crítico. Sim, a operação havia sido um sucesso.

— Agora você precisa ficar sem falar por pelo menos meia hora.

Ela arrumou a cozinha, recolhendo as coisas dela e cantando. Era difícil acreditar que uma pessoa que se apresentava nos palcos havia tantos anos pudesse ter uma voz tão horrível. Eu não consegui me segurar. Comecei a rir.

— Pare de rir, *ayol*! — ela brigou comigo. — Vai estragar a máscara... E para o seu governo, eu não vou fazer outra!

Eu mordi as bochechas por dentro.

— Vamos — ela disse. — Mostre a pornografia nova que você baixou da internet. Quem era aquele rapaz, aquele que parecia uma estátua grega... Você tem alguma coisa nova dele?

Ela estava falando de John Pruitt. Eu já tinha copiado todas as minhas fotos e filmes solo de John Pruitt para ela num CD. Até onde eu sabia, John Pruitt não tinha feito nada além de solos. Eu nunca o tinha visto num pornô de verdade, gay ou hétero.

Ela me proibira de falar, por isso usei sinais para lhe dizer que não tinha nada de novo.

— Não acredito! — ela disse. — Você está me dizendo que eles não tiraram mais nenhuma foto nem fizeram mais nenhum filme com aquele gostoso? Que desgraça!

Nós voltamos juntas para o computador. Apresentei a ela tudo o que eu tinha baixado da rede. Enquanto examinava o conteúdo de cada álbum, ela soltava gritinhos de "Eu tenho essa", "Eu adoro ele" e "Eca, esta é horrível". Tudo o que chamava a atenção de Ponpon era transferido para uma pasta que eu tinha aberto só para ela. Depois nós gravaríamos tudo num CD.

Ainda havia tempo antes de tirar minha máscara, e eu não estava a fim de ver pornografia. Eu olhava para as fotos com o interesse de alguém que acabou de gozar três vezes.

Comecei a fazer uma nova lista no papel em branco diante de mim. Ponpon ficou me olhando de relance com o canto do olho, antes de voltar a atenção para o que estava fazendo. Minha lista começava com os nomes masculinos e femininos de todas as vítimas. Então escrevi o nome Adem Yıldız, seguido de adam star, starman, *adam e estrela vermelha. Junto ao nome de Jihad2000, escrevi Kemal Barutçu. Por fim, escrevi Fehmi Şenyürek.

Enquanto repassava a lista, estendi o braço na frente de Ponpon para pegar uma caneta de tinta vermelha. Junto a "estrela vermelha" desenhei uma estrela vermelha enorme. Ponpon conferiu o que eu estava fazendo.

– Como você conhece esse maluco?

Achei que ela estivesse se referindo a Jihad2000. Apontei o nome dele com o lápis, já que ela me proibira de falar.

– Não, não ele, *ayol* – ela disse. – Fehmi Şenyürek.

Lá se foi a máscara.

– Quem é ele? – eu perguntei.

– Quem você acha? É só o meu maior admirador. Ele vem ver meu show pelo menos uma vez por semana. Sempre manda flores. Deixa gorjetas enormes. Pois é, ele é meu fã número um.

Era bem a informação que eu estava procurando, vindo da última pessoa que eu esperava que pudesse me informar alguma coisa.

– Então você só conhece ele da boate? – eu perguntei.

– É claro que não, *ayol*. Ele deu de me convidar para a mesa dele e me apresentar para os amigos. Ah, aliás, ele sempre vem com um monte de gente. Quase nunca tem uma moça na mesa dele. Como você já deve ter adivinhado, ele gosta mesmo de meninos, é um verdadeiro *oğlanci*. Não é desses que vêm com mulheres só para nos assistir, para tirar sarro de nós. Ele vem por prazer.

Eu parei para pôr as ideias em ordem. Fazia anos que eu não via o show de Ponpon, mas pelo que eu lembrava, ela não era artista. Nem cantora. Nem mesmo comediante. Fiquei de boca fechada. Não havia motivo para exprimir o que eu pensava.

— Então ele começou a me convidar para jantar. Depois do show...

—Você foi com ele?

— *Ayol*, você acha que eu ia sair assim com um homem estranho? É isso que você pensa de mim? — Ela riu baixinho. — Enfim, nós jantamos peixe às margens do Bósforo. Só nós dois.

— Agora você vai lembrar tudinho que vocês conversaram e vai me contar tintim por tintim.

Ela olhou direto nos meus olhos, sem piscar.

— Não sei direito se vou poder contar exatamente tudo.

Ela fez uma pausa de três segundos e então, claramente se inspirando em Julia Roberts, me deu uma piscadela sedutora. Então tentou o famoso sorriso. Até parece que ela ia conseguir! Uma Julia Roberts equivalia a meia Ponpon. Tanto em termos de idade quanto de peso!

— Como assim, você não sabe se pode me contar tudo? Você lembra de coisas que foram ditas há mais de dez anos. Palavra por palavra. E não consegue lembrar o que conversou num jantar de três dias atrás?

— Não é isso — disse Ponpon Roberts. — O que aconteceu entre nós foi muito íntimo. Eu não poderia repetir para você.

Fiquei em cima dela.

— Agora ouça, e ouça bem! Isto não é brincadeira! Esse homem pode ser perigoso!

A Julia Roberts inocente e cativante sumiu, sucedida por uma Ponpon em pânico. O grito que ela tentou abafar tinha o tom de um clássico de Yma Sumac, a intensidade de uma panela de pressão.

Com os lábios tremendo, ela ficou me olhando de olhos arregalados como pires.

– Ele é um dos homens de Adem Yıldız – eu expliquei. – Eles trabalham juntos há anos. Fehmi trabalha para ele. Talvez eles tenham feito tudo em conjunto. E, de qualquer modo, Adem Yıldız anda dando a bundinha para nossas meninas. Quem sabe do que esses dois são capazes?

Eu finalmente tinha dado com a língua nos dentes, porém Ponpon apenas prendeu o fôlego e me olhou com expectativa, esperando que eu dissesse mais. Ela nem mesmo reagira a minha notícia sobre Adem Yıldız. Minha bomba havia apagado sem explodir.

– E esse seu admirador tem um apartamento no prédio onde Deniz morreu – eu acrescentei.

Desta vez ela não conseguiu abafar o grito.

– *Ay!* Estou apavorada... – ela gemeu.

Quando Ponpon fica assustada, nervosa ou em pânico, é sinal de que na certa o pior está por vir. A última coisa de que eu precisava era um ataque de histeria. Sem dúvida era melhor evitar aquilo.

– Posso ter me enganado – eu a reconfortei. – Não tenho nem um fiapo de prova. Estou agindo só com base num palpite. É por isso que você precisa me dizer tudo o que sabe, tudo o que conseguir lembrar. A resposta de toda esta charada pode estar em algum pequeno detalhe.

Perdida em pensamentos, Ponpon roía a unha do dedo mindinho.

– Quer dizer que o chefe de Fehmi *Bey* pode ser um louco assassino? E Fehmi é o cúmplice dele, é isso mesmo?

– Pelo menos essa é minha suspeita atual... – confirmei.

Esperei que aquilo fosse servir para acalmá-la; em vez disso, ela começou a tremer.

– Diga a verdade – ela insistiu. – Ele é o assassino? Ou é Fehmi?

— Não sei — eu admiti.

E não sabia mesmo.

Eu tinha posto a mão na testa, sujando a mão inteira de cocô de bebê.

— Acho que não... — voltei atrás. Quando terminei de lavar as mãos e o rosto, ela estava se debulhando em lágrimas.

— Por que eu nunca consigo ter um relacionamento normal? Meu maior admirador na verdade é um assassino.

— Não é ele! — eu corrigi com rispidez.

Ela ergueu a cabeça, me lançando um olhar esperançoso. O rímel dela tinha escorrido.

— Não é ele, é? — ela implorou pela informação.

— Eu já disse que não sei — repeti. — Ele talvez seja o capanga do assassino. Ou pelo menos pode estar metido na história.

— Se ele fosse um louco assassino, não teria ficado na minha cola por tanto tempo, teria? — ela se perguntou, com um certo alívio. — Já vi isso em filmes. As pessoas são assassinadas na hora. Se ele fosse mesmo um assassino, não ia ter tanto trabalho, não ia gastar tanto dinheiro comigo, não é?

— Não, não ia.

Decidi parar de falar daquilo. Não adiantaria nada eu estender o assunto. E a última coisa que me faltava era Ponpon entrar em colapso.

VINTE

Depois de lavar o rosto, Ponpon voltou. Ela diminuiu as luzes e sentou-se na minha frente.
— Agora me sinto melhor — ela disse. — Pergunte o que você quiser.
— Tem uma coisa que preciso saber. Conte para mim, desde o começo, tudo o que aconteceu. Não se preocupe com a ordem dos fatos. Qualquer detalhe mínimo pode ser importante.

Ela se acomodou na cadeira, fazendo apelo a todos os seus anos de palco enquanto se preparava para enfrentar uma plateia de uma só pessoa: eu. Ela limpou a garganta com um leve pigarro.

— Volto daqui a um segundo — eu disse, e fui para a cozinha pegar meio copo de uísque.

— Está bem, agora estou pronta...

Eu logo me arrependi de ter dito a ela que a ordem não importava. O que ela me contou incluía não apenas a história inteira da vida dela, mas a de todas as pessoas com quem ela já tinha se envolvido. James Joyce, Virginia Woolf, Marcel Proust e mesmo Oğuz Altay teriam invejado sua habilidade narrativa e seu uso do fluxo de consciência.

Pensei que eu ia cair no sono antes de ela enfim chegar à parte que dizia respeito a Fehmi. Mas não caí. O que fiz, no entanto, foi levantar e telefonar para a boate, para avisar que ia me atrasar, ou quem sabe nem aparecer. Eu me preparei para dedicar minha noite inteira a Ponpon, só contando com a chance improvável de ela me fornecer algum detalhe importante.

Eu sabia tudo sobre o passado dela, assim como a maior parte de suas aventuras... Fui filtrando os fatos na mente, me concentrando apenas em Fehmi.

Fehmi Şenyürek não estava na cena noturna havia tanto tempo assim. No máximo, desde o começo do verão. E se ele já tinha vindo assistir ao show dela antes, Ponpon não se lembrava de tê-lo visto. Então, certa noite, logo antes das férias de verão, ele chegara como parte de um grupo grande no *meyhane* Zilli, uma casa noturna onde ela trabalhava regularmente. Devia ser uma noite durante a semana, pois não havia muitos clientes. Como sempre em noites assim, um grupo grande atraía a atenção tanto dos garçons quanto de quem estava no palco. Eles tinham pedido algumas músicas no número de abertura que entrava antes de Ponpon, cantando junto com a pobre menina e ignorando totalmente a melodia e a letra.

Por algum motivo, talvez porque já tinham se divertido o bastante ou porque estavam bêbados, na hora em que Ponpon apareceu no palco, eles a trataram com o máximo respeito, como se estivessem ouvindo a grande Hamiyet Yüceses. No começo, Ponpon achou que eles não gostaram dela, tomando como frieza aquele silêncio absorto. Quando ela terminou a primeira música, no entanto, as flores, quatro pratos de pétalas de rosas chovendo-lhe sobre a cabeça e guardanapos jogados para cima provaram que ela estava enganada.

– Sempre é mais alegre em noites assim, com poucas pessoas – Ponpon continuou. – Eu entrei no espírito. Já que além de ter vindo eles estavam mostrando tanta apreciação, eu rebolei para fazer valer o dinheiro deles. Ou seja, mandei ver.

Eles não trocaram nem uma única palavra naquela noite. Mas depois Ponpon, se indagando a respeito de quem havia pago a conta, perguntou detalhes. Foi assim que ficou sabendo de Fehmi Şenyürek. Ela já tinha visto o nome dele nas flores que ele mandava.

– Foi na noite seguinte, ou talvez na outra noite de sexta. Logo antes das férias, e a casa estava cheia até o teto. Naturalmente, eu estava indomável. Dominadora como só eu. Você imagina. Era de se pensar que eu era Maria Callas ou alguém assim. E lá, no meio da multidão, eu o avistei. É claro, nessa época eu não sabia que ele era um psicopata... e ainda não consigo engolir isso. Quer dizer, ele era educado, extremamente gentil. Mas é claro que eu quero acreditar em você também. Se ele é um demente, acho que preciso aceitar esse fato! Enfim, fiquei empolgada ao vê-lo naquela noite. Eu o provoquei um pouco do palco, dizendo coisas como "Parece que o cavalheiro voltou; você está virando *habitué*?". Ele respondeu na hora, algo como "Quem não voltaria para ver você de novo?". Pois é, ele era um verdadeiro galanteador. Fiquei bastante tocada e lisonjeada. Então ele mandou um bilhete para o camarim, perguntando se podia vir tomar um drinque comigo. Eu tinha outro show, por isso precisei recusar. Mas mandei meu cartão para ele, com o número do meu celular no verso...

Ponpon bebia o uísque dela como se fosse água. Naquele ritmo, ela ia cair de bêbada a qualquer instante. Eu pesei os prós e os contras. Se ela apagasse, eu teria uma noite tranquila de descanso. Mas se ela apagasse antes de me contar o que eu queria saber, ou começasse a ficar idiota... Na verdade, isso não seria um problema tão grande. Aquela não era nossa última noite juntas. Ela podia me contar o resto amanhã.

– Como você sabe – ela continuou –, então eu fui para Bodrum a lazer e para Antalya a trabalho. Mudei meu show completamente, é claro. Há muitos turistas. Eu precisava escolher músicas e cantores que eles conhecessem. Ainda assim, sou meio patriota. Começava cada apresentação com "Şımarık (Mimada)", de Tarkan, e sempre terminava o show com "Memleketim (Meu país)", de Ayten Alpman. Ora, não tinha passado nem uma semana e eu o vi de novo. Mais uma vez, ele era parte de um grupo grande. Sentaram bem na frente.

Enquanto observava Ponpon, visualizei Michel Serrault interpretando Alben em *A gaiola das loucas*. Eles eram incrivelmente parecidos. Tinham o mesmo ar de hipersensibilidade, presunção e fervor ingênuo, além de gestos idênticos e até o mesmo jeito de segurar o copo. Ponpon estava fazendo uma ótima imitação. Precisei morder minhas bochechas por dentro para evitar cair na gargalhada.

— Que cara é essa de Ajda Pekkan, com as bochechas secas? — ela me repreendeu, por isso parei. — Enfim, toda a atenção deles estava focada em mim. Ganhei drinques e fui convidada a me sentar à mesa deles.

—Você foi? — eu perguntei.

— Bem, não exatamente.

— Como assim? — Eu olhei bem na cara dela. Eu realmente não entendia. Ou você senta à mesa de alguém, ou não senta.

— Eu não fiquei exatamente na mesa deles. Só me sentei por um instante, depois levantei.

— Mas então você foi.

—Acho que sim — ela admitiu. — Mas por que você está criando tanto caso? Se eu fui, eu fui.

— Sobre o que vocês conversaram?

— Não tivemos exatamente uma conversa. Eles me beliscaram um pouco, me deram tapinhas na bunda. Me ofereceram umas doses de uísque. E só! Não fiquei na mesa deles por mais tempo que qualquer artista ficaria durante a parte instrumental.

— Como você disse, eles eram mesmo cavalheiros — eu provoquei. —Verdadeiros lordes ingleses.

— Humpf! Você está mesmo mordida com essa história.

Ponpon foi convidada a ir à casa deles, mas aparentemente recusou com educação, porque eles eram um grupo muito grande e estavam completamente bêbados.

Antalya! Uma casa em Antalya! Fehmi Şenyürek. E talvez Adem Yıldız estivesse ali também. E Musa, a travesti gaga, foi assassinada em Antalya. As peças se encaixavam como um quebra-cabeça. Mas ainda não havia provas de nada.

Eles apareceram de novo na noite seguinte, depois sumiram tão abruptamente como tinham chegado.

– Eles devem ter voltado para Istambul quando terminaram o que tinham ido fazer em Antalya – eu especulei.

– Deve ser – ela concordou. – Fiquei um bom tempo sem ver nenhum deles. Eu já tinha quase me esquecido dele, até minha noite de estreia no Zilli, em Istambul. Naquela primeira noite encontrei um enorme buquê de flores no meu camarim. Era do tamanho de uma coroa fúnebre. Então ele começou a frequentar o lugar regularmente, uma vez por semana.

– Ele sabe que seu nome verdadeiro é Zekeriya?

Ela me olhou de cima a baixo como se eu tivesse dito algo vergonhoso.

– Como é que ele ia saber meu nome verdadeiro, a não ser que aquela sua criatura, o Hasan, tenha contado para ele?

– E eu lá sei? Só achei que talvez soubessem seu nome nos lugares onde você trabalha. Podiam ter dito a Fehmi se ele perguntasse.

– Eles também não sabem – ela interrompeu. – Eu não saio por aí mostrando minha carteira de identidade.

– Mas você assina contratos e tudo o mais – eu lembrei a ela.

– Pelo amor de Deus! Contratos e papéis! Não tem nada disso. Eles apenas botam o dinheiro vivo na minha mão e todo mundo fica feliz.

Não adiantava continuar com aquilo. Quem sabe Ponpon não usasse seu nome verdadeiro para contratos de trabalho ou declarações de impostos, mas alguém, em algum lugar, já devia ter ouvido o nome Zekeriya. Se Fehmi Şenyürek ou Adem Yıldız realmente quisessem descobrir o nome verdadeiro de Ponpon, não teriam tido dificuldade. Porém não havia por que informar isso a ela.

VINTE E UM

As recordações de Ponpon não haviam me fornecido muitas informações, mas pelo menos ela tinha vários números de telefone de Fehmi Şenyürek anotados na agenda.

No instante em que ela terminou o terceiro uísque, seus olhos começaram a se fechar e ela foi para a cama. Em silêncio, comecei a vasculhar a agenda de telefones, que por sorte ela havia trazido para minha casa. Eu não reconhecia a maioria dos nomes, porém alguns das listas eram realmente impressionantes. Ao lado de alguns dos nomes ela anotara sinais como +, - e x. Obviamente era algum sistema de avaliação de homens.

Não havia nada ao lado do nome de Fehmi Şenyürek, e nada sobre Adem Yıldız.

Fiquei a noite inteira sem dormir, com vários esquemas passando pela minha mente.

A máscara de cocô de bebê não tinha feito nenhum milagre. Meus olhos estavam inchados com a falta de sono. Quando terminei de fazer a barba e tomar banho, Ponpon ainda estava dormindo. Engoli uma xícara de café forte. Tentando criar uma aparência sedutora, vesti um *body* preto e calças de couro. Peguei uma jaqueta de couro reforçado e saí pela porta.

O friozinho da manhã me fez bem.

Parei na padaria da esquina, onde pedi uma limonada e uma *poğaça* de queijo. Estava fresca. Ainda soltando fumaça. Ignorando minha dieta, pedi outra. Quando minha segunda *poğaça* chegou,

Hüseyin entrou na padaria. No instante em que me viu, ele mudou a postura. Ergueu uma única sobrancelha. Então me lançou um cumprimento exagerado. Aquele pulha estava me irritando!

O dono da padaria me conhece bem. Entendeu imediatamente que alguma coisa havia me incomodado.

– *Abi*, minha cara, tem alguma coisa que eu possa fazer por você? – ele perguntou na mesma hora.

– Não, obrigada – respondi.

Eu me virei e continuei a comer a *poğaça*.

Como se não houvesse outro lugar para sentar, Hüseyin e sua *poğaça* se acomodaram num assento bem ao lado do meu.

– Bom-dia, *efendi* – ele começou. – Como vai?

– Bem, obrigada.

– Veja, estou tratando você por "siz" – ele comentou. Seu cuidado em fazer aquilo era de certa forma um progresso.

– Bom para você – eu disse.

– Vejo que você continua intocável como sempre, não importa o jeito como eu aja.

Ele estava pedindo. Eu não tinha intenção alguma de fazer uma bateria de ginástica matinal, mas ele merecia ser arremessado contra a parede.

Eu o ignorei.

– Parece que você está indo para algum lugar...

O dono da padaria sentiu que a coisa estava esquentando, porém não pôde fazer nada além de ficar olhando, preocupado. Obviamente, ele não gostava da ideia de vidros quebrados e móveis destruídos. Era a hora mais movimentada do dia, e a última coisa que ele queria era uma briga no estabelecimento.

Eu tinha terminado a limonada e a *poğaça*. Limpei a boca com um guardanapo. Olhando fixo nos olhos de Hüseyin, dobrei o guardanapo com cuidado e o depositei no prato.

– Você precisa me lembrar de lhe dar uma segunda surra algum dia – comentei. – Uma boa e lenta surra...

– Brotam rosas de tudo onde sua mão encosta.
Ele voltara a usar o pronome informal "sen". Eu não consegui me segurar.
Ao me levantar da mesa, chutei o ombro dele com o pé esquerdo, derrubando Hüseyin e a cadeira. Ele olhou para cima, assustado.
– O que você pensa que está fazendo? – ele protestou.
Sem lhe dar nem uma única chance de se recompor, coloquei o pé direito na garganta dele. Enquanto falava, fui apertando de leve.
– Agora por hoje chega!
Eu pisquei.
Ele abriu a boca enquanto tentava tomar fôlego. Eu notei o pedaço de *poğaça* ainda alojado em sua garganta, em algum lugar na frente das amídalas, que também estavam visíveis. Ele não conseguia dar nem um pio. Apertei outra vez, então retirei o pé com um floreio e um golpe de viés em sua mandíbula. Ele estava chocado, transtornado.
Ao sair da padaria, percebi o olhar de alívio no rosto do proprietário. Hüseyin ainda estava estirado no chão, olhando para mim com a mesma expressão de choque.
Não tive dificuldade em encontrar a casa de Jihad2000 Kemal. A porta do prédio estava aberta. Subi a escada até o último andar.
A mãe de olhos azuis, que abriu a porta, não parecia nem um pouco surpresa em me ver.
– Entre, Kemal está no quarto dele – foi só o que ela disse.
Enquanto andávamos até o quarto dele, eu estudei a mulher, tentando descobrir se ela iria mesmo escutar nossa conversa. A não ser que estivesse ocupada, ela provavelmente iria. Não havia nenhum som de televisão ou rádio. Seria fácil ouvir tudo o que disséssemos.
Kemal ficou perplexo ao me ver. Estava vestindo um conjunto de moletom que obviamente servia como pijama. Em seus pés havia meias grossas de lã.

– Você chegou cedo. Não foi isso o que você prometeu!
Ele ajeitou o cabelo com a mão.
– Eu ainda nem tomei banho!
– Não se preocupe com isso – eu disse. – Você está bem assim.
Não sei se a mentira foi muito convincente, mas ele sorriu, mesmo que só por um instante.
– Sei, sei.
– Eu não consegui aguentar. Estou morrendo de curiosidade – eu falei. – Diga logo o que foi que você descobriu. Eu volto aqui de tarde.
– Mentira.
Olhei fundo nos olhos dele. Sempre tive o dom de olhar direto para o ponto entre os olhos da pessoa. É fácil manter esse olhar por bastante tempo, e dá à pessoa a impressão de que estou olhando diretamente nos olhos dela.
– É mentira – ele repetiu. – Você vai descobrir o que precisa, e vai embora. E depois não vai mais voltar.
Eu continuei com meu olhar penetrante.
– Oh, está bem – ele cedeu.
– Então vamos começar.
– Ainda nem tomei meu chá – ele resmungou. – Acabei de acordar. Fiquei a noite inteira no computador. Trabalhei até de manhã para uma empresa alemã chamada Frechen.
A Frechen provavelmente era a mesma empresa de que Ali tinha falado. Então eles haviam preferido Stephen Hawking a nós. Acho que eles sabiam o que estavam fazendo, mas fiz uma anotação mental de hackear o sistema deles.
– Você vai ter que esperar um pouco – ele disse. – Preciso ir ao banheiro. Ainda nem lavei as mãos e o rosto. Minha mãe não vai embora enquanto não tiver me dado um banho. Antes disso, nenhum de nós vai conseguir o que quer.
Embora reconhecesse uma mente veloz funcionando, eu não pretendia deixar que ele brincasse de gato e rato comigo.

– Eu dou banho em você – eu me ofereci.
Não sei direito como essa ideia surgiu na minha cabeça, mas eu estava disposto a ir até o fim. Se as coisas fugissem do controle, era só eu segurar a cabeça dele embaixo d'água.
Seus olhos brilharam de emoção.
– Minha mãe nunca ia permitir isso.
Sem me dar a chance de responder, ele avançou depressa na cadeira de rodas até a porta, onde chamou pela mãe. Ela apareceu na mesma hora. Os dois entraram juntos no banheiro.
Eles tinham me dado uma oportunidade inesperada. Rapidamente me sentei na frente do computador. Calculei que devia levar um tempinho para dar banho num deficiente. Enquanto isso, eu pretendia fazer uma investigação minuciosa do que havia no computador de Kemal.
Ele tinha conexão de banda larga. Se eu quisesse, podia transferir tudo o que havia no computador dele para o meu.
Primeiro chequei o sistema de segurança. Era perfeito. Os programas de segurança que ele havia instalado também serviriam para cobrir meu rastro. Em outras palavras, na prática, o próprio Jihad2000 havia permitido que eu xeretasse impunemente as coisas dele.
A conexão era rápida e estável. Primeiro enviei todos os arquivos relacionados à Frechen para meu próprio endereço. Podiam me culpar de espionagem industrial, mas com certeza era melhor que ter de hackear a empresa depois. Eu daria uma boa olhada em todos os arquivos no conforto do meu lar. Por ora, apenas copiei o que encontrei.
Havia uma enorme pasta em que ele guardara todas as informações que tinha sobre mim. Mandei todas elas para mim mesmo, é claro. Então as deletei. Depois fiz com que fosse impossível ele baixar qualquer um daqueles arquivos de novo.
Do banheiro, continuavam a vir sons de água corrente. Eu não saiba ao certo o que estava procurando, mas vasculhei

sistematicamente tudo o que encontrei. Dei com os olhos numa pasta de pornografia que ele copiara. Bem como eu tinha imaginado: homens de aspecto rústico, mulheres de seios enormes e roupas de couro, botas de salto alto... Não havia por que eu ficar perdendo mais tempo com aquelas imagens. Eu precisava encontrar o que estava procurando antes que o banho terminasse.

Um pouco de emoção pode fazer milagres. Aumenta o fluxo de adrenalina. Senti gotas de suor na testa. Era a primeira vez que eu fazia uma coisa daquelas. E era tão emocionante!

Havia centenas de arquivos e pastas com códigos numéricos, em vez de nomes. Eu precisaria abrir cada um para descobrir o que continham. A mesa também estava atulhada com dezenas de CDs. A quantidade monstruosa de material de que eu precisava investigar só me empolgava ainda mais.

Desligaram a água no banheiro. Quanto tempo demoraria o processo de secagem? Era só esse tempo que eu ia ter. Fui digitando o mais rápido possível. Portas abriram e fecharam. Eu não estava dando conta do número de janelas novas que se abriam na tela. E de repente o nome Adem Yıldız apareceu na minha frente. Eu enviei a pasta inteira.

O arquivo era maior que eu havia imaginado. O envio demorava. Ele ia me pegar no flagra se eu não terminasse logo. A última coisa de que eu precisava era arranjar como inimigo mortal um hacker maluco feito Jihad2000 Kemal.

O barulho de água corrente começou outra vez. Ele devia estar fazendo a barba. A mãe dele saiu do banheiro. Eu a identifiquei pelo som dos passos. Ela não podia me ver do corredor, mas podia enfiar a cabeça no quarto.

Apaguei todos os vestígios do que havia feito. E, como eu esperava, a mãe dele de repente entrou no quarto, trazendo duas xícaras de chá.

— Kemal está fazendo a barba. Ele volta num instantinho.

Não, eu não queria açúcar. Ela misturou dois torrões no chá dele e deixou a xícara na mesa que eu acabara de desocupar.

– Estou fazendo o café da manhã. Você come com a gente, não é?

– Eu comi antes de vir – eu disse. – Obrigado. Só o chá já está bom para mim.

Kemal entrou assim que a mãe saiu. Ele tinha cortado o queixo. O corte estava coberto com um pedaço grande de algodão.

– Espero que você não tenha se entediado – ele disse. – Tem muita coisa aqui para entreter você.

Ele piscou ao dizer isto. Seus cabelos molhados pareciam ter sido empapados de gel.

Eu não sabia exatamente o que encontrara, mas com certeza tinha achado alguma coisa. Senti um certo arrependimento por ter destruído os arquivos que ele guardava sobre mim. Ele com certeza ia perceber. E então ia virar um inimigo de verdade. Não foi uma coisa esperta de se fazer. Era hora de uma confissão.

– Eu vi meu nome. Você com certeza coletou muitas informações sobre mim.

A mãe dele chegou com uma bandeja, me interrompendo. Eu não podia continuar confessando com ela ali.

– Levei bastante tempo. – Kemal deu uma risada. – Um tempão para conseguir tudo.

A mãe de Kemal depositou a bandeja ao lado do filho. Mudando para o modo hospitalidade turca clássica, ela começou a insistir.

– Meu filho, você devia mesmo comer alguma coisa.

Eu estava cheia, mas o cheiro de pão recém-tostado me apeteceu.

– Obrigado, *efendim* – agradeci. – Obrigado, mesmo. Mas eu realmente tomei café da manhã antes de vir para cá.

Jihad2000 provavelmente não ia continuar sorrindo quando percebesse que todos aqueles arquivos coletados com tanto esforço haviam desaparecido.

Felizmente, a mãe dele foi embora.

– Eu destruí todos os arquivos – continuei.

O sorriso congelou nos lábios dele.

– Enfim, não foi muito legal você acessar todas aquelas informações sem o meu conhecimento. É como se você estivesse me espionando. É uma sensação horrível. Achei sinistro. Por isso apaguei tudo.

–Você não devia ter feito isso – ele disse.

Ele tinha razão. Eu tinha sido idiota. Dei um sorriso fraco. Tentei parecer o mais sedutor possível, mas provavelmente fiz cara de Woody Allen.

Ele de repente caiu na gargalhada.

– Estou brincando – ele disse. – Não estou bravo. Tenho cópias de tudo, de qualquer modo. Está tudo em CDs. Vai levar só dez segundos para eu passar tudo de volta para o computador.

A cena tinha sido armada. Eu teria que dar outro showzinho para conquistar o perdão dele. E minha roupa de couro tinha aguçado ainda mais seu apetite. O que meu inconsciente estava pensando quando escolhi aquele modelito?

Enquanto tomava o café da manhã, ele começou a me contar o que havia descoberto.

– Eu rastreei todos aqueles apelidos que você me passou para o mesmo lugar – ele disse. – Quer dizer, "starman" e "★adam" são a mesma pessoa. Ambos são Adem Yıldız!

– Como assim? – eu perguntei. – Aquele dos mercados Yıldız?

– Esse mesmo – ele continuou. – E não são só os mercados, é todo um grupo de empresas.

–Você está brincando! – eu exclamei. Não consegui deixar de apelar para o fingimento. Não queria ser eu a mencionar primeiro o nome de Adem Yıldız.

– Tudo está conectado a ele – Kemal continuou. – Nem me dei ao trabalho de rastrear tudo. Eles me contrataram como consultor quando montaram o sistema deles. Eu conheço tudo como a palma da minha mão. Tanto faz de onde ele acesse ou qual *nick* ele use, eu o reconheço imediatamente a partir dos códigos de rastreamento que instalei.

— Inacreditável — eu disse, fazendo meu papel.

Ele era bom. Eu também fazia consultoria para sistemas de computação, porém nunca nem pensara em mexer com aqueles truques. Nunca me esforcei muito para descobrir quem acessa o sistema, e de onde.

— O sistema é bem básico — ele explicou. — Você dá a cada usuário um rabo invisível. Eles não conseguem acessar nada sem passar pelo computador principal. Então é fácil rastreá-los localizando esse rabo. Fácil para mim, de qualquer modo, não para qualquer pessoa.

— E o tal "estrela vermelha"? — eu perguntei. — Quem é?

— Ah, esse foi engraçado. Pode ser Adem Yıldız, mas não tenho certeza. Quem quer que seja, essa pessoa acessa a internet usando senhas e sistemas diferentes. Eu ia rastreá-lo ontem à noite, mas tinha outro serviço para fazer.

Ele piscou outra vez.

— Você sabe do que eu estou falando — ele prosseguiu. — A Frechen abordou vocês primeiro, depois eles me descobriram.

— Certo.

— Eu fiz com que eles me encontrassem — ele disse, triunfante. — Quando vocês hesitaram em fazer uma proposta, eu falei diretamente com eles. Então me apresentei. E consegui o serviço.

— Ali não vai ficar contente — eu informei a ele.

— Você está falando daquele seu amigo sebento, ganancioso? — ele perguntou.

— Eu não diria "sebento" — corrigi.

— Você está dormindo com ele?

— Isso não é da sua conta. Enfim, o que você estava falando sobre Adem Yıldız?

– Você está sim dormindo com ele – ele concluiu. – Senão, não teria dito isso.

Ele estava tentando fazer com que eu mordesse a isca. Era óbvio. Tinha acabado de comer e agora estava com fome sexual, esperando que eu me irritasse o bastante para bater nele.

– Adem Yıldız? – eu insisti.

– Ambos os apelidos são dele com certeza. Eu conheço esse cara. Ele é um canalha. O pai lutou para fazer dele um homem, mas não adiantou muito. Sempre que o papai está olhando, ele é o filho perfeito. Obedece ordens, vai junto nas orações de sexta-feira. Ele até já foi a Meca uma vez. Mas quando o papai está longe, é hora de brincar. E ele é mesmo um grande pervertido.

Mal consegui me segurar para não revelar os segredos de Adem Yıldız na cama.

– Você parece saber muita coisa sobre ele – eu o cutuquei.

– Eu vi como ele age. Ele me tratou como um lixo. Quando pagou pelo serviço, agiu como se estivesse fazendo caridade. Foi meio por isso que decidi rastreá-lo.

– E quanto aos outros apelidos? – eu quis saber.

– Como eu disse, "kızıl yıldız" é alguém da cadeia de mercados.

– E os outros? – eu continuei. – E quanto a "Adam Star"?

– É um deles. Mas não é Adem Yıldız. Alguém de uma empresa subsidiária está usando esse apelido. Ele acessa de vários lugares diferentes. Alguém que viaja muito.

– Estou impressionado – eu disse a ele. As empresas subsidiárias às quais ele se referia podiam muito bem ser a Astro Shipping ou a StarAir. O que significava que talvez fosse Fehmi Şenyürek. Também havia uma chance de que Adem usasse aquele apelido quando visitasse estas empresas.

Pela cara de expectativa, era óbvio que toda a atenção dele agora estava voltada para mim, esperando pela recompensa que havíamos combinado. Eu estava pensando no melhor modo de começar de uma vez, ou então fugir dali.

A mãe enxerida veio me salvar.

— Kemal, vou sair para comprar umas coisas. Você está com seu amigo. Ele vai dar uma mãozinha se você precisar de alguma coisa. Você pode ajudá-lo, não pode, filho?

— É claro — assegurei.

— Não vou demorar.

No instante em que a mãe dele saiu pela porta, o brilho voltou aos olhos de Kemal.

— Não foi só isso que eu descobri.

— Continue, conte o resto — eu pedi.

Para melhorar o clima, eu recostei na cama, me esticando um pouco. Eu sabia muito bem que isto também fazia com que minha virilha chegasse bem perto do rosto dele.

Ele quase se dobrou, se inclinando na cadeira de rodas para me acariciar.

— Agora é sua vez — ele disse.

Eu mudei de posição na mesma hora, para evitar que ele subisse na cama e viesse para cima de mim.

— Mas ainda é muito cedo — objetei. — Não sou uma pessoa matutina.

— Vamos...

— Só me conte mais um pouco — insisti. — Então eu vou pensar no assunto...

— Não — ele disse, ríspido. Ele era pior que uma criança teimosa.

Não havia outro jeito. Já tinha começado o jogo. Eu fiquei de pé e lhe dei um soco preciso na costela. Como eu esperava, ele ficou extasiado.

— Isso — ele gemeu.

— Veja — eu briguei com ele. — Me conte tudo que eu quero saber; depois eu vou te dar uma surpresinha.

Eu não fazia ideia do que seria essa surpresa, mas eu arranjaria alguma coisa.

– Que se dane a surpresa – ele disse. – É melhor assim.
–Você não vai me contar nada depois que gozar.
–Você ainda não confia em mim.
– Dê um bom motivo para eu confiar em você. E aquelas mensagens idiotas na sala de *chat*? A cada duas linhas vem um sermão ou um verso do Corão. E você não me conta nada sem antes pedir algo em troca.
– É uma lição que aprendi com a vida – ele disse. –Você sabe como a vida pode ser cruel. Todo mundo tirou sarro de mim a vida inteira. Eu aprendi a não dar nada sem conseguir uma coisa em troca.
Para mim já bastava. Até agora tínhamos evitado a sociologia. Só até agora.
– Não precisa transformar isso num drama – eu disse.
– Não estou fazendo um drama. Quantas pessoas como eu você já viu? Quantas você chegou a conhecer de verdade? E além do mais, você foi xeretar os arquivos do meu computador.
–Você fez a mesma coisa comigo – eu lembrei a ele. – Ficar me seguindo pela internet desse jeito... às escondidas, como um ladrão.
–Você é um manipulador – ele disse. – E um mau ator. Eu tinha esperado mais de você. Se é assim que você quer, então que seja.
Ele recuou a cadeira de rodas até a mesa e pegou uma azeitona da bandeja do café da manhã, jogando-a na boca. Ao cuspir o caroço, começou a falar.
– Adem Yıldız estava na cena do crime em todos os assassinatos fora de Istambul. A data de abertura de uma loja em Van coincide com a morte de Muhammet, o iraniano; a empresa aérea StairAir começou a fazer voos partindo de Antalya na mesma época em que Musa, o gago, foi morto.
Ele pegou um envelope pardo da mesa e o entregou para mim.

— Aqui estão as datas. Até me dei ao trabalho de anotá-las para você.

Abri o envelope. Estava cheio de recortes de jornal e artigos de internet sobre a cerimônia de abertura do mercado Yıldız em Van. Também havia notícias sobre a contribuição feita ao turismo turco pela StarAir, que agora fazia voos vindos da Alemanha e para lá.

— Isto vai ser útil, mas não me ajuda a provar nada — eu disse.

— Não posso fazer tudo por você — ele retrucou.

Com hesitação, estendi a mão para ele.

— Obrigado — agradeci. — Quem sabe podemos ser amigos. Eu com certeza não ia querer você como inimigo.

— Eu sei que não. Porque você tem medo. Você tem medo de mim.

— Talvez você tenha razão — concordei, baixando a mão.

— Vá embora daqui — ele disse. — Você me decepcionou. Achei que você fosse diferente. Mas não é.

VINTE E DOIS

Eu saí da casa de Jihad2000, correndo como um condenado. Se ele esperava que eu fosse me apaixonar por ele, ou mesmo sentir o mais remoto interesse, era um triste engano. Sem perceber como as intenções dele eram sérias, eu estava comprando briga. O que estava feito, estava feito. Só o tempo diria se eu havia arranjado um inimigo mortal. Nunca se sabe, talvez virássemos mesmo amigos, no fim das contas. Eu o respeitava muito como profissional habilidoso. Mas isso não significava que como homem, principalmente como homem masoquista e tarado, houvesse esperança de eu sentir alguma coisa por ele.

Eu não tinha dormido nada, e pensar em Kemal só me irritou ainda mais. A ideia de aguentar Ponpon na minha casa me pareceu insuportável, por isso fui direto para o escritório.

Ali não estava. Eu disse a Figen, a secretária sabe-tudo, que ela não devia me passar telefonema algum, sob nenhuma circunstância. Então entrei no escritório. Eu pretendia dar uma olhada de perto nos arquivos que copiara de Jihad2000.

Do café que eu tinha bebido, não restava mais nenhuma cafeína. Meu cérebro estava pedindo mais. Eu já tinha arruinado minha dieta com duas *poğaça* enormes. Que mal faria tomar outro café?

Interrompi o jogo de paciência de Figen no computador para lhe pedir uma xícara, puro e forte.

Enquanto esperava, acessei a internet e peguei dois disquetes. Comecei a baixar os arquivos. Primeiro olhei o arquivo que ele havia coletado sobre mim. Todos os meus movimentos na rede tinham sido registrados. Até mesmo John Pruitt! Meu endereço, meus números de telefone, registros de compras, todos os e-mails que eu enviara. Estava tudo ali. Jihad2000 era mesmo uma figura assustadora.

Fiquei pensando se Kemal era uma vítima do destino ou sofrera a justiça divina. Uma mente deformada havia sido aprisionada num corpo igualmente deformado. Era um exemplo de causa e efeito, ou ele só recebeu o que merecia? Eu me assustei com meu próprio raciocínio. Percebi que estava pensando mais ou menos como a Inquisição, quando se acreditava em queimar aleijados porque eles eram possuídos por demônios. Fiquei com vergonha de mim mesmo.

Meus pensamentos foram interrompidos pela cabeça desgrenhada de Figen, que apareceu na sala depois de bater na porta.

— Eu sei que você está ocupado — ela se desculpou — e sinto muito interromper, mas a pessoa no telefone diz que é muitíssimo urgente.

— Quem é? — eu perguntei.

— A moça que ligou no outro dia; aquela com voz rouca.

Devia ser Gönül na linha. Eu me esquecera completamente dela, embora ela tivesse dito que tinha notícias.

— Pode passar a ligação — eu disse.

A voz tipicamente despreocupada de Gönül surgiu do outro lado da linha.

Ela estava feliz e contente, como alguém que acredita do fundo do coração que a ignorância é uma bênção de Deus.

— Não estou atrapalhando você, estou? — ela começou.

— De jeito nenhum — garanti. — Eu estava justamente pensando em você. Estava imaginando um jeito de entrar em contato.

— É só falar do diabo, como se diz. No meu caso é o contrário, é claro. Você sabe que eu tenho um coração de ouro.

– Disso eu não tenho dúvida. – Eu não podia perder a deixa.
–Você não tinha alguma coisa para me contar?

– Por que você não me convida para almoçar e aí nós conversarmos? Mas não onde nós fomos na semana passada. Aquele lugar era muito chato. Só tinha nós duas. Vamos a algum lugar cheio de gente. Nós olhamos para eles; eles olham para nós. Isso sempre é mais divertido, você não acha?

Na verdade aquela não era a melhor hora para almoçar com Gönül, porém não havia outro modo de eu entrar em contato com ela. Já era quase meio-dia e eu provavelmente teria fome suficiente para comer alguma coisa. Decidi esquecer que tinha comido aquelas *poğaça*.

– O gato comeu sua língua? – ela disse. – Se você prefere não ir, é só dizer.

– Eu só estava tentando pensar num lugar para nós irmos.

– Ah, não pense tanto. Vai acabar rachando a cabeça.

Ela então deu uma risada exuberante.

– Tem uma pizzaria ótima em Levent – eu disse. – Um lugar muito chique.

– Ótimo.

– Quando você pode vir?

– Pode ser hoje de tarde...

– Mas de tarde quando? Digo, a que horas exatamente? – eu perguntei.

– Agora estou em Altımermer. Quanto tempo você acha que vai demorar para chegar lá?

– Onde em Altımermer?

– Haseki. E não vou de táxi. Até parece que vou pagar aquilo que eles cobram.

– Pode contar mais ou menos uma hora – eu disse. – Agora são quase onze, então nos encontramos no restaurante ao meio-dia e meia. Está bem?

– Certo. Mas qual é o nome do restaurante? Levent é um bairro enorme. Não vamos nos perder procurando uma pela outra.

– Desculpe – eu disse. – O nome é Pizza Express. É bem na entrada para Etiler, à esquerda, em Nispetiye Caddesi.

– A rua que vai para o Akmerkez Shopping Centre, certo?

– Essa mesmo. Passando o Namlı Kebab.

– Entendi. Já estou até imaginando o lugar.

– Então até mais tarde.

– Espere um instante – ela disse. – Nesse lugar eles vão perceber quem eu sou, não vão?

Eu dei um sorriso. Só um imbecil cego não saberia que Gönül era o que era.

– Não se preocupe – garanti. – Aliás, estou vestido de homem. Leve isto em conta.

– Oh, eu reconheceria você em qualquer lugar.

Ficou claro que alguns dos arquivos que eu tinha diante de mim precisariam esperar até depois do almoço. Eu tinha pouco mais de uma hora e pretendia aproveitá-la ao máximo.

Primeiro, investiguei a pasta sobre Adem Yıldız. Todos os mínimos detalhes haviam sido coletados e armazenados. Apesar da pressão da família, ele ainda era solteiro. Tinha 31 anos, uma idade já bem avançada para um homem descasado nesses círculos. Ele cumprira o serviço militar obrigatório, optando pela versão mais curta. Depois de se formar numa escola de ensino médio religiosa sem grande prestígio acadêmico, havia estudado inglês. Foi provavelmente aí que ele se desencaminhou. Embora superficialmente devoto, não era muito dedicado. Havia evidências de que ele não jejuava durante o Ramadã, usando suas viagens como desculpa. Fiquei me perguntando como Jihad2000 tinha se apoderado de todas aquelas informações.

Havia também arquivos com toda a correspondência e e-mails trocados entre Adem Yıldız e diversas empresas. Nada especialmente interessante. Ele passava bastante tempo visitando sites de pornografia quando estava *online*. Os sites de travestis pareciam ser seus favoritos.

Ele não parecia interessado em carros, porém tinha uma queda pela alta-costura. Seu hábito de vestir apenas as grifes mais caras provavelmente refletia sua criação de garoto rico e mimado.

Ele viajava com frequência, mas não ficava em lugar nenhum por muito tempo. Depois de se formar, ia a Londres em intervalos regulares de três meses. De quando em quando, fazia viagens curtas para outros lugares. Os arquivos de viagens coletados por Jihad2000 eram confusos e bagunçados, e não parecia valer a pena examiná-los. Então o moço gostava de sair de férias. O que talvez importasse era o que ele fazia durante essas escapadas. Não havia registro disso. Meu Stephen Hawking não devia ter conseguido acessar esse tipo de informação.

Uma coisa que chamou minha atenção foram os anos que Adem passou no ensino médio. Ele demorou muito mais que o normal para se formar. Porém estranho mesmo foi ele ter se formado no Sakarya İmam Hatip Lisesi, e não na escola onde estudara durante sete anos. Alguma coisa acontecera em seu último ano para fazê-lo mudar de escola. Ele tinha ido embora de Istambul e acabara se formando em Sakarya. Provavelmente era um caso de amigos em cargos de poder, uma ocorrência bem comum entre os filhos preguiçosos de famílias ricas. Quando começava a parecer que os filhos não iam conseguir se formar em escolas normais, a moda era as famílias ricas fazerem doações generosas para escolas de alto prestígio, que em troca forneciam o cobiçado diploma.

O arquivo continha diversas fotos, a maioria de eventos de abertura de mercados, bem como recortes de jornais e revistas. Adem Yıldız aparecia muito aprumado em todas elas: paletó abotoado, gravata bem apertada, uma sobrancelha erguida e uma pose ao mesmo tempo casual e arrogante.

A única foto em que ele não estava usando gravata foi tirada no porto de Mazi em Bodrum, enquanto ele praticava esqui aquático. Ele vestia shorts que iam até logo abaixo dos joelhos, à moda conservadora. Seu peito parecia ser bem peludo. Pela qualidade e tamanho da foto era difícil saber como era seu corpo, mas ele obviamente não era nenhum fisioculturista. Não era nem corpulento, nem especialmente magro.

Eu me perguntei se Fehmi Şenyürek aparecia em alguma das fotos. Mas eu não lembrava de fato como era a cara dele. Mesmo se ele estivesse no grupo que viera à boate com Ahmet Kuyu naquela noite, era improvável que eu o reconhecesse numa foto. Eu teria de terminar aquilo depois. Era hora de ir descobrir o que Gönül ficara sabendo.

VINTE E TRÊS

Quando peguei uma mesa na área descoberta atrás da Pizza Express, Gönül ainda não tinha chegado. Eu disse ao garçom que estava esperando uma pessoa e pedi um copo de suco de *grapefruit*. *Poğaça* no café da manhã, pizza agora no almoço e depois a comida de Ponpon no jantar... Daquele jeito eu ia engordar com certeza. Não tinha por que me contentar em ser apenas gordinha. Eu ia me permitir ficar completamente obesa. Mas não, de jeito nenhum. Assim que terminasse de falar com Gönül eu ia direto para a academia, malhar até cair de exaustão.

Agora resolvendo manter minha forma de Audrey Hepburn, olhei as opções de salada. Eu adorava as pizzas dali, mas tinha decidido preservar o que restava da minha silhueta.

Pus o cardápio de lado quando Gönül se aproximou com seu trinado alegre:

– *Merhaba efendim*.

Ela parecia ter feito um esforço para ser discreta. Mas o efeito ainda assim era um desastre. A tiara verde fosforescente enfeitando suas longas tranças não deixava muita dúvida.

No que ela veio me beijar, quase desmaiei com o fedor do perfume Joop imitação que ela costuma usar aos litros. Preciso mesmo lembrar de comprar para ela um frasco de um perfume ou colônia decente.

Sabendo como ela é, fiz o pedido para nós duas. Ela obviamente ia escolher a pizza mais cara. Um sorriso de satisfação se estampou no seu rosto.

– Diga logo que você ia me dizer – eu pedi.

– *Ay*, deixe eu recuperar o fôlego, meu amor. Acabei de chegar.

– É que estou morrendo de curiosidade... – eu disse.

– Vou contar... Vou contar... Mas primeiro me deixe olhar em volta. Onde estou? Quem está aqui? Como são os homens? Depois eu te conto.

Ela examinou a fundo, um por um, os ocupantes das três outras mesas e todos os garçons. Olhou cada um deles direto nos olhos, para todos soltando um gritinho de admiração. Senti que meu rosto estava ficando vermelho. Eu não voltaria à Pizza Express tão cedo.

– Olhe só quantos garçons lindos! – ela praticamente gritou. Todo mundo ouviu.

– Por que você ficou vermelha? – ela perguntou.

– Você está se excedendo um pouco.

– Como assim? Apreciar a verdadeira beleza é uma virtude.

– Veja – eu pedi. – Só tente não gritar.

– Está bem. – Ela baixou um pouco a voz. – Você sabe que eu tenho um fraco por homens parecidos com Kadir İnanır. Olhe só aquele ali.

Ela apontou. Eu agarrei o dedo dela e o puxei de volta para a mesa.

– Ele é um Kadir İnanır mais jovem. Poxa, você é bem gostosinho, amigo! Ele é meio baixo, o queixo dele é muito ossudo e o olho é todo errado. Mas não se pode ter tudo, não é mesmo?

O garçom, que não se parecia em nada com Kadir İnanır em idade nenhuma, chegou na nossa mesa com pãezinhos e pratinhos de azeite aromático. Gönül observava cada movimento dele, arrebatada.

Percebendo que ela estava prestes a abrir a boca, eu a chutei por baixo da mesa.
– *Ay abla*, isso doeu!
– Chega! Se você continuar assim, vão nos expulsar daqui e vamos acabar comendo sanduíches na lanchonete da esquina.
– Qual é o problema? Eles todos não têm piu-piu? – Felizmente ela falou em voz baixa. Ninguém tinha ouvido.
– Pare com isso – eu disse. – Veja só, podemos descer para Bebek quando acabarmos de comer. Lá está cheio de homens. Agora me diga o que você descobriu.
–Você sempre me pressiona tanto. Perguntas, perguntas, perguntas...
Eu lancei a ela um olhar longo e severo. Ela ficou me olhando também. Então fez cara de magoada e começou a me contar sobre o Instituto Médico-Legal.
– A autópsia realizada no corpo de Gül revelou que ela tinha tido relações com mais de uma pessoa. – Gönül ficou com os olhos marejados ao dizer isto. – Ela também foi um pouco torturada. Quer dizer, tinha sido espancada com força.
– Além disso – ela continuou –, Gül gozou. Quer dizer, ela ejaculou. Isso nunca foi a praia dela. Ela nunca gozava no serviço. "Isso é particular; só para o meu próprio prazer", ela dizia. Era uma verdadeira dama.
Eu não pedi que Gönül me explicasse a ligação entre não gozar e ser uma dama. Ela estava concentrada na história.
– Eles também tinham posto um desses anéis de metal no coiso dela. Você sabe, aquele que deixa o troço ereto o tempo todo. Ainda estava nela quando a encontraram, e ela tinha ficado bem roxa.
Aquilo sim era muito estranho. Não havia nenhuma menção a um anel peniano no relatório da autópsia. Nem havia menção alguma de o morto ter tido uma ereção.
– Ela não era assim, de jeito nenhum. Nunca pensaria em botar um desses anéis. Até escondia o troço dela quando fazia

amor. Tinha vergonha dele. Então por que ia colocar essa coisa de metal para deixar o treco duro... É muito estranho. Eu queria contar tudo isso a você porque você é ótima em juntar os pontos. Tenho certeza de que você vai descobrir. Você é que nem o detetive Colombo do seriado da televisão.

A referência ao programa do detetive Colombo denunciava nossa idade. Quanto ao anel peniano, só podia significar uma coisa: Gül tinha sido a parceira ativa. E isso apontava direto para Adem Yıldız.

— Mas você nem está prestando atenção em mim — ela protestou.

Bem nesse instante chegaram a pizza dela e minha enorme salada. Como sempre, havia um garçom de cada lado, um com um moedor de pimenta e o outro com um frasco de azeite temperado. Gönül queria ambos.

— Não se incomode comigo — eu disse. — Só estou tentando pensar numa coisa. Eu me distraí um pouco.

— Eu bem que disse para você não pensar demais!

E ela soltou outra risada indecorosa. Não havia vestígio do luto de poucos minutos atrás.

— E não descuide da alimentação. Minha pizza está uma delícia. Espero que essa coisa verde vá encher sua barriga.

— Estou de dieta — expliquei.

— *Ayol*, se bastasse comer grama para perder peso, as vacas seriam esbeltas.

E ela riu outra vez, é claro. Caso ainda houvesse alguém que não tivesse notado nossa presença, agora não tinha mais jeito. Era impossível ignorar o riso esganiçado de Gönül. E todos que ouviam naturalmente viravam a cabeça para ver quem ou o que havia produzido aquele som.

Terminamos o almoço falando sobre bobagens. Ela explicou em detalhes a dor e o sofrimento de quem sofre uma retoscopia. Aquilo estava tirando meu apetite, por isso deixei que ela continuasse. Mais da metade da minha salada ficou intacta.

Enquanto limpava o resto do molho no prato com um pedaço da borda, ela soltou uma bomba.

– Você percebeu que a polícia nunca encontrou as roupas dela, nem a bolsa, a carteira de identidade nem mais nada? Como se tivessem levado ela peladinha da silva?

Era uma observação astuta.

– Quem sabe a polícia tenha ficado com tudo – eu supus.

Era totalmente possível. Ouvi dizer que as vítimas de acidentes de trânsito muitas vezes ficam sem os relógios de pulso.

– *Ayol*, por que um policial ia querer o tipo de roupa que Gül usava?

– Como assim?

– Você não conhece Gül. Ela não usava nada maior que isto. – Gönül estendeu a mão.

A mão era na verdade bem grande. Mas isso são outros quinhentos.

– Então eles devem ter perdido.

– Está bem. Vamos supor que tudo foi perdido. Mas não é de se esperar que deixassem para trás um único sapato, uma bolsa, uma calcinha, uma carteira de identidade ou alguma outra coisa?

Ela tinha razão. O fato de não ter aparecido absolutamente nada era um pouco estranho.

– Queria saber como identificaram o corpo – eu disse.

– Depois que as meninas caem na noite, não há um único policial que não saiba quem elas são. Ela era presa e levada para a clínica de doenças venéreas quase todo dia. Então dava um dinheiro e era liberada.

– Isso não importa – insisti. – Eles precisariam encontrar alguma maneira de identificar o corpo.

– Então devem ter visto a tatuagem no bumbum dela. Ela mandou fazer uma grande rosa. No instante em que chegou a

Istambul. E ela sempre usava tanga. Fazia questão que todo mundo visse a tatuagem.

Eu não perguntei onde nem como Gül havia mostrado o bumbum para a polícia. Quem quer alguma coisa acaba dando um jeito. Então a pequena Gül-Yusuf era ainda mais exibicionista que o resto de nós.

VINTE E QUATRO

Assim que voltei para o escritório, telefonei para Selçuk para confirmar o que Gönül me dissera.
— Estou vendo que você se envolveu mesmo nisso — ele disse. — Agora você liga todo dia. Quando não tem nenhuma pergunta, nem se dá ao trabalho de telefonar. Nem para saber se está tudo bem.
— Por favor, não diga isso — eu retruquei. — Você sabe muito melhor que eu como a polícia trata de casos assim. Não foi coletada nenhuma espécie de evidência e não houve uma investigação decente. Eles só atestam que mais outra travesti foi morta e dão o caso por encerrado. Sou um pouco sensível no que diz respeito a coisas assim.
— Entendo — ele disse.
Enumerei para ele as coisas que Gönül tinha me contado.
— Por que nada disto consta dos papéis? — eu perguntei. — E de fato, é mesmo muito estranho que a menina... digo, Yusuf... não tenha deixado nada para trás. Onde está a bolsa dela, as roupas?
— Veja, você tem razão. Para mim também não faz sentido. Vou ter que perguntar por aqui. Eu tenho uma certa influência com alguns dos rapazes do departamento. Vou fazer o possível e retorno para você.
— Vou estar no escritório — eu disse, e dei a ele meu número. — Aliás, qual foi o resultado dos testes de DNA?
— Ainda é muito cedo. Só vamos ter resultados em uma semana, dez dias.

— Burocracia — eu resmunguei.

— Não diga isso. Não que eu vá defender a investigação, mas nós temos muito trabalho e poucos peritos. A não ser que haja alguém ali cobrando, nada chega a ser feito.

— Claro. E quando é uma travesti morta, ninguém quer assumir a dianteira. Eles têm medo do que as pessoas vão pensar.

— Não exagere. Veja, estou fazendo tudo o que posso, não estou? Não me importa o que os outros pensam.

Eu lembrei que ele dissera justamente o contrário poucos dias atrás, mas sabia que lembrá-lo daquilo não ajudaria em nada.

— Está bem. — Joguei a toalha. — Será que você podia pedir para um policial ir comigo investigar melhor? Podíamos pelo menos dar uma olhada na casa em Küçukyalı, a cisterna e o jardim...

— Você enlouqueceu?! Você realmente acha que eles iam concordar?

— Então vou fazer isso pessoalmente — informei.

— Não posso impedir você. E não posso prometer ajuda caso você se meta em encrenca.

Após desligar, pedi a Figen, cujo cabelo estava mais feio do que nunca apesar de sua visita ao cabeleireiro na hora do almoço, que me informasse imediatamente se alguém telefonasse do departamento de polícia.

O telefone tocou no instante em que voltei para o escritório. Era Selçuk.

— Esqueci de lhe contar uma coisa — ele disse. — Encontraram outro corpo. Estava se decompondo na água fazia um bom tempo. Era um homem com implantes de silicone nos seios.

Eu fiquei sem ar. Ainda tinha a esperança de que ela fosse aparecer sã e salva algum dia.

— Funda — concluí. — O nome verdadeiro dela deve ser Yunus. Não consigo lembrar o sobrenome. Posso descobrir, se você quiser.

— Isso seria ótimo — ele disse. — Vai ajudar muito os nossos rapazes.

Funda-Yunus. Ela acabara virando comida de peixe, assim como o profeta Yunus. Porém a baleia que engoliu o profeta não havia encostado na nossa menina. Afinal, de acordo com o Livro Sagrado, Yunus morou durante anos dentro do peixe gigante, depois saiu de lá e tocou sua vida. Nosso Yunus não teria essa oportunidade.

Comecei a fazer um cálculo aproximado de quanto tempo ela ficara desaparecida. Ou seja, quanto tempo o corpo dela tinha ficado boiando no mar. Fazia meses desde o começo do verão em que Funda desaparecera. O corpo dela já teria se decomposto nesse meio-tempo. É verdade que a água salgada tem um efeito conservante mas, no fim das contas, um corpo é composto de água e carne, e não aguenta por muito tempo.

Tinha alguma coisa estranha naquela história.

Eu prometi a Selçuk que descobriria o sobrenome de Funda-Yunus. Hasan seria a melhor pessoa para cuidar disto. Além do mais, eu não tivera a oportunidade de contar a ele sobre as preferências sexuais de Adem Yıldız.

Ele atendeu no primeiro toque. Contei-lhe sobre a descoberta do corpo que eu suspeitava pertencer a Funda. Ele tinha ouvido falar.

— Mas por que você não me contou? — eu perguntei.

— É impossível falar com você. Deixei pelo menos cinco mensagens com Ponpon. Liguei para o seu escritório, mas a secretária não queria passar a ligação nem anotar recado. Já está mais do que na hora de você comprar um celular — ele me repreendeu.

— Então, o que aconteceu?

— Talvez seja, e talvez não seja Funda. Não há como identificar o corpo.

— Mas tinha seios — eu disse.

— Pois é. Silicone não apodrece nem dissolve — ele comentou. — É por isso que a polícia telefonou para as meninas. Para perguntar se alguém podia identificar o corpo.
— E o que aconteceu depois?
— Eles pegaram as primeiras duas meninas que viram trabalhando na rua e as levaram ao Instituto Médico-Legal. Uma delas desmaiou quando viu o corpo. O aspecto era horrível. Elas disseram à polícia que não tinham como ajudar.
— Hasan — eu pedi —, será que você pode descobrir qual era o sobrenome de Funda, quer dizer, Yunus?
— Então agora você passou dos nomes para os sobrenomes, não é?
— É importante — eu informei a ele. — Estou devendo um favor a uma pessoa.
— A polícia.
— Isso mesmo. Pois é. Prometi a um policial amigo meu.
— Vou tentar descobrir. Mas só quero dizer uma coisa. Não há como um corpo ter se conservado no mar durante tanto tempo. A polícia disse isso também. Talvez não seja Funda. Mas também não vá ficar alimentando esperanças.
— Quer dizer, a não ser que eles tenham guardado o corpo em algum outro lugar, depois jogado ele no mar — eu comentei.
— Você está sugerindo que eles congelaram o corpo em algum lugar?
— Isso é bem possível...

Ao desligar o telefone, fiquei pensando no que eu acabara de sugerir. Eles nem precisariam de um frigorífico inteiro. Bastaria um freezer grande e fundo. Eles podiam ter guardado o corpo lá por um tempo, depois o lançado no mar. Obviamente, um corpo congelado demoraria mais para descongelar e apodrecer.

E onde há grandes geladeiras e freezers? Na indústria alimentícia. Em que ramo Adem Yıldız trabalhava? Bolos e massas.

Mais uma vez, tudo apontava para ele. Mais uma vez, eu não tinha nem um fiapo de evidência.

Eu precisava pensar, porém não conseguia manter a concentração. Imagens de assassinatos violentos passavam diante de meus olhos. Adem Yıldız estava matando nossas meninas, uma por uma, mais metodicamente que qualquer vilão de filme de terror.

Pelo menos Dolly Vuslat havia escapado viva. Eu precisaria adverti-la. Seria besteira correr riscos. Talvez também fosse besteira assumir que o nome Dursun significava que ela estava a salvo.

Tinha que haver algum modo. Nosso Adem Yıldız devia ter deixado algum tipo de evidência incriminadora. Eu não tinha muita fé nos testes de DNA, mas eles podiam ser a evidência que eu estava procurando. Como eu podia chegar a acusá-lo? Ele era um figurão da sociedade. Até parece que a polícia ia realizar um teste de DNA apenas com base nas minhas suspeitas. Eu não podia querer que eles saíssem testando todos os homens, só pela chance remota de que algum fosse culpado.

Não adiantava ficar ali sentado com aqueles pensamentos girando na mente. Os arquivos de Jihad2000 não haviam levado a nada. Ou quem sabe eu não estivesse em condições de ver o que estava bem diante dos meus olhos.

Decidi ir à academia. Um pouco de exercício físico me faria bem. E ia limpar minha consciência queimando um pouco daquelas calorias a mais.

VINTE E CINCO

O plano que eu bolei era ousado e arriscado. Qual era a coisa de que eu mais precisava? Provas concretas. Eu não tinha nenhuma. Já que estava sendo tão difícil encontrar alguma coisa, eu precisaria criar minhas próprias provas.

De certo modo, aquilo exigia que eu entrasse na toca do monstro.

O que dava tesão naquele homem? Travestis jovens. Era o meu caso? Não. Primeiro, eu precisava achar uma menina nova. Uma isca. Eu precisava de uma menina que eu pudesse mandar para ele, uma que estivesse preparada para enfrentar o perigo. Eu teria de monitorar todos os passos dela. De preferência, uma menina com nome de profeta.

Listei na mente os nomes de vários profetas, tentando encontrar um profeta cujo xará ainda não tivesse sido assassinado. A lista começava com İsa, Nuh, Lut, Bünyamin, Zekeriya, Yahya, Yakup, Davut... Foram os primeiros nomes que me vieram à cabeça. Seria mais que suficiente.

Os nomes mais garantidos provavelmente eram İsa e Nuh.

Um ponto que podia dar problema era o quanto a menina estaria disposta a participar do meu esquema, mas tentei não pensar naquilo. Qualquer pessoa com um pouco de bom-senso se recusaria a se meter naquela história, porém havia duas coisas trabalhando a meu favor.

Primeiro, seria um insulto dizer que alguma das meninas era inteligente. No sentido comum da palavra, nenhuma delas era exatamente brilhante. A mim parecia que bom senso e inteligência não eram virtudes que nenhuma delas decidia cultivar. A escolha de andar à margem da sociedade, fazendo vista grossa aos riscos e perigos, nos dava a liberdade de agir de um modo inortodoxo.

Eu certamente conseguiria encontrar alguém tão louco quanto eu. Tinha até começado a pensar nos nomes de algumas das meninas que conhecia.

O segundo ponto a meu favor, e o que implicava certos riscos inerentes, era que a menina não necessariamente precisava saber que estava sendo usada como isca. Seria perigoso. Alguns até chamariam isso de traição. Porém eu pretendia ficar o tempo todo ao lado da menina que eu recrutasse, para reduzir o perigo ao mínimo.

Adem Yıldız não era meu tipo, mas muitas das meninas o achariam irresistível. Não era especialmente alto, porém seu rosto fino e comprido dava a impressão de que ele tinha mais altura. Ele tinha uma pele morena da cor de mel, que ficava quase pálida sob as luzes da boate. Fazia um belo contraste com os cabelos escuros e a barba bem aparada. Prefiro homens de bundinha firme e redonda. A de Adem Yıldız não era assim. Na verdade, era até bem grande.

Ele gostava de roupas caras. Eu não tinha olhado de perto, mas ele talvez até usasse um Rolex. Para várias das meninas, só isso já seria suficiente.

Ainda era muito cedo, de forma que eu não conseguira encontrar um parceiro na quadra de squash do Hilton. Precisei me contentar rebatendo a bola contra a parede enquanto formulava um plano. Jogar uma das nossas meninas como isca podia muito bem significar pôr a vida dela em perigo...

Enquanto visualizava os rostos conhecidos da boate, fiquei horrorizada com meu próprio plano. E as únicas meninas que eu conhecia de fato eram as da boate. Eu não conhecia direito as que trabalhavam na rua ou frequentavam outras casas noturnas. Hasan seria quem mais provavelmente poderia me ajudar. Também havia Şükrü, de cuja queda por meninas novas eu ficara sabendo recentemente.

Continuei na academia até ter certeza de que havia queimado todas as calorias que comera naquele dia. Quando fui para o vestiário, notei que a academia estava ficando mais cheia. Decidi sondar os recém-chegados antes de ir para o chuveiro. Quem sabe algum homem bonito tivesse chegado. No mínimo eu ia dar uma olhada num belo pedaço de macho. Talvez rolasse até mais.

Fiquei enrolando no vestiário, até terminar de beber uma garrafa de água com gás. Nesse intervalo, só duas pessoas chegaram. Um definitivamente não era meu tipo. Era gorducho demais. Ele soube imediatamente de onde eu estava vindo. O outro era pelo menos tão feminino quanto eu. Se ele achou que eu não saquei qual era a dele, estava enganado. Era impossível passar despercebido pelo meu *gaydar*. Ele parou perto de mim, e me olhou de cima a baixo como se estivesse medindo um rival. Fiz um aceno silencioso com a cabeça.

Decidi não perder mais tempo e fui direto para o chuveiro. Lá estava o sr. Gorducho esperando por mim, ensaboando o lombo e a barriga adiposa atrás de uma cortina de chuveiro entreaberta. A timidez em seus olhos era desmentida pelo volume em suas partes baixas. Eu não consegui resistir e dei uma espiadela com o canto do olho: ele era o que chamam de "majestoso". Grosso com cabeça de cogumelo. Mas mesmo assim, não era meu tipo. Ele me lançou um olhar convidativo, com os lábios comprimidos num beijo. Eu olhei para ele com frieza e fui para uma cabine o mais afastada possível. Fechei a cortina e fiquei embaixo do chuveiro.

Quando eu saí, ele ainda estava se ensaboando. E a cortina continuava entreaberta. Ele voltou a me mandar o que sem dúvida imaginava serem beijos eróticos.

Eu podia parar e dar uma boa espinafrada nele. Ou podia chamar o atendente distraído no vestiário. Mas por que me dar ao trabalho? Eu não tinha tempo para essas bobagens. Ainda precisava encontrar uma menina nova, de preferência que se chamasse Ísa ou Musa.

Senti vontade de fazer uma provocaçãozinha e mandei um beijo para ele.

– Até depois, maridinho – eu disse.

Foi só isso. Bastou para que ele transbordasse. Se existe mesmo isso de gozar com uma simples palavra, foi o que aconteceu. Ele fechou a cortina imediatamente.

VINTE E SEIS

Ponpon estava me esperando, usando um turbante de lamê dourado e meu roupão de banho cor-de-rosa. Ela me recebeu em pânico antes mesmo de eu passar pela porta.

– Eu estava me roendo de preocupação com você.
– Por quê? – eu perguntei.
– Não dá pra acreditar em você – ela reclamou. – Custa me dizer o que está acontecendo? Onde você estava? Aonde você foi? E essas pessoas que telefonam aqui? O que eu devo dizer para elas? Como se eu não estivesse ocupada. Mas eu preciso largar tudo para tentar te encontrar. Você não está na boate. Não está no escritório. Eu liguei para Hasan. Você sabe como ele é. Ele disse que você estava no escritório. Eu liguei, mas a tal secretária disse que você tinha saído. Eu estava ficando maluca.

Ela não pretendia se acalmar. Pendurei minha jaqueta e fui para a sala de estar.

– Ligou uma pessoa chamada Kemal – ela informou.

Era só o que faltava. Kemal me atazanando por telefone! Eu ia ter que mudar o número de casa outra vez.

– Ele fica ligando. Parece que não tem nada melhor pra fazer. Ele mandou uma mensagem urgente para você. Perguntou se você recebeu. É sobre Davut.

– Quem é Davut?
– Como é que eu vou saber? Eu nem sabia onde você tinha ido. E como é que eu vou saber quem é Davut?

– Está bem. Vou dar uma olhada.

O telefone tocou. Ponpon, que assumira o papel de dona da casa, atendeu na hora.

– Alô.

Ela parecia atônita.

– Sim, ela acabou de chegar. Vou passar para ela – ela disse. Porém em vez de me passar o telefone, ela estreitou os olhos e continuou ouvindo. Então desligou.

– Era Kemal outra vez. Ele não quer falar com você. Mas disse que é melhor você ler a mensagem que ele mandou. É urgente.

– Estranho – comentei.

– Estranho é pouco. Fiquei atendendo ligações para você o dia inteiro. Todos os malucos da cidade telefonaram. Ou é a polícia ou alguém dizendo uma reza... Nem um único cavalheiro simpático o dia inteiro. Ninguém que valesse a pena paquerar.

– Você não precisava atender – eu lembrei a ela.

– *Ayol*, que ingratidão – ela exclamou. – Eu só atendi porque achei que pudesse ser você. Não fosse por isso, eu estaria pouco me lixando para os seus amigos malucos. Realmente sinto que é meu dever lhe dar um aviso. É melhor você tomar jeito. Se continuar assim, você só vai se meter em encrenca.

– Obrigado pelo aviso – foi só o que eu respondi.

– Sei, sei. Entra por um ouvido e sai pelo outro. Você é quem sabe. Só estou dando um conselho de amiga. O resto é por sua conta. Você já é adulta.

Fiquei imaginando o que Jihad2000 mandara de tão urgente. Quando liguei o computador, estava preparado para ler uma declaração de amor rasgada.

Jihad2000 me mandara um e-mail com o nome Kemal Barutçu. A mensagem consistia de apenas duas palavras: "Para você". Havia dois anexos, porém. Eu hesitei antes de abri-los, achando que ele seria bem capaz de mandar algum vírus terrível que derrubaria meu sistema. Ele seria bem capaz de me hackear. Em geral não sou tão paranoico, mas quando encontro um maluco de carteirinha como Kemal, todo cuidado é pouco.

Saí da internet e passei meu antivírus mais confiável nas duas pastas. Ambas estavam limpas. Eu as abri. E gelei.

Um corpo pertencente a uma cantora travesti havia sido descoberto em Bodrum. Ela cantava acompanhada por uma orquestra numa boate lá. Tinha sido obrigada a engolir ácido.

Eu afundei na cadeira. Meus ombros caíram. Fiquei com o cabelo em pé. Minha mente ficou em branco. Eu não conseguia pensar.

Eu recuperei os sentidos graças a um cutucão forte de Ponpon, que estava olhando os arquivos por cima do meu ombro.

– É Davut, a cantora! – ela gritou. – Deus nos acuda. Eu sou a próxima. Que o Senhor nos proteja! Podemos ser pecadoras, mas foi você quem nos criou. O Senhor Todo-Poderoso tem sabedoria infinita. Eu sou uma serva do Senhor. Proteja-nos, ó Senhor!

Ponpon estava obviamente à beira de um ataque histérico. Eu a sacudi pelos ombros e a obriguei a sentar na cadeira que eu desocupara.

– Não acredito, *ayol* – ela gemeu.

Ela ficou com o olhar perdido no vazio.

– Davut! – ela gritou. – Lá se vai outra menina com nome de profeta. Davut e sua voz de baixo. Ela encantava todo mundo com aquela voz... E agora ela está morta e sua voz se calou! Eu sei que sou a próxima. Estou sentindo.

Daquele jeito, ela ia não ia parar nunca. Fazia dois dias que ela estava me dando nos nervos, afinal. Eu me inclinei um pouco para trás, tomei força e lhe dei um bom tapa no meio do rosto. Os olhos dela brilharam e ela pareceu atordoada por um instante. Porém imediatamente voltou a si.

– Sua cretina! – foi o que ela disse.

Suas unhas afiadas vieram na minha direção, como garras. Eu a agarrei pelos pulsos, detendo-a. Ela pareceu perceber que eu estava fazendo aquilo pelo próprio bem dela, e decidiu não atacar. Mas começou a esfregar a marca vermelha que minha mão deixara na bochecha dela.

– Puxa, você sentou a mão. Está doendo pra burro.

– Sinto muito – me desculpei. – Acho que eu também estou perdendo o controle.

– Você podia ter batido um pouco mais fraco. Sabe que minha pele fica marcada fácil. Se você estragou meu rosto, não vou conseguir trabalhar durante três dias.

Já estava por aqui com esta história de rosto marcado! Será que eu sou a única pessoa que não fica roxa só por causa de um tapinha?

Ponpon anunciou que já naquela noite não poderia ir trabalhar. Talvez porque me culpasse pelo que acontecera com ela, não sentiu nenhum remorso em tirar a noite de folga. Meus nervos estavam em frangalhos, e no fundo eu estava pouco me importando. Eu adorava Ponpon e dava muito valor à amizade dela, porém isso não significava que precisávamos morar juntas.

Quando estava se sentindo um pouco melhor, Ponpon serviu o jantar. Enquanto comíamos a suculenta lasanha que ela havia preparado, e eu recuperava todas as calorias que havia perdido jogando squash, fizemos uma avaliação da situação. Até agora, sete haviam morrido: İbrahim, Yusuf, Musa, Muhammet, Yunus, Salih e Davut. Ao lembrar que o nome dela era Zekeriya, Ponpon ficou outra vez à beira de um ataque de nervos, mas depois se acalmou quando lembrou que estava comigo, na segurança da minha casa. Eu sei que ela me vê como uma espécie de Rambo. Embora eu goste disso e fique até um pouco lisonjeada, sou realista o bastante para ver como ela está sendo ridícula.

Quando ela saiu da cozinha trazendo um enorme *tiramisu*, o prato final do nosso jantar italiano, a campainha tocou. O grito de terror de Ponpon se misturou com o som da campainha. Ela percebeu e entendeu a cara que eu fiz. Pediu desculpas na mesma hora.

— *Ay*, que eu posso fazer? Não consigo me controlar. Meus nervos estão em pandarecos. Não sei o que eu ia fazer se você não estivesse aqui. O diabo me diz para ir pedir proteção à polícia. É claro que não vou dar ouvidos ao diabo. No máximo, vou me internar num hospital particular. Pelo menos vou estar perdida no meio da multidão. E lá tem enfermeiros. Quem sabe até mesmo um estagiário bonito.

Era Hasan. Ele entrou segurando as calças, que pareciam prestes a cair no chão. Não adiantava. Os jeans dele não cobriam nem a linha dos pêlos pubianos.

Comemos juntos o *tiramisu*. Ele não ficara sabendo sobre Davut. Tinha descoberto o sobrenome de Yunus. Também disse que seria impossível determinar quando ela morreu. Como eu havia imaginado, alguns dos órgãos internos mostravam sinais de ter sido congelados.

— Ponpon, meu bem, isso estava uma delícia — eu parabenizei a cozinheira.

— Vocês não acham um pouco estranho — Ponpon começou —, nós aqui sentados comendo sobremesa enquanto discutimos órgãos internos? Que o Senhor perdoe a todos nós. Se continuarmos assim, vamos direto para o inferno.

Contei tudo o que estava passando pela minha cabeça, minhas suspeitas a respeito de Adem Yıldız e minha intenção de organizar um esquema para capturá-lo. Ponpon escutou com atenção, pontuando quase todas as frases com um gritinho para demonstrar seu terror. Quando terminei de falar, ela empurrou o prato vazio para o centro da mesa.

— Não conte comigo — ela disse. — Já estou apavorada. Eu só ia estragar tudo.

Os olhos de Hasan brilhavam.

— Eu estou dentro! – ele declarou. – Faço o que você quiser. Adoro esse tipo de aventura.

— Veja, Hasan – expliquei –, talvez isto seja muito perigoso. Significa colocar em perigo a vida de uma das meninas. Se não conseguirmos salvá-la, ou se alguma coisa der errado, vamos ter de carregar isto pelo resto das nossas vidas.

— Eu sei – ele assentiu. – Mas eu topo assim mesmo. É só me falar o que devo fazer e vou seguir suas ordens à risca.

— Primeiro preciso de uma menina nova. Uma que seja corajosa, disposta a correr riscos e meio ambiciosa.

— O nome dela não importa? – Ponpon quis saber.

— Na verdade, não – respondi. – Vamos inventar alguma coisa.

Não seria problema inventar um nome. Não havia motivo para a menina revelar seu nome verdadeiro. Podíamos até mesmo arranjar uma identidade falsa se fosse necessário. Bastava escrever İsa, Nuh, Yakup ou algo assim.

Ponpon se levantou e deu um longo suspiro afetado.

— Ninguém quer café? Eu não vou tomar, mas posso preparar para vocês.

Aquela imitação de mãe sacrificada era indescritível. Ela estava dando vida nova ao papel coadjuvante de mãe devota, personagem de lei em tantos filmes de Hollywood dos anos 1940 e 1950.

VINTE E SETE

O menino novinho que Hasan arranjou e trouxe para a boate era bem o que eu estava querendo. Seus modos e sua fala indicavam que ele era de boa família. O nome dele era Gürhan. Ao menos pelo que parecia, não era alguém que Hasan havia pego na rua. Ele se formara em um dos colégios franceses da cidade, mas ainda não tinha sido aceito na universidade e estava sem saber o que fazer. Ele dizia que era gay, porém suas unhas cuidadosamente aparadas e pintadas, as sobrancelhas modeladas, os olhos com traços leves de lápis e a pele cor de terracota sugeriam que ele era um pouco mais do que isso. Mas eu não o contradisse.

Juntos, fomos ao meu escritório no andar de cima. Embora eu chame o lugar de escritório, parece mais um depósito. Engradados de bebidas, guardanapos, papel higiênico e outros estoques forram as paredes.

Hasan dissera a Gürhan que precisávamos de ajuda para seduzir uma semicelebridade. Segundo a história, o homem tinha uma namorada travesti que era muito ciumenta e famosa. Ela suspeitava que estava sendo traída por ele, porém não tinha provas. Ela lhe dera os melhores anos de sua vida. E no entanto ele pulava a cerca com garotinhas, negando seus atos em todas as ocasiões. Nossa amiga não aguentava mais. Esperava pegá-lo no flagra, tirar fotos e depois pedir um acerto de contas.

Nossa mentira não era assim tão verossímil, por diversos motivos. Porém não tivemos tempo de inventar uma história mais sofisticada. De qualquer modo, Gürhan não pareceu inclinado a questionar nada.

Hasan havia paparicado Gürhan, dizendo a ele que, se nos ajudasse, alcançaria notoriedade instantânea, conquistando a ajuda e o apoio de todas as meninas mais influentes e poderosas, inclusive eu. Para uma menina que estava se preparando para estrear na noite, não era uma proposta de se jogar fora.

Gürhan se empoleirou na cadeira, fazendo sua melhor imitação de Winona Ryder.

– Minha mãe não quer pagar a depilação permanente – ele informou, assim sem mais nem menos.

Hasan e eu trocarmos olhares. Parecia que havíamos encontrado nossa menina. Tem milhares de tontas andando por aí, mas tínhamos tirado a sorte grande.

– E? – eu o incitei.

– Estou começando a ter pelos no peito. Eu os arranco com cera, mas cresce tudo de novo. Já conversei com minha mãe sobre isso, mas ela falou que era bobagem minha. Eu quero depilação permanente.

– Vamos dar um jeito – eu o tranquilizei.

– E tem outra coisa – ele acrescentou. – Você não acha que meus peitos são pequenos demais?

– Quantos anos você tem, meu anjo? – eu perguntei.

– Dezenove.

– Não parece – observou Hasan.

– Diga a verdade – eu disse.

– Eu juro que é verdade. Tenho dezenove. Entrei na escola cedo.

– Você é meio jovem demais para tomar hormônios.

– Mas eu quero começar agora – ele protestou.

Era comovente que ele ainda se referisse a si mesmo como apenas "gay". Naquele ritmo, quando chegasse aos vinte e cinco, ele seria uma cantora desbocada de cabaré.

– Isso nós discutimos depois – eu prometi.

Gürhan me olhou de cima a baixo.

– Por que você não tem seios? – ele perguntou.

– Sou feliz assim – eu disse. – Às vezes gosto de ser homem, outras de ser mulher.

–Você parece a Maria Callas.

Não era uma comparação tão elogiosa. Na verdade, Maria Callas passou por uma série de fases distintas. Maria fofinha, Maria gorda; seu período Audrey Hepburn com Visconti e seu período de dama da sociedade com Onassis, seguido de seu episódio de mulher ofendida quando o milionário grego se casou com Jacqueline Kennedy. Eu não pedi que ele especificasse. Decidi que ele devia estar se referindo à fase Audrey Hepburn.

– Oh, e tem mais uma coisa – ele prosseguiu. – Não faço nada de bizarro. E se você planeja tirar fotos, nada de muito explícito. Tenho de pensar na minha família.

Não havia como saber que planos Adem Yıldız teria para Gürhan, mas nós o reconfortamos assim mesmo.

– Preciso dizer uma coisa a você. Este homem também gosta de ser passivo – informei.

Hasan pareceu ainda mais surpreso que Gürhan. Para mim aquilo não era mais novidade. Eu continuei, como se não tivesse dito babado nenhum.

– O que eu quero dizer é que talvez você precise...

– Eu já disse, não disse? Eu sou gay; eu topo; vou fazer o que ele quiser.

Abafei um grito de contentamento.

– E tem mais uma coisa – disse Hasan. – O seu nome.

– Como assim?

– Esse cara curte nomes sagrados. Os nomes dos profetas, santos e tal. Por isso não diga a ele que seu nome é Gürhan. Se ele perguntar, diga que você é Nuh ou İsa.

– Não gosto de nenhum desses nomes – Gürhan ficou emburrado. – Gosto do nome Ceren.

– Como eu já mencionei, é um nome de homem – lembrei.
– Quer dizer que eu preciso escolher um nome de homem?
– Isso mesmo. É indispensável.
– Só se vocês me ajudarem com as injeções de hormônio.

Ele tentou sustentar os peitos com as mãos ao dizer isto, porém não havia nada a sustentar.

Gürhan concordou com o nome İsa, mas ele parecia tão idiota que provavelmente revelaria seu nome verdadeiro em poucos minutos. Teríamos de preparar uma carteira de identidade com o nome İsa. Depois daríamos um jeito de fazer com que Adem Yıldız se interessasse por ele.

Ao sairmos da boate, percebi pela cara de Şükrü que ele gostava da menina nova. Nosso "İsa" Gürhan parecia ser justamente o tipo certo para meninos que gostam de meninas que são meninos. Şükrü estreitou os olhos no que ele imaginava ser um olhar sedutor, e não os tirou de Gürhan até chegarmos lá fora.

Olhando para Cüneyt, que segurara a porta aberta para nós, Gürhan disse:

– Seu barman é lindo.
– É mesmo – concordei. – Todos os meus empregados são lindos. Eu os escolho a dedo.
– Você pode arranjar ele para mim quando eu terminar o serviço?
– É claro. Ele pareceu gostar de você também.
– Eu sei. O jeito como ele me olhou...

A carteira de identidade de Gürhan estava caindo aos pedaços. O plástico tinha se descolado em alguns lugares. Estava rachada de ter sido carregada no bolso. Não foi difícil tirar o plástico com a ajuda de um ferro quente. Usando o mesmo tipo de caneta, eu acrescentei "İsa" no campo do nome. Amanhã cedinho iríamos plastificar.

Todos os recortes de jornal que Jihad2000 me mandara eram de Bodrum. Nosso assassino maníaco, Adem Yıldız, devia estar de férias em sua casa de veraneio perto do porto de Mazi.

Podíamos ir até lá, porém havia a chance de ele já estar voltando a Istambul quando chegássemos. Só Jihad2000 seria capaz de confirmar a localização dele. Afinal, era ele quem estava rastreando todos os movimentos de Adem Yıldız. Eu mesmo podia tentar localizá-lo, mas Kemal estava um passo à minha frente. Ele saberia determinar instantaneamente a localização exata de Adem Yıldız, com base no lugar de onde ele acessava a internet.

Mandei a ele uma mensagem dizendo que esperava que ele não estivesse bravo comigo, e pedindo a ajuda dele. Escrevi numa linguagem objetiva, mas com um toque de promessa. Disse a ele que, apesar de tudo, eu esperava que pudéssemos trabalhar juntos, e sugeri que talvez pudéssemos trocar trabalhos.

Pelo que consegui descobrir, o porto de Mazi não é um lugar muito movimentado. Não há hotéis nem pensões. Parecia inútil ficar esperando em Bodrum, na esperança de que ele próprio nos descobrisse.

Então lembrei que eu tinha um lugar para ficar no porto de Mazi: a casa de Cengiz. As férias haviam chegado ao fim, e por isso a mulher e os filhos dele já deviam ter voltado para a cidade. A casa devia estar vazia. Eu só precisava convencê-lo a deixar que ficássemos lá.

A resposta de Jihad2000 não tardou a chegar. Obviamente, era cheia de protestos e queixas. Porém não era acompanhada de uma lista enorme de orações, o que valeu um ponto para ele. Kemal havia anexado uma cópia do itinerário de Adem Yıldız. Descobri que ele planejava ficar em Bodrum durante mais quatro dias, depois comparecer a uma cerimônia de abertura em Ankara antes de voltar para Kayseri para a inauguração de uma nova fábrica.

Precisávamos agir rápido. Quatro dias em Bodrum eram a oportunidade ideal. Se não aproveitássemos, seria quase impossível encontrar Adem em Ankara, ou achá-lo num hotel em Kayseri.

Vetei a ideia de Ponpon vir conosco. Ela insistiu, apavorada como sempre. Primeiro ela implorou com os olhos, então eles ficaram marejados enquanto ela nos informava como estava amedrontada por nós. Não havia nada a temer. Tínhamos tudo sob controle. Não havia necessidade de pedirmos para Fehmi nos apresentar. De qualquer modo, nós nem fazíamos ideia se Fehmi estava em Bodrum, afinal. Ou seja, Ponpon com certeza não iria junto.

– Mas eu vou morrer de preocupação – ela insistiu. – Aqui, sem ninguém! E vocês dois lá, sozinhos com aquele assassino...

Não me dei ao trabalho de discutir com ela. Só repeti com veemência "de jeito nenhum", várias vezes. Ela fez beicinho, como uma criança mimada, o lábio inferior mais estendido do que eu achava humanamente possível.

Hasan teria de ficar para trás para gerenciar a boate. Ignorei a sugestão dele, de deixar Ponpon ou Şükrü tomando conta do lugar enquanto ele nos acompanhava. A última coisa que eu queria era chamar a atenção de Adem Yıldız chegando com uma grande comitiva. Havia uma boa diferença entre ser abordado por duas bichas e ser atacado por quatro monas exuberantes. Hasan ficou em silêncio enquanto eu expunha meu raciocínio, visivelmente um pouco ofendido de ser chamado não apenas de bicha, mas também de mona exuberante.

Percebi como ele ficou meio indiferente. Sempre tive minhas suspeitas sobre Hasan. Mas até aquele momento, não obtivera nenhuma confirmação. Mesmo assim, a mim parecia fazer sentido o fato de ele insistir em mostrar o cofrinho, trabalhar numa boate de travestis e ter só amigos do nosso círculo. E havia também seu gosto por tirar a roupa na pista de dança enquanto cuidava da boate, sua evidente fascinação pelo ritual das meninas que levavam os clientes para um canto escuro para fazer um "controle de virilha", e seu infalível interrogatório no dia seguinte, quando ele insistia para que as meninas ficassem lhe contando os detalhes mais íntimos, incluindo diâmetro e comprimento. Ele parecia estar progredindo. Se chegasse logo ao ponto de virar de costas e aguentar como um homem, faria muito bem a ele. Decidi lhe dar uns cutucões nesse sentido na primeira oportunidade que surgisse.

Enquanto isso, voltei ao problema que tinha em mãos. Nosso homem conhecia Ponpon do palco. E tinha visto Hasan na boate. Com certeza ia reconhecê-los se os reencontrasse. Quanto a mim, no entanto, ele só tinha me visto totalmente montada. Em trajes diurnos, vestido de homem, embora com trejeitos bem femininos, ele nunca conseguiria me identificar. Talvez não fosse totalmente impossível, mas era improvável. Não seria bom subestimar a inteligência dele, mas eu estava até bastante confiante. E a única pessoa que iria comigo era "İsa" Gürhan, minha isca viva.

Ponpon e eu tínhamos começado a chamar Gürhan de İsa, para que ele se acostumasse a ser chamado assim. Ele estava ansiosíssimo, e felizmente não fazia ideia do que esperava por ele. Por enquanto, parecia muito contente de fazer parte da nossa turminha. Ele passara o tempo fazendo experimentos em casa, com todo tipo de maquiagem, perucas e acessórios que conseguiu arranjar. Não digo que o resultado foi um pleno sucesso, mas com o tempo ele pegaria o jeito.

Eu tinha um milhão de coisas para fazer. Primeiro de tudo, precisava reservar um voo para Bodrum; então veio um momento de intimidade com Cengiz, seguido, é claro, da entrega da chave de sua casa de veraneio.

Eu tinha total confiança na minha capacidade.

VINTE E OITO

Chegamos ao aeroporto Milas em Bodrum. İsa Gürhan tinha exagerado um pouco no figurino. Desde a partida, todos os olhos (e algumas mãos) estavam em nós. No fim das contas, aquilo era um bom sinal. Ninguém parecia se incomodar com a aparência dele. Exceto eu.

Durante muitos anos eu conseguira manter distância dos jovens, que eu geralmente considero bobos e obtusos. Mas então estava trazendo um moleque na minha alça. Eu me preparei mentalmente para a experiência que me aguardava. Estava decidida a fazer aquilo dar certo e escapar sem um arranhão.

Ignorei o porteiro que perguntava com insistência onde íamos nos hospedar e entrei no primeiro táxi. Só quando chegamos ao porto de Mazi percebi como tinha sido estúpido deixar de pechinchar a tarifa.

Eu trazia comigo tudo o que de algum modo poderia ser útil, e muita coisa que com certeza não seria. Uma bolsa enorme continha meu kit de espionagem. Eu comprara a maior parte do equipamento na Spy Shop, em Queensway, Londres. Eu possuía binóculos infravermelhos, um aparelho de escuta, e câmera e filme sensíveis ao calor.

İsa Gürhan trazia uma bolsa cheia com as melhores peças que encontrara no guarda-roupa de Ponpon e no meu. Ele tinha experimentado tudo, descartando como fuleiro um traje de palco que Ponpon guardava como preciosidade havia muitos anos.

O taxista era bem jovem. Ficou imediatamente de olho em nós. Mas eu estava tenso demais para lhe dar mais que um olhar de relance. Ele deixou claro que sabia qual era o esquema, mas não parecia inclinado a flertar de qualquer modo. Levando em conta meu estado de humor, ele fizera a escolha certa.

O trajeto demorou mais do que eu havia imaginado. Sofremos um ataque de música pop. İsa Gürhan cantou junto com todas elas, comentando sobre os cantores. Para mim, eram todas iguais. Embora İsa Gürhan não fosse cantor, saía-se até melhor que os artistas de rádio.

O porto de Mazi tem um dos poucos trechos de litoral preservado que ainda restam. A casa de Cengiz fica bem no final do porto. Paguei ao taxista uma pequena fortuna, e desembarcamos.

– *Ay*, este lugar está totalmente deserto – İsa Gürhan resmungou na mesma hora, registrando sua decepção. – Só tem nós dois aqui. E Bodrum fica a quilômetros de distância. Por que viemos até aqui?

Eu me contentei em lhe dar uma boa bronca. Ele foi explorar a casa, meio emburrado.

Não havia muito a explorar. Além da sala de estar onde tínhamos entrado pela porta da frente, havia dois dormitórios pequenos, uma cozinha que dava para um terraço e um banheiro minúsculo de chuveiro descoberto.

O terraço era fantástico, cercado de tomilho e alecrim silvestre. A mesa e o conjunto de jardim tinham sido levados para dentro. A sala de estar devia ficar abarrotada no inverno. Teríamos de mover aquilo tudo para fora. Odeio esse tipo de tarefa. Desejei em silêncio que Ponpon tivesse vindo conosco afinal. Ela ficaria feliz em arrumar e rearrumar uma casa durante horas e horas. Metade das vezes, ela devolvia tudo para o lugar original, insatisfeita com o efeito que atingira.

Antes de pôr mãos à obra eu liguei o rádio e o coloquei no terraço, esperando atrair a atenção de Adem Yıldız caso ele estivesse por perto. A barulheira metálica ecoou de cima a baixo pelo porto vazio. Pelo mesmo motivo, nós dois vestimos shorts minúsculos. Fiz o possível para transformar Gürhan numa bela isca. Quer dizer, com o material que tinha à mão, fazê-lo parecer uma mulher. O toque final foi uma bandana cor de damasco amarrada na cabeça. Ocasionalmente dando gritinhos histéricos, começamos a faxina.

O terraço estava coberto de pó e sujeira. Teríamos que lavá-lo. Peguei a mangueira do jardim. Estava quente e tínhamos transpirado o caminho inteiro do aeroporto. Comecei dando uma esguichada em Gürhan. Como eu esperava, ele soltou gritos e berros que anunciariam nossa presença a qualquer um nas redondezas, incluindo todos os seres vivos e as próprias montanhas, as pedras e o mar. Do lado oposto do porto, um barco de pesca solitário respondeu com um assobio de lobo. A camiseta molhada grudadinha completava o *look* provocante de Gürhan.

Nós mal tínhamos levado duas cadeiras para o terraço quando do Adem Yıldız apareceu bem na nossa frente.

– Bem-vindos.

Ele falava num sussurro baixo. Devia achar que aquilo era irresistivelmente sexy. Ficamos na mira de seus olhos vulgares, o olhar de um verdadeiro matador de mulheres.

– *Merhaba*. Sou Adem, da casa ao lado. Ouvi uns barulhos e vim ver se tinha alguma coisa errada. Geralmente não tem ninguém por aqui nesta época do ano.

Eu me apresentei e apontei para Gürhan, dizendo:

– E este é meu amigo İsa.

İsa deu uma risadinha insípida ao sentir o cheiro de sua presa. No entanto, não notei nenhuma reação particular de Adem quando pronunciei o nome "İsa".

– Vocês devem ser amigos de Cengiz – ele disse.

– Isso mesmo – concordei. – Eu estava precisando de um pouquinho de paz e tranquilidade. Ele fez a grande gentileza de nos dar a chave. Não há nada como dar uma fugida de vez em quando, não é?

Adem Yıldız olhou para o rádio, como se estivesse se perguntando qual era minha definição de tranquilidade.

— Este lugar fica vazio quando começam as aulas — ele comentou. — Estou sozinho neste porto enorme. Não tem muitas casas aqui, de qualquer modo. O clima é perfeito nesta época. Vocês escolheram o mês certo para vir. Bem-vindos.

— Obrigado — agradeci.

— Eu estava começando a me sentir meio solitário.

Era hora de bancar o ignorante.

— Então você mora aqui o ano inteiro?

— Não, só venho de vez em quando.

— Oh — eu continuei. — Achamos que você morasse aqui.

Levando em conta como ele se bronzeara desde a última vez que eu o havia visto, era de fato uma suposição razoável.

— Na verdade, moro em Istambul. Mas quando tenho a oportunidade, venho passar alguns dias aqui. Obrigações de negócios, essas coisas. Sabe como é.

— É claro que sei — garanti.

— Deixe eu ajudar vocês. Vamos terminar isso rapidinho e então todos nós podemos comer alguma coisa.

Adem parecia um míssil termoguiado. Sem nenhuma preliminar, esperava que aceitássemos instantaneamente um convite para jantar.

— O caseiro e a mulher dele moram comigo. Ele cuida do jardim, cozinha, faz coisas desse tipo. Ele vai nos preparar um banquete hoje à noite.

— *Ay*, isso seria ótimo — guinchou İsa, abrindo a boca para falar pela primeira vez. — Nossa dispensa está vazia. Nem temos açúcar.

Se Adem de fato tinha algum tipo de caseiro, zelador ou jardineiro ou o que fosse, era improvável que fizesse muita coisa com eles por perto. Eu não gostava da ideia de passar uma noite na casa dele à toa. Ainda assim, seria uma espécie de investimento. E era verdade que nossa cozinha estava vazia. Eu nem queria pensar na despesa de chamar um táxi para ir fazer compras na cidade.

– Seria uma honra – eu aceitei com educação.

O modo como ele olhava para İsa sem parar enquanto falava comigo estava me dando nos nervos. Mas era sinal de que tudo estava indo de acordo com o plano.

Enquanto arrastávamos os móveis, percebi que Adem Yıldız era muito mais sarado que parecia. Ele tirou a camiseta branca da Burberry e ficou só de bermuda azul-marinho. O corpo dele era inesperadamente apetitoso. E as piadinhas que ele fazia não eram tão ofensivas. Até ri de algumas. Contrariando a primeira impressão, ele parecia quase o perfeito *gentleman*.

Ele já estava paquerando İsa Gürhan a sério, mas de vez em quando focava a atenção em mim também. Caso estivesse querendo sexo grupal, podia tirar o cavalinho da chuva.

A civilidade gentil de nosso *serial killer* estava começando a me afetar. Era duro resistir a ele. Ele tinha um charme que era difícil de definir. Não era especialmente bonito, nem tinha um corpo espetacular. Não havia um brilho nos olhos. Seu senso de humor só às vezes era apropriado. Logicamente, não havia motivo para sentir atração por aquele homem. Porém ele me apetecia assim mesmo. Tinha um estranho carisma. O jeito como repousava as mãos, sua postura, a leve compressão dos lábios quando sorria, o jeito como ficava quase feminino quando nos imitava, brincando, depois retomava a pose de macho... o homem tinha alguma coisa a favor dele, aquilo era indiscutível.

Eu posso ter conseguido resistir, mas İsa Gürhan estava visivelmente apaixonado, e pronto para qualquer coisa. Ainda bem que eu não tinha revelado todos os detalhes a respeito de Adem. Se Gürhan soubesse, não ficaria tão à vontade. Com certeza era melhor assim.

VINTE E NOVE

Nós nos separamos, combinando de nos encontrar às 7:30 naquela noite. Adem foi para a casa dele, supervisionar as preparações. Começamos a nos vestir. Geralmente não levo tanto tempo para me aprontar. Gürhan, por outro lado, era o tipo de pessoa que leva horas. Toda vez que eu chamava, ele trinava "estou indo", porém continuava no quarto.

Eu tinha cansado de esperar. Abri meu laptop, entrei na internet e li meus e-mails. Não havia nada de importante. Quer dizer, nada que exigisse minha atenção imediata. Jihad2000 estava fora de controle. Tinha crackeado os códigos das minhas mensagens e lido todas elas. Para provar, anexara a todas elas um sermão, como uma espécie de assinatura. Eu cuidaria dele quando voltasse.

Eu queria telefonar para Ponpon para deixá-la a par das coisas. Ela sem dúvida estava enlouquecendo de curiosidade. Não havia como dizer que atitude desesperada ela tomaria se não recebesse notícias nossas. Meu telefone de casa estava ocupado todas as vezes em que liguei. Ponpon parecia estar se entretendo na minha ausência passando horas ao telefone. Eu já estava preparado para receber uma conta enorme.

A casa era tão minúscula que foi fácil monitorar as etapas da preparação de Gürhan. Ou seja, não fiquei surpreso com o efeito final. Mas precisei tirar o chapéu para ele. Ele parecia uma jovem e graciosa gazela. Não perdia em nada para nenhuma modelo profissional. Ele passou por mim esvoaçante, e deu meia-volta. Mostrei minha apreciação com um assobio.

— Desculpe ter demorado tanto, mas o que você acha? — ele perguntou.

—Valeu a pena esperar. Você está fabulosa — elogiei.

Fiquei satisfeito com a mercadoria. Não seria bom eu me montar mais que ele, pois eu não queria chamar atenção indesejada para mim mesmo. Escolhi um conjunto simples, até bem sóbrio. Vestindo calças bege de algodão e uma blusa transparente azul gelo que revelava meu torso liso e depilado, eu estava quase comum. O contorno da minha tanga, no entanto, estava bem visível por trás. Isso bastaria para criar um *frisson*.

Podia esfriar bastante conforme a noite avançava. Joguei um xale por cima dos ombros e dei um para Gürhan.

Antes de partirmos, pus de lado todos os aparelhos que poderiam ser úteis depois. Conferi o filme e a pilha, e levei o gravador e a minicâmera junto comigo.

Quando saímos da casa, estava começando a escurecer. O caminho sinuoso que leva à casa de Adem Yıldız desce até a costa, e depois volta por uma ladeira. Era rodeado de arbustos carregados de espinhos e galhos afiados. İsa Gürhan foi se equilibrando nos saltos altíssimos. Segurei o braço dele.

O caminho não era comprido, mas o anoitecer que avançava e a trilha difícil nos faziam andar devagar. Não havia praticamente nenhuma luz no porto, e estávamos imersos na escuridão quase completa. Eu me arrependi de não ter deixado nenhuma luz acesa na casa. Voltar para lá seria ainda mais difícil.

— *Ay*, não estou enxergando nada.

— Estou segurando seu braço — o tranquilizei.

— E estes sapatos ficam saindo.

— Por que você não anda com eles na mão?

– Está louca? – Gürhan retrucou. –Vou cortar meus pés. Ou no mínimo sujar. Não posso deixar que ele me veja com os pés imundos.

– Por que você não mergulha os pés no mar logo antes de chegarmos à casa? Assim você também se refresca.

–Você é tão inteligente... Tem uma resposta para tudo!

Eu ri.

– Mas eu não vou pôr meus pés naquela água gelada. Afinal, para que a pressa? Ele pode esperar um pouco. Ele não está nos esperando numa esquina. Está na casa dele.

Nós continuamos andando.

A casa de Adem Yıldız era várias vezes maior que a nossa. Ao lado dela havia uma enorme garagem para barcos, e no jardim havia uma espécie de cabine. Ficava na parte mais funda do porto. Apesar da escuridão, eu mal conseguia ver uma lancha Zodiac acorrentada ao píer. Da casa de Cengiz não dava para ver nada disto.

Algumas luzes estavam acesas no lado da casa que dava para o mar. Enquanto subíamos a escada que levava até lá, İsa Gürhan gritou:

– U-huuu... Chegamos!

Ele parecia Marilyn Monroe em *Quanto mais quente, melhor*. Pronto para encontrar um ricaço, estava no auge da meiguice e sedução. Pensando no filme, me comparei com Jack Lemmon vestido de mulher. Dei um sorriso.

Haviam posto a mesa. Em cima dela havia velas acesas e uma garrafa de vinho. Porém nenhum sinal de Adem Yıldız. O caseiro e a esposa também não apareceram.

– U-huuu... Adem *Bey*... Nós chegamos! – İsa repetiu.

A voz de Adem veio lá de dentro:

– Sentem-se, estou indo.

– Mas onde você está? – eu perguntei.

– Peguem uma taça de vinho. Já saio num instante...

Eu fiz o que ele dissera. Antes de entregar a taça a İsa Gürhan eu pensei melhor, e parei.

—Você quer beber?

— Sim, por favor — ele respondeu.

— Mas não vá passar do limite. - Encarei İsa Gürhan bem nos olhos e acrescentei: —Você sabe do que eu estou falando!

—Você tem toda a razão — ele concordou, meio a contragosto. Eu pus as taças de volta na mesa.

Um prato de *meze*, tigelas de pistaches e o famoso *börek* Yıldız haviam sido preparados. Havia também uma enorme tigela de salada. Peguei um punhado de pistaches.

— Surpresa!

Quando virei de costas, gelei ao ver Adem Yıldız. İsa disse engasgando, quase num grito:

— Não! Isto não pode estar acontecendo...

Mas estava acontecendo: Adem Yıldız estava parado diante de nós completamente montado de *drag*, com os braços estendidos bem alto no ar, enquanto aguardava nossa aprovação. Na cabeça ele tinha uma peruca preta. Um vestido sem alça de lamê aderia bem ao corpo dele, exagerando seu porte masculino. Um tufo de pelos vazava pelo decote.

Eu não sabia o que pensar. Meu espanto deve ter sido óbvio, não apenas pela minha cara, mas emanando de todos os poros do meu corpo.

Sem perder a pose, Adem Yıldız nos perguntou em sua voz mais de macho:

— Então, o que vocês acham, meninas?

"Um desastre", eu queria dizer, mas fiquei de boca fechada. Num tom vacilante, consegui pronunciar sem muita ênfase:

—Você está divina!

— Eu não queria perder a oportunidade de me divertir. Mandei o caseiro embora para Milas. Ele tem um irmão lá. Amanhã ele volta.

– Puxa, que ótimo – foi minha resposta fraca.

Eu estava sem palavras. De fato, ele tinha conseguido esvaziar a casa sem demora. Agora estava livre para falar e fazer o que quisesse. Lá estávamos, só nós três, naquela noite escura e sem lua.

Quando pensei na Zodiac acorrentada ao píer, meu ânimo despencou ainda mais. Eu não tinha esperado uma manobra daquelas logo no começo do jogo. Tinha trazido comigo umas coisas da Spy Shop, só para garantir, porém não tinha previsto nada além de um jantar introdutório.

Cabisbaixo, İsa Gürhan afundou numa cadeira. Dando passinhos de gueixa em sua minissaia, Adem nos beijou nas bochechas. Nada restava do machão que de dia eu cobiçara a contragosto, no lugar dele estava uma dama da noite. Mesmo travestido, ele conservava um toque de brutamontes.

– Eu queria participar também – ele informou. – Não faço isso sempre.

– Você ficou bem – elogiei.

– Não – murmurou İsa.

– Você acha mesmo?

– Juro.

Eu estava mentindo.

– Sabe de uma coisa? Me vestiam de menina até os sete anos. Minha mãe fazia roupas para mim. Roupinhas todas enfeitadas com fitas e laços. E prendia meus cachos com grandes fitas engomadas. Vocês tinham que ver as fotos!

– Então é por isso que você é uma bichona? – perguntou İsa. – Porque eles vestiam você de menina quando você era criança?

– Mas eu não sou – contestou Adem. – Eu não sou bicha.

– Como assim?

– É isso mesmo... – ele garantiu. – Não sou gay. Só gosto de vestir roupas de mulher de vez em quando. Calcinha, meia-calça, cinta-liga... O toque da seda macia na minha pele... É só isso.

Ainda sou um homem de verdade. Quer dizer, ainda gosto de garotinhos como você.

Aquilo era uma boa notícia. Ainda havia esperança.

– A sua família sabe que você ainda gosta de roupas de menina? – eu perguntei.

– Não – ele disse.

– O que você faz com seus vestidos? Onde você os esconde? – eu quis saber. – E quanto aos seus sapatos...

– Numa sacola no porta-malas do carro...

Achei que ele tinha chegado ali de avião. Que história era aquela de carro?

– Se eu não pudesse me montar quando estou com vocês, onde ia fazer isso? – ele disse. – Um amigo meu me levou para uma boate de travestis outro dia. Adorei as meninas de lá.

Ele estava obviamente se referindo à nossa boate. E as meninas que mencionara eram nossas meninas. Talvez ele até estivesse falando de mim. Fiquei com medo de İsa pôr tudo a perder, falando demais. Olhei duro para ele. Mas o garoto tinha outras coisas em mente.

– Mas isso é que nem lesbianismo – İsa comentou. – Menina com menina.

– Isso é o que você pensa – Adem Yıldız rugiu. Ele apontou para a pequena barraca que se armava em sua virilha. O tecido coberto de lantejoulas brilhou à luz das velas.

O gosto de Adem para o travestismo era tão refinado quanto grotesco. Seus maneirismos, atitudes, cerimônias de anfitrião e o modo como apresentava o jantar eram refinados ao extremo, assim como a maneira como flertava com Gürhan. Era como estar numa cena bem escrita de um filme inglês. O *timing* dele era impecável.

Por outro lado, seus ocasionais lapsos em trejeitos femininos, o olhar maroto, o pulso mole e a fala salpicada de "querida" e "fofa" eram completamente *over*.

Falamos sobre a Bodrum dos velhos tempos, sobre quanto a cidade tinha se desenvolvido e o fato de que o porto de Mazi de alguma maneira continuava totalmente conservado. Quando İsa perguntou quem era o dono da casa do outro lado do porto, Adem usou um dos dedos para traçar no colo de İsa um semicírculo representando o porto.

– Veja, há três casas com jardins bem ali – ele começou.

Adem não ia perder aquela oportunidade. Deu detalhes sobre todas as casas da região, enquanto ia apalpando o colo de İsa Gürhan. Na verdade, ele ficou com as mãos no mapa de İsa o tempo todo.

Quando terminamos o *meze*, ele foi direto ao ponto.

– Passem a noite comigo.

Ele alternou o olhar entre nós dois, e ficou esperando, cheio de expectativa.

Então ele acrescentou:

– Nós três...

Não era aquilo que İsa estava esperando.

– Como assim? – ele disse.

– Quer dizer, nós três juntos – explicou Adem. – A cama é larga... e a noite é longa.

Eu não sabia o que dizer.

Eu sabia do que ele gostava. Ia querer ficar embaixo. Seu desejo de fazer um *ménage à trois* só podia significar uma coisa, um sanduíche. E ele ia ser o recheio.

Com nós dois na cama, era improvável que ele fosse perigoso. Ele não tentaria fazer nenhuma gracinha. Em vez de capturar um assassino, eu é que tinha sido capturada numa orgia desagradável. Parei de beber o vinho.

– Eu gosto de vocês duas – ele elogiou. – A tarde inteira, enquanto esperava vocês, imaginei o que nós podíamos fazer. Vocês me excitam de verdade.

– Bem, você não é muito exigente – eu comentei no ato. – Afinal, somos as únicas coisas vivas na vizinhança.

Ele me calou com um riso caloroso.

– Se vocês não estão interessados, não vou insistir – ele disse. – Mas vou repetir: não é só porque estou precisando de sexo, vocês duas são uma delícia. E gosto de ambas.

Esse papo batido de sexo sempre me incomodou. Naquele momento não era exceção.

– Sou meio ciumenta – retruquei. – Não gosto de compartilhar meu amante.

Eu disse isto sabendo que ele preferia rapazes, na esperança de que ele se contentaria apenas com İsa Gürhan. Mas se ele preferisse alguém um pouco mais masculino e maduro, escolheria a mim.

Eu estava enganada.

– Vocês vão ganhar uma bela grana.

Aquilo estragou tudo. Era bem natural que ele pensasse que İsa era garota de programa, mas eu não apreciei ser chamado de meretriz.

– Receio que tenha havido um terrível engano. Não sou o que você pensa – expliquei. – Só faço amor por prazer, não por dinheiro.

– Eu também – ele disse. – Só faço por diversão.

– E eu também – İsa Gürhan acrescentou.

– E por que vocês estão sendo tão formais comigo, afinal? – Adem perguntou.

– *Ayol*, nós acabamos de nos conhecer – eu disse. – E eu não sou o tipo que pula direto na cama.

Ele se inclinou e me beijou, provavelmente deixando batom na minha bochecha.

– Nós não vamos pular. Vamos fazer outra coisa – ele brincou.

– Você foi longe demais.

– Longe? Vocês ainda não viram nada. – Uma das mãos dele subiu devagar por minha coxa e chegou à virilha. – Nós ainda nem começamos. Espere só até eu levar vocês para a cama, então vocês vão ver como eu posso levar vocês para bem longe.

Ele pesou o volume que sustentava em sua mão côncava, então tirou-a, dando uma risadinha.

İsa Gürhan soltou um riso abafado. Eu lancei um olhar para que ele se calasse.

— Acho que é melhor nós irmos agora — eu disse.

— Mas ainda nem comemos os peixes.

— E tem a sobremesa — acrescentou İsa Gürhan, rindo mais uma vez.

Adem foi até a cozinha buscar o peixe.

Eu virei para İsa Gürhan.

— Tente se concentrar — chiei. — Você precisa seduzi-lo.

— Mas ele quer você.

— É claro que não. É você que ele quer. Ele só está sendo educado. Não quer que eu me sinta excluída, nem fique com ciúme.

— Mas não é exatamente isso que nós queremos? — ele perguntou.

— É, mas ele não sabe disso.

— Ah...

Antes de eu ter a chance de checar o que İsa tinha entendido da nossa conversinha, Adem voltou trazendo um prato.

— Os peixes — ele anunciou. — Fresquinhos do mar. Eu mesmo pesquei hoje de manhã.

— *Ay*, é mesmo? — grasnou İsa Gürhan. — Quer dizer que você também é pescador?

İsa agia como se pescar um peixe fosse uma verdadeira arte.

Havia peixes demais para nós três, mas fazia um bom tempo que eu não apreciava um pescado tão fresco.

Eu mal acabara de tirar as espinhas do meu primeiro peixe quando uma voz de homem chamou do jardim.

— Ah, ele chegou — disse Adem Yıldız.

Antes que eu tivesse a chance de perguntar "quem", Fehmi Şenyürek apareceu. Ele pôs a mala no chão. Fomos apresentados.

Fiquei tão atordoado quanto İsa Gürhan. O que estava acontecendo?

— Fehmi é meu melhor amigo — explicou Adem. — Somos muito íntimos. Não temos nada a esconder um do outro.

A julgar pela falta de reação de Fehmi ao fato de que Adem estava todo montado, aquilo com certeza era verdade.

Pelo jeito como eles trocaram olhares, era óbvio que alguma coisa estava rolando, mas eu não fazia ideia do quê. Adem não ficara nem um pouco surpreso com a chegada de Fehmi. Na verdade, estava claramente esperando por ele. Os dois tinham combinado algum tipo de plano.

Fehmi afrouxou a gravata e sentou-se entre mim e İsa.

— Um dos nossos Cessnas ia pousar aqui perto. Decidi pegar uma carona. Ainda bem que fiz isso. Assim acabei conhecendo vocês.

Adem desapareceu dentro da casa e voltou com uma garrafa de *rakı*.

— Obrigado, chefe. — Fehmi voltou-se para mim e continuou: — Não entendo o que as pessoas veem no vinho. Meu negócio é *rakı*. Principalmente com peixe.

İsa Gürhan interrompeu:

— Você sempre chama ele de "chefe"?

— Não, meu bem — ele respondeu. — Quando necessário, me refiro a ele como Adem *Bey*, às vezes o chamo de "Docinho", e tem vezes em que apenas digo "chefe". Como você está vendo, sou pau para toda obra.

Ele era bem mais falastrão do que eu lembrava, e estava bêbado como um gambá. Eu não gostava da expressão no rosto dele. Toda vez que eu o flagrava trocando olhares com Adem, ele me lançava um sorrisinho imundo.

Alguma coisa tinha dado muito errado. Eu sentia a mudança no equilíbrio do jogo. Agora teríamos que lidar com ambos, Fehmi e Adem Yıldız. O enorme porto de Mazi estava totalmente vazio, e a noite completamente escura. E lá estávamos nós, sentados com um *serial killer* e seu comparsa. Eu não fazia ideia de como Fehmi chegara. Não escutara nenhum barulho de motor. A Zodiac ainda estava acorrentada ao píer. Eu tinha exagerado um pouco na confiança, e agora talvez tivesse de pagar o preço. Eu tinha bebido vinho demais. Meus reflexos estavam amortecidos. İsa Gürhan já passara do limite havia bastante tempo, e estava sorrindo como um imbecil.

– Adem, mel e amêndoas – ele murmurou em voz baixa para si mesmo, no que ele achava que parecia uma música.

– Eu queria um café, por favor. – Pronunciei cada sílaba com cuidado. – Uma xícara de café turco, amargo e sem açúcar.

O café me ajudaria a recuperar os sentidos. Senão, estávamos fritos. Eu ainda era jovem. Havia tantos lugares para ir, compras para fazer, homens para seduzir... não conseguia aceitar a ideia de um fim tão abrupto.

A última coisa que eu queria era acabar indo parar na página três, numa das costumeiras notícias sobre travestis.

A pergunta que Fehmi fez ao se virar para İsa apenas me deixou mais em pânico:

– O seu nome é mesmo İsa? – ele perguntou. – Igual ao profeta İsa?

Tive medo de que o risonho Gürhan esquecesse o plano e respondesse "Não, meu nome é Gürhan". Porém ele havia sido muito bem treinado.

– Isso mesmo. – Ele abriu um sorriso bobo. – İsa, como Isabella e Isadora.

Fehmi tinha um estranho brilho nos olhos. O olhar que ele lançou para Adem era inconfundível.

– A mocinha gostaria de mais uma taça de vinho?

A "mocinha" a quem Fehmi se referia era obviamente İsa. Seu tom de voz era ao mesmo tempo de flerte e de deboche. Mesmo entorpecido, İsa deve ter sentido que alguma coisa estava errada. Recusou o vinho e tomou um longo gole d'água.

– E o café? – eu perguntei, tentando parecer alegre. – Pode deixar. Eu mesma vou fazer.

Quando fiquei de pé, minha cabeça girou. Eu despenquei de volta na cadeira.

Que desastre! Vinho demais pode me dar sono, mas eu jamais perco o equilíbrio. Além disso, nunca passo dos limites. Adam não tinha nem aberto a segunda garrafa. Devia ter alguma droga no vinho. Adem também tinha uma taça diante de si, mas parecia inalterado. Nada estava acontecendo com ele, porém minhas faculdades mentais pareciam estar evaporando a cada segundo. Eu estava tendo dificuldade em controlar meu corpo. Queria sair dali imediatamente, levando İsa comigo de volta para a casa de Cengiz.

Estendi a mão e peguei o copo d'água, engolindo tudo num só gole. Ao pôr o copo de volta, notei uma mancha de batom na borda do copo. Virei e olhei para a taça de Adem: estava cheia até metade. Porém não havia nenhum sinal de batom. Ele não podia ter bebido aquele vinho. A borda da taça estava tão limpa que brilhava. İsa e eu tínhamos tomado uma garrafa inteira de vinho. E sabe-se lá o que ele tinha colocado nela!

Fehmi começou a acariciar İsa, cujas pálpebras pareciam pesadas. İsa, em movimentos vagarosos, estava tentando resistir, mas Fehmi o ignorou. Ao beijar İsa, Fehmi babou *rakı* para dentro da boca entreaberta dele. Parte do *rakı* escorreu pelo queixo de İsa. Fehmi limpou com uma lambida.

Pelo que eu estava vendo, İsa estava tão mal quanto eu: tinha perdido todo o controle. Abri a boca para pedir café outra vez, porém não consegui falar nada. Meu cérebro estava funcionando, mas meu corpo estava sem reação alguma.

Fehmi começou a tirar a roupa de İsa.

— *Abi*, esta aqui não tem tetas. — Ele removeu o sutiã com enchimento, expondo as costelas de İsa.

Agora os dois estavam nos ignorando, falando só um com o outro. Adem baixou a saia para baixo das coxas. Por baixo dela, vestia uma cueca samba-canção enfeitada com minúsculas borboletas. Isso é o que dá um homem se vestir de mulher! Uma cueca samba-canção embaixo de uma saia daquelas!

A mente humana é engraçada. Apesar daquela situação perigosa, eu estava implicando com a combinação de roupas.

Adem enfiou a mão por baixo do elástico, se apalpando enquanto observava Fehmi e İsa. Mais uma vez, tentei ficar de pé. Não consegui. Fehmi percebeu e se voltou para mim.

— Chefe, eu conheço este aqui.

Meu sangue gelou. Eu não conseguia controlar meus movimentos. Na verdade, não conseguia me mexer. Meu corpo estava amortecido, paralisado e incapaz de reagir às mensagens enviadas pelo cérebro. Fehmi estava chegando mais perto. Lutei para abrir mais os olhos, sorrir. Não funcionou. O rosto de Fehmi tapou minha visão. Ele agarrou meu queixo, virando minha cabeça de um lado para o outro enquanto examinava meu rosto.

— Eu juro que conheço este aqui — ele garantiu.

Abri a boca para falar. Não saiu nenhum som. Fehmi decidiu que uma boca aberta era um orifício como qualquer outro.

TRINTA

Quando abri os olhos, eu estava nua. No tapete, no meio da sala de estar, estávamos todos nus. Um pouco para o lado, Isa estava deitado no chão. Havia mãos percorrendo todo o meu corpo, beliscando e apertando. Não consegui manter os olhos abertos. Eles se fecharam.

O tempo ou estava acelerado, ou tinha parado. Da próxima vez em que tentei abrir os olhos, eu estava sufocando. Fiz um esforço para abrir um pouco as pálpebras. Havia um corpo em cima do meu. Estava perto demais para identificar o rosto. Eu não fazia ideia de quem era.

Quando fechei os olhos, minha imaginação assumiu o controle. Um rolo de filme estava passando pela minha mente. Vi o que cada menina tinha visto quando foi assassinada. Todos os detalhes eram nítidos. Havia apenas uma diferença: eu era a menina.

O corpo despencando dentro do poço do elevador era o meu. Eu caí sem parar durante longos segundos. Eu estava caindo. Então vi meu próprio corpo quebrado, no fundo do poço, jogado de bruços no chão de concreto sujo de óleo. Meu corpo teve espasmos, então ficou inerte. Um sapato tinha caído; eu estava ali com um dos pés descalço.

Eu não fazia ideia se estava viva ou morta. Não conseguia sentir meu corpo. O que quer que eles tivessem colocado na minha bebida, com certeza estava funcionando.

De vez em quando, eu conseguia discernir uma e outra voz. Eu não apenas não entendia o que estavam dizendo. Nem conseguia identificar a língua.

Eu estava sendo conduzida para dentro de um carro com vidros escuros, em algum lugar na rodovia Transeuropeia. Eu não conseguia ver o motorista. Estava sentada no banco de trás, junto com Adem. Era algum tipo de limusine, enorme. Eu me esparramei no assento espaçoso. Eles me ofereciam bebidas. Eu virava taça após taça de champanhe. Fomos seguindo pela sinistra rodovia, contornando a periferia de Istambul, da costa asiática até a costa europeia e de volta, fazendo sexo selvagem. Esta parte me excitou. O desejo sexual parecia estar reavivando meu corpo, o corpo sobre o qual eu não tinha controle algum.

Então começou o pesadelo: fui arremessada para dentro do mar. Era uma noite sem lua. As luzes na praia oposta brilhavam como estrelas. Mas a água era negra. Eu estava nua. Enquanto eu afundava lentamente, peixes me mordiscavam, e os tentáculos compridos de águas-vivas passavam roçando por mim. Minha pele formigava.

Eu não fazia ideia do que Adem e Fehmi estavam fazendo, mas o que restava da minha mente continuava repetindo a mesma coisa, sem parar: eles vão continuar até gozarem. Sim, aquilo era verdade. Homens assim só sentem prazer até o ponto que atingem o clímax. Então vem o arrependimento, seguido de ódio e desprezo por si mesmo. Depois que passou a luxúria avassaladora, os prazeres da mente subconsciente dão lugar aos complexos de culpa da mente consciente. É claro que nós é que somos culpadas pelo que eles fizeram conosco. Eles de repente se enchem de ódio pelo objeto de seu prazer. Alguns fogem; outros ficam, e viram sádicos.

Ou seja, meu tempo estava acabando, e depressa. Assim que Fehmi e Adem tivessem atingido o ápice do prazer, começaria o sadismo ritualístico das mortes dos profetas.

Minha imaginação me transportou para o inferno em que İbrahim Ceren havia queimado até morrer. Num prédio abandonado nas ruas estreitas de Tarlabaşı, num cômodo úmido cheirando a mofo e a um passado há muito esquecido, labaredas lentamente se espalhavam num círculo ao meu redor. Então, assim como agora, eu estava paralisada. Conforme as chamas se aproximavam, eu podia vê-las lambendo meu corpo, mas não conseguia me mexer. As línguas bruxuleantes me apavoravam; a dor era lancinante. Porém eu não conseguia fazer nada.

Tentei abrir os olhos outra vez. O peso não estava mais me apertando. Era como se houvesse centenas de lamparinas minúsculas ardendo na sala. Ou então eu estava apenas deitada sob um céu estrelado. Bem ao meu lado havia um corpo, respirando pesado. Não consegui virar para olhar. Porém os gritos de prazer eram inconfundíveis.

Fehmi e Adem haviam nos deixado de lado. Estavam fazendo amor um com o outro. Os gemidos estavam vindo de Adem. A maquiagem dele, que já desde o começo estava mal aplicada, agora se encontrava completamente arruinada. Ele ficava mordendo o lábio inferior, gemendo cada vez que expirava. Tinha um sorriso de êxtase, os olhos quase fechados.

Atrás de Adem, que estava agachado nas mãos e nos joelhos, estava Fehmi – literalmente fodendo o chefe. Eu não conseguia ver seu rosto, mas pela voz eu percebia que ele falava por entre os dentes cerrados. Ele sussurrava uma série de xingamentos e palavrões. Pessoalmente, nunca entendi qual é a graça de "falar sacanagem".

Fechei os olhos. Adem sempre conseguia me surpreender. Dolly Vuslat havia me dito que ele gostava de ser enrabado. Embora fosse bem sabido que alguns homens solicitam tais serviços de travestis, era raro que um homem de verdade liberasse o traseiro para outro homem. Além disso, Adem tinha uma queda por roupas de mulher. E agora estava sendo comido por Fehmi.

Tentei imaginar há quanto tempo eles tinham chegado àquele estágio. Era impossível saber.

A dor na minha cabeça estava passando; a névoa que envolvia meus pensamentos estava se dissipando. Comecei a pensar racionalmente. No entanto, ainda não tinha controle do meu corpo. A droga que eles haviam me dado estava perdendo o efeito, porém eu ainda estava entorpecida.

Ou o tempo estava passando devagar ou Fehmi é do tipo que demora horas para gozar. Adem ainda estava gemendo ao meu lado.

Eles tinham se esquecido completamente de mim e de İsa Gürhan. A atenção deles estava focada apenas um no outro. İsa Gürhan estava deitado não muito longe, totalmente nu. Estava imóvel.

Por mais que Fehmi e Adem fossem demorar para terminar o que estavam fazendo, iriam terminar alguma hora. Eu nem queria pensar no que aconteceria depois.

Meus olhos voltaram às dezenas de luzes acima da minha cabeça. Por que havia tantos lustres pendurados no teto?

Visualizei cenas da morte de Jesus, as versões cinematográficas. Nas costas ele carregava uma cruz mais alta que ele próprio, enquanto se arrastava morro acima. Uma coroa de espinhos cingia sua cabeça. Então ele foi pregado à cruz. Jesus não emitiu nem um único som, nem quando o sangue jorrou de suas mãos e pés.

O Jesus gravado na minha consciência tinha barba e bochechas secas. O cabelo era castanho-claro, quase loiro. A maioria das imagens na minha mente vinha do filme *Jesus Christ Superstar*, do qual eu sabia todas as músicas de cor. Esta chamada "ópera rock" foi uma das primeiras obras de Andrew Lloyd Webber, que depois conquistou a fama e um título de nobreza, Sir, com *Evita*, *Cats* e *O fantasma da ópera*.

Então Jesus foi chicoteado. Por exatamente trinta e nove minutos. Acho que foi o número de anos que ele tinha vivido.

Novamente, ele não soltou um pio, enquanto os outros choravam em silêncio.

As imagens estavam se misturando na minha cabeça, com Willem Dafoe intrometendo-se vindo de outro filme.

O estalo das chicotadas continuava.

Minha imaginação é poderosa. Os sons de estalo pareciam totalmente reais.

Sim, totalmente reais! Eu abri os olhos e vi İsa Gürhan sendo chicoteado. Com a maquiagem escorrida em pequenos riachos melados, Adem estalava o cinto de couro que trazia em uma das mãos. Eles haviam amordaçado Gürhan com uma calcinha rosa rendada, para impedir que ele gritasse. Seus olhos estavam escancarados de terror.

Eles o haviam amarrado a duas grandes argolas de metal de aspecto antiquado, presas à parede. Não consegui imaginar para que outro propósito aquelas argolas poderiam servir. Gürhan estava coberto de marcas vermelhas em carne viva, onde as chicotadas haviam rasgado a pele. Ele tremia.

Gürhan não era o único que tremia. Enquanto brandia o chicote, Adem chorava e tiritava. Conforme caíam as lágrimas, o rímel preto escorria ainda mais pelo rosto. Era uma visão terrível.

Eu estava amarrada. Com as mãos e os pés presos bem firmes, estava deitada de costas no chão. Um pedaço de fita adesiva grossa tapava minha boca.

Fehmi estava esparramado numa poltrona bem à minha direita, fumando um cigarro.

– Sodomia! A maior abominação de todas! – ele repetia sem parar. – Você pecou!

Ele falava numa lenga-lenga hipnótica, sem emoção, dando a mesma ênfase a todas as sílabas.

– O que levou você a fazer isso? Como isso aconteceu? Os profetas não têm pecado, não é?

Eu tentei me mexer. Porém não consegui. Lembrei, das aulas de educação física do ensino médio, um exercício que envolvia, a partir de uma posição de bruços, pular dando um chute voador. Nunca consegui fazer isso naquela época. E naquele momento, bem quando eu mais precisava, eu era ainda menos capaz de um feito desses.

— İsa morreu pelos pecados da humanidade. Pelos pecados dos pecadores. Pelos pecados que você também cometeu. Ele morreu para pagar estes mesmos pecados.

A voz de Fehmi estava me dando nos nervos. Ele adotara a voz daqueles pastores da televisão, que pregam falando de fé e do caminho verdadeiro. Ele usava a mesma cadência sem alma, monótona. A que muitos acreditam ser uma sugestão da mente sublime, elevada.

— Ele vai pagar os seus pecados, também. Ele vai pagar os pecados de todos nós.

Adem levantou o braço devagar, como se tivesse dificuldade em levantar o cinto de couro. Gürhan tremia a cada estalo. Bem diferente do profeta Jesus, cuja determinação a pagar os pecados da humanidade lhe dava uma certa serenidade inabalável, Gürhan estava chorando como um desesperado. De qualquer modo, ele não tinha barba.

— Pronuncie a fórmula.

Como uma criança obediente, Adem murmurou:

— Não há nenhum deus além de Deus, Maomé é o apóstolo de Deus.

Ele estava engasgando em pranto mas, pelo que eu me lembrava, conseguiu recitar por completo a fórmula religiosa.

Por um instante, pensei se não seria melhor eu próprio recitá-la. Eu estava começando a pensar com mais clareza. Porém aquilo pouco me serviria, com as mãos e os pés amarrados e a boca grudada. Mesmo se eu tivesse conseguido mexer meu corpo, não teria feito diferença.

As coisas que fui obrigado a assistir e os efeitos colaterais das drogas que eles tinham me dado estavam me deixando com náusea. A fita adesiva colada na minha boca impedia que eu vomitasse. Olhei de relance o cômodo ao meu redor, porém cada vez que Gürhan gritava, meus olhos voltavam-se para ele.

Pensei ter visto alguma coisa do outro lado da porta que dava para o terraço. Podia ser efeito do *imbat*, *meltem*, *poyraz* – ou como quer que eles chamem os ventos daquela região. Não, com certeza não era algum vento cujo nome eu não sabia que estava roçando as cortinas. Havia alguém lá fora.

Alguém grande. Quem sabe o caseiro tivesse voltado antes da hora? Se fosse isso, ele ia ficar perplexo com a cena que ia ver. Caso tivesse um mínimo de bom senso, ele não ia entrar, e sim chamar ajuda imediatamente. Porém se ele viesse se intrometer... se fosse um verdadeiro inocente, não fizesse ideia do que o chefe dele estivesse fazendo, ou ele sairia dali com muito dinheiro ou teria o mesmo fim que eu e Gürhan, qualquer que fosse esse fim.

Uma coisa era certa. Eu não conseguia aguentar por mais nem um minuto os sons de gemidos, a visão de um cinto de couro fustigando a pele nua, a sensação de mãos estranhas beliscando e apalpando meu corpo. Só o que eu pedia era que aquilo acabasse. Existe alguma coisa pior que saber que alguma coisa vai acontecer, porém não saber quando? Fechei os olhos com força. Eu queria ficar inconsciente, desmaiar, até mesmo morrer. Quem sabe eu não sobrevivesse à dor...

A enorme sombra estava imóvel, não ia nem vinha. Quem quer que fosse, parecia ter congelado onde estava. Sim, a cena na sala de estar bastava para gelar o sangue de qualquer um, mas implorei em silêncio para que a pessoa entrasse e enfrentasse as consequências, ou então corresse para pedir ajuda.

Foi um daqueles momentos em que meio segundo parece uma eternidade. Tudo estava acontecendo muitíssimo devagar. Não havia fim. A imagem continuava congelada.

TRINTA E UM

— *A*yol, eu estava totalmente em pânico. Nenhum sinal! Nenhum tipo de notícia. Quem não ia ficar morrendo de preocupação? Você precisa concordar que foi perfeitamente normal eu querer saber o que estava acontecendo. E os riscos que você está sempre correndo! Quanto a esse moleque aqui, só o que ele pensa é em mudar de corpo e virar uma *top model* da noite para o dia.

"Não havia como falar com você. Eu esperei, na expectativa de que você pelo menos me telefonasse. Nada. Cancelei tudo. Fiquei aqui sentada do lado do telefone. Você faz ideia da angústia que eu passei?

"Só o que eu fazia era pensar em vocês dois! Nem consegui trabalhar. Tentei fazer um bolo. Saiu como um pedaço de madeira. Não cresceu nem um pouco. E tomei o cuidado de medir todos os ingredientes.

"Essa foi a gota d'água. Primeiro liguei para esse seu homem, para perguntar se havia algum modo de falar com você. Ele me disse que lá não tinha telefone. Todos os meus piores medos se confirmaram. Poxa, eu estava que nem uma barata tonta. Estava desesperada. Ele percebeu, é claro. Perguntou o que havia de errado. Até onde ele sabia, você tinha ido lá para dar uma escapada, para espairecer. Achei melhor vazar alguma informação. Só uma dica. Então com certeza ele ia arrancar a história inteira de mim. Depois que eu joguei a isca, ele ficou tão ansioso quanto eu. Ficava me pedindo para contar mais. Quanto mais eu contava, mais preocupado ele ficava. Quanto mais preocupado ele ficava, mais detalhes queria. Então lá estávamos nós, no telefone, alucinados.

"Finalmente tivemos bom-senso e decidimos ligar para Selçuk *Bey*. É claro, não lembro de quem foi a ideia. Um de nós pensou nisso. E veja que inacreditável! No fim, Cengiz o conhece. Imagino que isso não seja surpresa, na verdade. As coisas simplesmente se encaixaram.

"Ele foi tão compreensivo! Ficou tão interessado! Ele é um verdadeiro *gentleman*, esse Selçuk *Bey*. Disse que vocês dois estavam malucos. Nisso eu concordei com ele. Na verdade, Cengiz era da mesma opinião. De onde é que veio essa sua determinação de ser algum tipo de heroína? E como se não bastasse, arrastar junto este moleque...

"Selçuk *Bey* ia telefonar para você de qualquer modo. Ele tinha informações quentinhas. Sugeriu ir junto comigo. Eu já tinha, é claro, reservado duas passagens de ida e volta para Bodrum. Nem quis saber dessa bobagem de alta temporada, baixa temporada. No fim, foi bom. O avião estava abarrotado de gente. Não havia um assento livre. E Selçuk? Não, acho que ele não tinha passagem. Mas deu um jeito de conseguir uma. Ele é chefe de polícia, afinal. Se não conseguisse um lugar num voo, quem conseguiria? Então lá fomos nós três.

"Logo antes da decolagem, Selçuk *Bey* recebeu mais informações sobre o caso. Ele agiu como se não fosse nada de importante, mas ficou branco como uma folha de papel. Naturalmente, eu percebi. Só de olhar. Mas eu já tinha muita coisa na cabeça. Fingi que estava tudo bem. Fiz parecer que eu só estava com medo de perdermos o voo.

"Ele estava a fim de mim. Quer dizer, esse cara já é bem rodado. Você devia ter visto o jeito como ele falou comigo, tão devagar e impassível... Como se quisesse me acalmar. Eu não engoli aquilo. Você consegue imaginar, eu caindo num papo desses?

Dei um escândalo! Bem, ele me contou tudo. Ele tinha recebido a notícia de que Fehmi também tinha ido para Bodrum. Eu enlouqueci no instante em que ouvi isso. Juro, minha pressão subiu lá em cima. Mesmo agora, só de pensar nisso... eu disse a Selçuk que ele precisava avisar você de algum modo. Com certeza havia postos de polícia em Bodrum, um ou dois oficiais sensatos.

"E então... nem dá pra acreditar... o voo atrasou. Foi aí que eu perdi as estribeiras. Era impossível me fazer ficar quieta. Armei um barraco com cada uma daquelas aeromoças, pois é. Se Cengiz não tivesse tapado minha boca, eu ainda ia estar gritando. Mas então lembrei da minha pressão sanguínea. A última coisa que me faltava era ter algum tipo de ataque naquele avião, como se já não tivéssemos problemas suficientes. Eu tenho minhas suspeitas sobre esta velha história da minha pressão, de qualquer modo. Ela sobe e desce, sem motivo nem razão.

"Quando aterrissamos, tudo tinha sido arranjado. Dois carros de polícia estavam lá assim que pisamos fora do avião. 'Bem-vindo, chefe' e etcétera. Não estávamos em condições de fazer cerimônia. Apenas uma saudação breve e fomos direto para o carro. 'Pise fundo', eu disse ao motorista. 'Você não vai levar multa por excesso de velocidade.' E foi assim que levei eles todos até vocês!"

Os gritos de Ponpon foram a coisa mais doce que eu jamais tinha ouvido. Foi uma verdadeira invasão. Selçuk na frente, de pistola apontada, Cengiz e Ponpon bem atrás dele, com um monte de policiais.

Fomos resgatados. Adem e Fehmi foram presos.

Os ataques de pânico de Ponpon haviam salvado o dia. Sem conseguir falar conosco, ela ligara para todos os números que achou que pudessem ser úteis. Tinha contado a todos tudo o que sabia, inventando o que fosse necessário para preencher as lacunas. Ela estava decidida a deixar todo mundo preocupado. E tinha conseguido.

Cengiz ficou maluco quando descobriu meus verdadeiros motivos para ir ao porto de Mazi. Quando Selçuk ficou sabendo de minhas suspeitas a respeito de Adem Yıldız, decidiu autorizar uma batida policial sem esperar pelos resultados do teste de DNA. É claro que Ponpon não ia ficar de fora. Desta vez, fez questão de vir junto na missão para Bodrum.

Foi isso que consegui juntar dos esforços de Ponpon para me reconfortar, me acalmar.

Pelo jeito, gostavam de mim.

Não achei legal que Selçuk e todos aqueles policiais tivessem me visto sem roupa, mas é claro, não deixei que isso me incomodasse muito. Ponpon me cobriu imediatamente com uma toalha de mesa.

O pobre Gürhan estava apenas semiconsciente. Ele tinha se molhado todo. Sabendo que eu era responsável pelo que ele sofrera, tentei pensar num jeito de limpar minha consciência. Não consegui. Segurei seu corpo mole nos meus braços e o beijei. Através das lágrimas, pedi desculpas a ele. Não sei ao certo se ele escutou.

A polícia deixou que Adem Yıldız e Fehmi Şenyürek se vestissem. Depois eles foram algemados e levados. Nenhum dos dois se deu ao trabalho de explicar o que eles estavam fazendo. Eles fariam isso depois.

Ponpon, Cengiz, Selçuk, Gürhan e eu fomos deixados sozinhos naquela casa. Nós nos entreolhamos, inquietos. Gürhan afundou na cadeira onde Fehmi estava sentado antes.

– Você perdeu o juízo! – gritou Cengiz. – Sua demente! Como você teve a coragem de fazer uma coisa destas?

Olhei direto nos olhos dele. O que eu ia dizer?

– Você podia pelo menos ter me contado – disse Selçuk. – Eu nunca teria imaginado que você faria isto sozinha.

– E se não tivéssemos chegado aqui a tempo!

– Agora chega, Cengiz *Bey* – Ponpon brigou com ele. – Pare com isso. Ele ainda está em choque.

E eu estava.

— Está bem, pessoal. Vou fazer um bom café para nós todos. Depois vamos nos sentir melhor.

E basicamente, aquela era Ponpon. Em meio segundo conseguia mudar do pânico total para o modo dona de casa atenciosa.

— Por favor — eu pedi. — Não posso ficar aqui. Tenho que sair desta casa. Agora.

Eu estava sentada bem em frente às argolas de ferro. O cinto estava jogado no chão, logo à esquerda. À minha direita havia uma pilha de roupas amarrotadas. Meus olhos deram com uma cueca samba-canção enfeitada com borboletas. Senti enjoo.

— Com licença — murmurei enquanto cambaleava na direção do jardim, com Ponpon vindo logo atrás.

A toalha escorregou das minhas costas. Ali, num canto do terraço, eu caí de joelhos e vomitei. Cobrindo meus ombros outra vez com a toalha, Ponpon sussurrou:

— Sua louquinha.

Eu nunca tinha ouvido ela falar com tanta ternura.

Ela se ajoelhou para me abraçar. Ela era grande, de um jeito reconfortante, uma combinação perfeita de masculinidade paternal e calor de mãe. Enxuguei a boca com um dos cantos da toalha.

A casa de Cengiz, que tínhamos limpado e arrumado bem no dia anterior, foi tudo o que eu precisava. O sol nascente brincava nas águas calmas do porto, com toques de ametista e âmbar.

Ponpon fez café para nós. Gürhan caiu no sono. Contei a eles tudo o que eu sabia e todas as minhas suspeitas.

Quando terminei de falar, Cengiz se levantou da cadeira e veio para perto de mim. Ele me abraçou. Gostei de ele ter feito aquilo, mesmo na frente de Selçuk. Senti orgulho dele. Ele me deu um beijo na testa. Seu corpo tinha um cheiro maravilhoso. Eu me aproximei.

TRINTA E DOIS

Nós voltamos para Istambul. Adem Yıldız e Fehmi Şenyürek tinham sido presos. Naturalmente, aquilo saiu em todas as manchetes. Graças a Selçuk, nem o meu nome nem o de Gürhan apareceram nas páginas tórridas dos jornais. A polícia turca ganhou o crédito pela solução de mais um caso.

Todos os testes de DNA apontaram para Adem Yıldız. Nenhum dos dois conseguiu criar um álibi plausível.

Foi descoberto que, embora culpado de ser cúmplice do crime, Fehmi não foi diretamente responsável. Ele apenas amava Adem e dormia só com ele, durante muitos anos. Eles tinham um relacionamento estranho e apaixonado. Pelo menos foi assim que Fehmi descreveu. Não ficou muito claro quando o lance havia começado, porém tinha alguma coisa a ver com o fato de Fehmi ter sido expulso da academia militar.

Até recentemente, eles tinham conseguido manter o que de fora parecia ser uma relação estritamente profissional, com suas identidades supostamente heterossexuais permanecendo mais ou menos intactas. De manhã eles levavam bronca pelo quanto tinham bebido na noite anterior, porém não mais que isso.

Eles tinham feito algumas experiências com sadismo, mas não passou de uma boa dose de dor para seus parceiros. E eles haviam subornado as vítimas com uma bela gratificação financeira.

Tudo começou quando Fehmi experimentou Deniz, ou seja, Salih, na casa em Ataköy. Deniz levou uma surra. Ela protestou e ameaçou Fehmi. Quando ele insistiu, Deniz fugiu, caindo no poço do elevador enquanto tentava escapar. Adem nem ficou sabendo o que tinha acontecido. Achou que fosse apenas um caso de arranjar uma travesti para completar o *ménage à trois*.

Quando Fehmi finalmente contou a Adem exatamente o que acontecera, ele relacionou o acontecimento às mortes dos profetas, e o jogo macabro começou. As meninas morreram como os profetas, e pagaram os pecados de Fehmi e Adem.

A pressão exercida pela família e pelos conhecidos de Adem, assim como seu status social de destaque, tinham sem dúvida contribuído para ele perder a cabeça. Havia também a exigência constante de que ele se casasse.

Selçuk me contou tudo isto. Mesmo não sendo da alçada dele, ele acompanhou os eventos de perto como membro honorário do departamento e como a pessoa que havia apreendido os assassinos. Era bem possível que Fehmi se safasse sem grandes complicações e Adem fosse absolvido mediante alegações de insanidade temporária.

O que eu mais queria era esquecer tudo o que tinha acontecido, deixar tudo aquilo para trás assim que possível. Eu me afundei no trabalho. A Mare T.Docile, a conta que Ali estava tão desesperado para conseguir, me convidou para ir a Gênova para examinar seus sistemas de computadores. Levei Gürhan comigo. Embora uma viagem para o exterior, só de garotas, não chegasse nem perto de compensá-lo pelo trauma que havia sofrido, com certeza aquilo lhe faria bem. Gênova também era bem perto de Portofino. Aquela era a melhor época do ano para visitar Portofino.

Enquanto Ponpon ainda cuidava dos ferimentos causados pelas chicotadas, Gürhan começou a falar várias vezes em implantes de seios.

Eu mandei Gürhan para ficar com Ponpon. Eles iam morar juntos até que fôssemos a Gênova. Gürhan não queria voltar para a família.

— Que diferença faz se eu tiver um diploma? — ele refletiu. Ele planejava virar *top model*. Eu sempre acho um pouco assustador quando as pessoas tão obviamente deixam de aprender com a experiência.

A boate continuou como antes, graças a Hasan. Eu não tinha nem vontade nem força para enfrentar a enxurrada de perguntas das meninas. Hasan com certeza as deixaria a par de cada mínimo detalhe. As coisas se acalmariam, e então ia acontecer alguma coisa nova. Em pouco tempo, as meninas esqueceriam o que acontecera comigo. Quem sabe eu até fosse capaz de rir dessa história um dia.

Mandei um longo e-mail para Jihad2000, resumindo brevemente os eventos. Agradeci a ele pela ajuda. Afinal, ele tinha o poder de derrubar meu sistema inteiro. Seria prudente manter boas relações com ele. Expliquei como ficara tensa por causa do caso, e pedi que ele levasse isso em conta ao pensar no jeito como eu o tratara. Ou seja, implorei pelo perdão dele. Em letras maiúsculas, em negrito, disse que a ajuda dele tinha me dado a coragem de seguir adiante com meu plano.

Ele respondeu com um e-mail extravagante me informando que entendia e que, pelo menos por enquanto, não esperava nada além daquilo. O que ele escreveu era um clichê, porém a mensagem, onde ele inserira todos os exemplos possíveis de suas proezas informáticas, era realmente de se admirar. Pois é, tratava-se mesmo de um e-mail fantástico. Eu o examinei com uma combinação de admiração e inveja. Eu ainda tinha algumas contas para acertar com ele. Mas isso podia esperar.

Um dos motivos para eu agora passar tão pouco tempo na boate é Cengiz. Ele se mudou para minha casa. Como tantas pessoas, ele precisa acordar cedo para ir trabalhar, e por isso também tem de ir para a cama num horário razoável. Se eu passar as noites na boate, não vamos ter muito tempo juntos. E não há nada melhor que aninhar minha cabeça nos pelos loiros do peito dele enquanto caio no sono.

Ele me diz que às vezes eu grito no meio da noite. Quando faço isto, ele me abraça com força e puxa minha cabeça para perto. Eu me acalmo. Nós concordamos que ainda vou precisar deste tipo de terapia por um tempo indefinido.

Planejamos ir ao cinema no fim de semana com os filhos dele. Ele vai nos apresentar pela primeira vez. Já estou em pânico, sem saber o que vestir.

GLOSSÁRIO

abi	–	irmão mais velho
abla	–	irmã mais velha
aman	–	oh! ah! cruzes! pelo amor de Deus!
ayol/ay	–	exclamação usada principalmente por mulheres; ora!
ayran	–	bebida feita de iogurte e água
bey	–	senhor; usado com nome, sr.
börek	–	folhado com recheio
dolma	–	legumes recheados e cozidos
efendi	–	cavalheiro, senhor
efendim	–	alô (ao telefone), como é?
hacı	–	*hadji*, peregrino a Meca
hanım	–	mulher; usado com nome, sra.
hoca	–	*hodja*, professor muçulmano
ibne	–	bicha (pejorativo)
kilim	–	tapete feito no tear
kismet	–	destino, sorte
lokum	–	manjar turco
merhaba	–	oi, olá
meyhane	–	restaurante típico turco
meze	–	aperitivos, tradicionalmente para acompanhar bebidas
oglancı	–	pederasta, não necessariamente considerado gay no sentido ocidental
poğaça	–	massa folhada
rakı	–	bebida com sabor de anis

AGRADECIMENTOS

Sempre asissisti às cerimônias de premiação – principalmente os Oscars – com um senso de fascinação e inveja bem-intencionada. Os vencedores invariavelmente apresentam uma longa lista daqueles que contribuíram de algum modo para seu desenvolvimento geral. É uma fascinante história de vida, abrangendo todo mundo desde pais e professores, até as famosas fontes de inspiração, vizinhos e bichos de estimação.

Diante da oportunidade de compilar minha própria lista, decidi aproveitar até o caroço. Caso eu tenha me esquecido de alguém, peço desculpas pela negligência de meu editor e consultor.

Em primeiro lugar, eu naturalmente gostaria de agradecer à minha família; minha querida mãe Meloş; meu falecido pai, mesmo que ele não possa ler isto; meu irmão, que acredito sempre ter levado a vida mais a sério do que eu; sua esposa, o resultado feliz de meus poderes de casamenteiro; minha falecida avó materna, que sempre foi fonte de alegria e pânico na casa onde cresci; aquele pilar de calma e dignidade, minha falecida bisavó por parte do meu pai; diversos outros parentes, alguns vivos, outros que já não estão mais entre nós, incluindo minhas tias e tios maternos e paternos, primos de primeiro e segundo grau (os que foram deixados de fora sabem quem são) e, finalmente, porque qualquer coisa menos que uma menção específica seria uma afronta, minha prima "especial", Yeşim Toduk; o marido de minha tia, e minhas cunhadas e suas mães.

Depois vêm os amigos a quem eu gostaria de agradecer: Naim Faik Dilmener, que leu meu manuscrito com paciência, me dando orientação e incentivo, e que também é leitor ávido de histórias de detetive e uma autoridade sobre antigos LPs 45 rotações, assim como sua família inteira: seu filho, mas principalmente sua esposa, "Belinda"; Berran Tözer, que começou comigo quando este projeto era uma minissérie de cinco livros, porém jogou a toalha quando chegamos à página 27; meus queridos parceiros e colegas consultores com quem ganho uma vida respeitável, pois seria impossível sobreviver com o que recebo escrevendo livros; Işıl Dayloğlu Aslan e A. Ateş Akansel; e suas esposas Burçak e Suada, que também é minha mestre de Reiki; e também a filha de Işıl e Burçak, Zeynep; e os cachorros de Ateş e Suada.

Apesar de eles não saberem exatamente o que estava acontecendo, eu gostaria de agradecer, por seu inabalável apoio emocional, Mehmet "Serdar" Omay; Murathan Mungan, mesmo fazendo um bom tempo que não nos vemos, Füsun Akatlı e sua filha, Zeynep; e Zeynep Zeytinoğlu; Yıldırım Türker; Nejat Ulusay; Nilgün Abisel; Levent Suner; Nilüfer Kavalalı; Mete Özgencil, cujo quadro, em que ainda me perco de vez em quando, fica pendurado na parede do meu estúdio; e Barbaros Altuğ, que de algum jeito conseguiu me motivar sem deixar óbvias suas intenções, e que agora é meu agente e imagina que de algum modo vai sair ileso disso tudo.

Miraç Atuna, que está constantemente se reinventando e, como eu, acorda antes de o sol nascer, assim tornando possível que eu converse com alguém por telefone antes das sete da manhã, e que também é mestre de Feng Shui e hipnoterapeuta.

Meus colegas de trabalho, Kezban Eren, Derya Bebuç e – sim, o sobrenome dela é esse mesmo – Pelin Burmabıyıklıoğlu; os sempre sorridentes Remzi Demircan e Meral Emeksiz, que são as pessoas mais positivas que já conheci até hoje; todos que conheci e encontrei em escritórios em qualquer lugar, principalmente as secretárias às vezes caprichosas, por aguentar todo tipo de crueldade; todos os meus excêntricos ex-gerentes e chefes – de algum modo nunca consegui localizar os normais, com exceção de Ergin Bener, que, desse grupo, é o único totalmente em paz com sua criança interior.

E quanto aos responsáveis por meu desenvolvimento técnico: naturalmente, todas as meninas, senão por outros motivos, por sua coragem e sua própria existência; meus encontros com cada uma delas permitiram que, de forma consciente ou incosnciente, eu fizesse uso de suas muitas imitações, gestos, estilos e, às vezes, o detalhe revelador de uma única palavra.

A editora que vai imprimir este livro, meu editor ou editores, preparador, revisor, encadernador, artista de capa e todos aqueles envolvidos em promover, distribuir e vender o livro.

Aos muitos que com suas obras me inspiraram ao longo dos anos, incluindo Honoré de Balzac, Patricia Highsmith, Saki, Truman Capote, Christopher Isherwood, Reşat Ekrem Koçu, André Gide, Marquês de Sade, Choderlos de Laclos, Yusuf Atılgan, Hüseyin Rahmi Gürpınar, Gore Vidal, Serdar Turgut e muitos outros.

Aqueles cuja música permitiu que eu encontrasse a paz interior: G. F. Handel, Gustav Mahler, Schubert, a "Norma" de V. Bellini em especial, Tchaikovski, Erik Satie, Philip Glass, Cole Porter, Eleni Karaindrou, Michel Berger e todos os compositores, na verdade, em toda parte.

E todos os artistas que deram voz a estas obras, mas principalmente as cantoras de ópera que eu estimo: Maria Callas, Lucia Popp, Leyla Gencer, Anna Moffo, Teresa Berganza, Monserrat Caballé, Inessa Galante, Gülgez Altındağ, Yıldız Tumbul, Aylin Ateş, Franco Corelli, tanto por sua voz quanto por sua aparência; Thomas Hampson, cujo retrato está pendurado no meu quarto, ao lado de Maria Callas, por suas *lieder* de Mahler; Jose Cura, Tito Schipa, Fritz Wunderlich, Suat Ankan, por fazer com que eu sinta na pele, cada vez que o vejo ou ouço, a alegria da execução; e pelo mesmo motivo, o compositor Leonard Bernstein; Yekta Kara, cujas produções maravilhosas devolveram os prazeres visuais à ópera; e finalmente, em outro nível, a pior soprano de todos os tempos, Florence Foster Jenkins.

Por motivos parecidos, Mina, cujos álbuns eu correria para comprar se tivessem algo além de um arroto; Barbra Streisand, na época antes de ela transformar cada música de três minutos numa ópera de cinco cortinas, ou seja, antes dos anos 1980; Yorgo Dallaras, Hildegard Knef, Sylvie Vartan, Veronique Sanson, Jane Birkin, Patty Pravo, Michael Franks, Lee Oscar, Manhattan Transfer, Supertramp, Juliette Greco e, mais uma vez antes de 1988 – para o bem ou para o mal – Ajda Pekkan; Hümeyra, por tudo o que ela é; Nükhet Duru, que consegue injetar sentido em todas as suas músicas, mesmo quando elas são um lixo; Gonül Turgut, cuja decisão de abandonar a música eu nunca entendi e cuja ausência continuo a lamentar; Ayla Dikmen, só pelo figurino; e Madonna, cujas músicas não adoro de fato, porém cuja existência parece ser uma boa coisa.

Esses gênios do cinema, cujo número parece infindável, mas que vou tentar enumerar: Visconti, John Waters, Joseph Losey; Almodóvar, por seus filmes "marginais", em particular *A lei do desejo*; Bertrand Blier, antes de ele ir longe demais; Fassbinder, só por *Querelle*; John Huston, Truffaut, Salvatore Samperi só por *Scandalo*, Mauro Bolognini, Ernst Lubitsch, George Cukor, Billy Wilder, Alain Tanner por *A cidade branca*, o filme a que assisti mais vezes; Audrey Hepburn, é claro; Jeanne Moreau; Elizabeth Taylor, principalmente pela sua voz; Lilian Gish e Bette Davis por *Baleias de agosto*; Catherine Deneuve, que, mesmo envelhecendo, envelhece com graça; Faye Dunaway, antes de virar uma caricatura de si própria; Giulietta Masina, Cate Blanchett, Tilda Swinton, Emma Thompson; Divine, a maior de todas as simulações; Bruno Ganz, Rupert Everett; Alain Delon, quando era novo; Patrick Dewaere, com quem na verdade estou bravo por ter partido cedo; Dirk Bogarde, apesar de ele ter negado tudo em suas autobiografias; Montgomery Clift; Gary Cooper em todas as épocas; Terence Stamp, durante seus períodos *O colecionador*, *Teorema* e *Priscilla*; Franco Nero, por quem aguentei dezenas de filmes podres; Steve Martin, Dennis Hopper, John Cleese e todos do *Monty Python* e do *Fawlty Towers*; Hülya Koçyiğit, Müjde Ar, Serra Yılmaz – e, por que não – Banu Alkan, Güngör Bayrak por suas pernas e sua determinação; Kadir İnanır, antes de ele ganhar peso e engordar; Metin Erksan, Atıf Yılmaz, Barış Pirhasan pelos roteiros que escreveu, e Sevin Okyay por suas traduções, críticas e artigos.

Apenas por serem homens, John Pruitt, Tony Ganz, Jason Branch, Mike Timber, Taylor Burbank, Aidan Shaw e o falecido – fiquei tão triste quando fiquei sabendo – Al Parker, assim como dezenas de outros cujos nomes eu nem sei.

Pierre e Gilles, por escalarem os picos do *kitsch*, Tom da Finlândia, Hyeronimus Bosch, Bruegel pai e filho, Edward Hopper, Tamara Lempicka, Botero, El Greco, Mondigliani, Andrea Vizzini, Pablo Picasso, antes de sua fase cubista; Leonardo e Michelangelo, por serem ambos mestres e membros do "clube", assim como Caravaggio; Latif Demirci, que era o motivo para eu aguardar os domingos com ansiedade; o estúdio de fotografia Zümrüt, cuja vitrine sempre me deixa assoberbado quando passo por Siraselviler.

Por me lembrar, com sua inteligência e espirituosidade brilhantes, de todos os prazeres da vida, Mae West, Tallulah Bankhead e Bedia Muvahhit; Gencay Gürün por simplesmente *incorporar* a nobreza e a graça; e Truman Capote, outra vez.

Finalmente, e mais importante, Derya Tolga Ulysal, por seu apoio incondicional em todas as coisas, por compartilhar comigo durante sete anos os bons e os maus momentos, e por sua reação incrivelmente afetuosa aos meus ataques, explosões, depressões, fadiga, mudanças de humor e malícia.

Muito obrigado.
Saudações a todos vocês.

Este livro foi impresso na Editora JPA Ltda.,
Av. Brasil, 10.600 – Rio de Janeiro – RJ,
para a Editora Rocco Ltda.